GEORGE ORWELL

UM POUCO DE AR, POR FAVOR!

Tradução e apresentação de **REGINA LYRA**
Prefácio de **JÚLIO POMPEU**

Editora
NOVA
FRONTEIRA

Título original: *Coming Up for Air*

Direitos de edição da obra em língua portuguesa no Brasil adquiridos pela EDITORA NOVA FRONTEIRA PARTICIPAÇÕES S.A. Todos os direitos reservados. Nenhuma parte desta obra pode ser apropriada e estocada em sistema de banco de dados ou processo similar, em qualquer forma ou meio, seja eletrônico, de fotocópia, gravação etc., sem a permissão do detentor do copirraite.

EDITORA NOVA FRONTEIRA PARTICIPAÇÕES S.A.
Rua Candelária, 60 — 7º andar — Centro — 20091-020
Rio de Janeiro — RJ — Brasil
Tel.: (21) 3882-8200

Dados Internacionais de Catalogação na Publicação (CIP)
(Câmara Brasileira do Livro, SP, Brasil)

Orwell, George, 1903-1950
  Um pouco de ar, por favor! / George Orwell; tradução de Regina Lyra. - Rio de Janeiro: Nova Fronteira, 2021.
  264 p.

  Título original: Coming Up for Air
  ISBN 978-65-5640-103-4

  1. Ficção inglesa I. Título.

20-51019   CDD-823

Índices para catálogo sistemático:
1. Ficção: Literatura inglesa   823
Cibele Maria Dias - Bibliotecária - CRB-8/9427

SUMÁRIO

PREFÁCIO *9*
APRESENTAÇÃO *12*

PARTE I *14*
PARTE II *48*
PARTE III *164*
PARTE IV *200*

"ELE ESTÁ MORTO, MAS NÃO QUER DESCANSAR"

CANÇÃO POPULAR

PREFÁCIO

UM CHARUTO NÃO É APENAS UM CHARUTO

À s vezes, um charuto é apenas um charuto. Mas só às vezes. O comum é tê-lo como um símbolo de masculinidade, prazer ou status. Adereço que, quando acoplado à boca, faz o *encharutado* sentir-se diferente. Em parte, por permitir-se pensar-se diferente. Em parte, por ser visto de forma diferente pelo olhar dos outros.

Claro que a mágica transformadora não está no charuto, mas nas mentes. Uma ideia apenas. Imagem mental do charuto que, para além da forma cilíndrica, cor ocre e cheiro levemente adocicado, acrescenta-lhe um significado e valor que acabamos por considerar como mais essencial do charuto que sua forma cilíndrica, cor ocre e cheiro levemente adocicado.

E não é só com charutos que isso acontece. Carrões italianos, comidas coloridas, roupas estranhas, maços de agrião, tudo está sujeito a essa mágica mental que faz com que nos relacionemos com as coisas e pessoas menos pelo que materialmente são e mais pelo que imaginamos sobre elas. O imaginário, tão fluido e às vezes tão confuso, é mais real que o concreto.

Mas o que isso tem a ver com George Orwell? Mais conhecido por *A revolução dos bichos* e *1984*, Orwell criou em *Um pouco de ar, por favor!* um protagonista que não vive em uma sociedade futurista e hipercontroladora nem é um bicho em busca de poder. Trata-se de um homem comum. De vida ordinária. Gente como a gente. Que trabalha, tem filhos, segredos e desejos. Em comum com os textos mais famosos, o protagonista sofre os efeitos nocivos de uma vida sem liberdade.

Orwell é um libertário acima de tudo. Se em *1984* a ameaça à liberdade era uma sociedade vigilante e em *A revolução dos bichos*, a tirania, neste o que oprime é o imaginário. Aquelas fantasias compartilhadas sobre sucesso e vida bem-sucedida em que a realização pessoal tem mais a ver com coisas que se compra do que com aquilo que se sente. Quando um charuto deixa de ser apenas um charuto, a liberdade está em risco.

Pode ser sufocante enquadrar-se numa vida que de tão igual à de todos à nossa volta não parece ser nossa. Tão sufocante quanto a fumaça de um charuto para quem não está habituado ao fumo. Faltará o ar da alegria, da genuinidade dos sentimentos, da liberdade. Sobrará a fumaça turva da vida pasteurizada e o sufoco de quem sente que se perdeu de si mesmo.

Se perceber-se assim assusta você, acalme-se. Você tem em mãos o primeiro remédio para recuperar o ar. Na antiga cultura hindu, sábio é aquele que consegue despir mãyã ou maiá, a ilusão que governa nossos sentidos. Orwell é como o sábio sânscrito que o ajuda a perceber a condição ilusória de nossa opressão.

É como se cada personagem fosse um pouco de nós mesmos. Daquilo que somos ou estamos. Também daquilo que percebemos nos outros, mas cujo incômodo surgido de tal percepção denuncia algo em nós mesmos.

Este livro é ao mesmo tempo espelho, microscópio e luneta. Instrumento que nos ajudará a enxergar o que está próximo ou distante demais de nós mesmos, mas que nos é essencial como o ar. Mas, para isso, é preciso estar atento ao convite de Orwell para ler e ler-se.

Graças à tradução competente de Regina Lyra, a força do texto original foi preservada. Há quem pense que tradução se faz apenas substituindo palavras. Enganam-se. Tradução é escrita. Ao mesmo tempo fiel ao texto original e inovadora quando foge da literalidade para preservar a ideia, imagem ou pujança da obra traduzida. Algo como escrever o que o próprio autor escreveria se escrevesse na língua de Camões. Não é coisa para amadores e merece tanto respeito quanto o trabalho original.

Agora, aproveite a oportunidade de ler esta obra pouco conhecida e perturbadoramente atual de um dos maiores escritores da literatura mundial. Leia sem medo de reconhecer-se em uma ou outra página. Caso isso aconteça, acredite, você estava perdido mas começou a encontrar-se.

Júlio Pompeu
Professor universitário,
filósofo, escritor e palestrante

APRESENTAÇÃO

Se me pedissem para definir com uma só palavra o tema de *Um pouco de ar, por favor!*, eu responderia: nostalgia.

Muitos anos atrás, um amigo que contemplava comigo uma paisagem no interior do Rio de Janeiro me disse que a sensação que se tinha ali era de "nostalgia de coisas não vividas". Essa sensação causa um aperto não doloroso no peito, uma saudade tingida de tristeza, mas tristeza tingida de esperança.

É mais ou menos isso que sente o protagonista, que busca encontrar no passado que suas lembranças lhe sugerem ter vivido uma espécie de alento para o presente pouco satisfatório que lhe apresenta um futuro do qual gostaria de fugir. Os detalhes dos quais precisa para se assegurar de que tal passado existe de fato são tão pormenorizados que nos fazem crer que são eles, e não os acontecimentos, que importam.

É impossível para o leitor deixar de reconhecer já ter passado, em momentos de desalento, pelo mesmo processo, com a mesma intenção: procurar a segurança que as lembranças, muitas vezes buriladas ao longo dos anos, proporcionam.

Trata-se de um livro lírico, que eu não havia lido até traduzi-lo. Talvez por isso o impacto que causou em mim tenha sido tão grande, já que, por ser escrito na primeira pessoa, me levou a assumir a voz — e por que não admitir? — e a emoção do personagem.

Como tradutora, foi um desafio trabalhar essa emoção, distante no tempo e no espaço, que se tornou minha sem ser minha, mas não deixou de ser do outro.

Diferentemente dos livros mais conhecidos de Orwell, neste, pouca coisa acontece. Talvez não seja fácil lê-lo. Talvez o termo mais adequado seja "absorvê-lo". Porque as palavras que o construíram falam tão alto, contam tanta coisa, que tornam a experiência de ouvi-las uma viagem familiar, como se voltássemos a um lugar várias vezes visitado, mas que ainda nos reserva muito a ser visto.

Regina Lyra
Tradutora

1

A ideia me ocorreu de verdade no dia em que peguei minha dentadura nova.

Eu me lembro bem daquela manhã. Por volta de 7h45, saí da cama e entrei no banheiro bem a tempo de deixar as crianças do lado de fora. Era uma manhã bestial de janeiro, com um céu encardido cinza-amarelado. Lá embaixo, pelo pequeno basculante quadrado do banheiro, contemplei os dez metros por cinco de grama — com a cerca viva de ciprestes e um pedaço calvo no meio — que chamávamos de quintal. Existe o mesmo quintal, os mesmos ciprestes e a mesma grama atrás de todas as casas na Ellesmere Road. A única diferença é que onde não moram crianças não há pedaço calvo no meio.

Eu estava tentando me barbear com uma gilete cega enquanto a água enchia a banheira. Meu rosto me encarava no espelho, e, embaixo dele, num copo com água na pequena prateleira acima da pia, os dentes que pertenciam ao rosto. Era uma dentadura temporária que Warner, o meu dentista, me dera para usar enquanto a nova não ficava pronta. Na verdade, não tenho um rosto feio. É um daqueles cor de tijolo que combinam com o cabelo louro manteiga e os olhos azuis desbotados. Jamais fiquei grisalho ou careca, graças a Deus, e quando estou com meus dentes no lugar provavelmente não pareço ter a minha idade, 45 anos.

Anotando mentalmente um lembrete para comprar giletes, entrei no banho e comecei a me ensaboar. Ensaboei os braços (tenho aquele tipo de antebraço gorducho, sardento até o cotovelo) e depois peguei a bucha de cabo comprido e ensaboei entre as omoplatas, local que sem ela não alcanço mais hoje em dia. É um incômodo, mas agora existem várias partes do meu corpo que não consigo alcançar. A verdade é que dá para dizer que estou levemente acima do peso. Não que eu seja algum tipo de atração de circo. Meu peso não passa muito dos noventa quilos, e da última vez que tirei a medida da minha cintura ela estava em 122 ou 123 centímetros, não lembro direito. E não sou o que chamam de "repulsivamente" gordo, não tenho uma daquelas panças que ficam penduradas a meio caminho dos joelhos. Apenas estou um pouco cheio no tronco, com tendência a parecer um barril. Sabe aquele tipo de gordo ativo, caloroso, o tipo atlético e jovial apelidado de Gorducho ou Barrilzinho e que é sempre a alma da festa? Sou desses. "Gorducho" é como a maioria me chama. Bowling Gorducho. George Bowling é meu nome verdadeiro.

Naquele momento, porém, eu não me sentia a alma da festa. Foi quando notei que nos últimos tempos eu quase sempre fico meio deprimido logo cedo de manhã, embora durma bem e minha digestão seja boa. Eu sabia o que era, claro... aquela maldita dentadura. Esse treco era ampliado pela água no copo e ria para mim como os dentes de uma caveira. É nojenta a sensação das gengivas se roçando, uma sensação de retração, de secura, como se tem ao morder uma maçã azeda. Além disso, digam o que quiserem, dentaduras são um marco. Quando seu último dente natural se vai, a época de fingir que se é um galã de Hollywood definitivamente chegou ao fim. E tinha a gordura, além dos 45 anos. Quando fui ensaboar as partes baixas, tive um vislumbre do meu corpo. É baboseira dizerem que os gordos não conseguem enxergar os pés, mas é fato que, quando fico em pé, só consigo ver a ponta dos meus.

Mulher alguma, pensei, enquanto passava o sabonete na barriga, jamais olhará duas vezes para mim a menos que seja paga para isso. Não que naquele momento em especial eu quisesse que qualquer mulher me olhasse duas vezes.

Mas me ocorreu que nessa manhã não havia motivos para eu não estar de bom humor. Para começar eu não ia trabalhar. Meu carro velho, no qual "circulo" pelo meu distrito — devo lhes dizer que mexo com seguros; trabalho na Salamandra Voadora; vida, incêndio, roubo, partos múltiplos, naufrágio... tudo —, estava temporariamente no mecânico, e, embora precisasse passar no escritório de Londres para deixar alguns papéis, eu ia de fato tirar o dia de folga para buscar minha nova dentadura. Além disso, havia outra questão que vinha rondando meus pensamentos fazia algum tempo: eu tinha 17 libras esterlinas de que ninguém mais ouvira falar... isto é, ninguém da família. Acontecera assim: um funcionário da nossa empresa, o Mellors, comprou um livro chamado *Astrologia aplicada a corridas de cavalo*, provando que tudo é uma questão de influência dos planetas sobre as cores que o jóquei está usando. Bom, numa determinada corrida havia uma égua chamada Corsair's Bride, totalmente desconhecida, mas cujo uniforme do jóquei era verde, o que aparentemente vinha ao encontro dos planetas que por acaso estavam em seus ascendentes. Mellors, que acreditava piamente nesse negócio de astrologia, ia apostar várias libras no cavalo e me pediu de joelhos para fazer o mesmo. No final, sobretudo para calar a boca dele, arrisquei uma nota de dez xelins, embora, via de regra, eu não costume apostar. Como previsto, Corsair's Bride venceu sem dificuldade. Eu não me lembro do rateio exato, mas minha cota ficou em 17 libras. Movido por uma espécie de instinto — um comportamento excêntrico e provavelmente indicador de mais um marco na minha vida —, depositei discretamente o dinheiro no banco e não disse coisa alguma a ninguém. Jamais fizera uma coisa dessas. Um bom marido e pai teria gastado esse dinheiro num vestido para Hilda (Hilda é a minha esposa) e sapatos novos para as crianças. Mas fui um bom marido e pai durante 15 anos e estava começando a ficar farto disso.

Depois de me ensaboar todo, comecei a me sentir melhor e me sentei na banheira para pensar nas minhas 17 libras e em como gastá-las. As alternativas, me parecia, eram um final de semana com uma mulher ou usá-las sem chamar a atenção em miudezas, como charutos e uísques duplos. Eu acabara de abrir outra vez a água quente e estava pensando em mulheres e charutos quando ouvi um barulho que lembrava uma manada de búfalos descendo os dois degraus que levam ao banheiro. As crianças, claro. Duas crianças numa casa do tamanho da nossa equivale a um litro de cerveja numa caneca de meio litro. Ouvi um barulhão frenético do lado de fora e depois um grito de agonia:

— Pai! Eu quero entrar!

— Bom, não vai poder. Dê o fora!

— Mas, pai! Eu preciso entrar!

— Então vá noutro lugar. Cai fora. Estou tomando banho.

— Pa-AI! PRECISO entrar!

Inútil! Eu reconhecia os sinais de perigo. A privada fica dentro do banheiro — lógico que fica, numa casa como a nossa. Abri o ralo da banheira e me enxuguei o mais rápido que pude. Quando abri a porta, Billy — meu caçula, de sete anos — passou voando por mim, se esquivando do tapa que eu pretendia sapecar na sua cabeça. Foi apenas quando eu já estava quase todo vestido e procurando uma gravata que descobri que ainda havia sabonete no meu pescoço.

É uma coisa asquerosa ficar com sabão no pescoço. Dá uma sensação nojenta, e o estranho é que, por mais que se tire o sabão, depois que se descobre que ficou sabão no pescoço, parece que a gente fica pegajoso o resto do dia. Desci de mau humor e pronto para ser o mais desagradável possível.

Nossa sala de jantar, como as outras salas de jantar na Ellesmere Road, é um lugarzinho apertado, de quatro metros por três e meio, ou talvez seja três e meio por três, e o aparador de carvalho japonês com os dois decânteres vazios e o porta-ovo de prata que a mãe de Hilda nos deu de presente de casamento não deixa sobrar muito espaço. Atrás do bule de chá, Hilda esbanjava desânimo e exibia seu habitual estado de alarme e decepção porque o *News Chronicle* anunciara que o preço da manteiga vinha subindo, ou algo do gênero. Não acendera o aquecedor a gás, e embora as janelas estivessem fechadas, o frio era ridículo. Eu me abaixei e encostei um fósforo no lugar adequado, respirando ruidosamente pelo nariz (o ato de me abaixar sempre me faz bufar) numa espécie de dica para Hilda. Ela me lançou o olhar de soslaio que costuma usar quando acha que estou fazendo algo extravagante.

Hilda tem 39 anos, e quando a conheci era igualzinha a uma lebre. Continua assim, mas emagreceu muito e está bastante enrugada agora, com uma perpétua expressão pensativa e preocupada; quando fica mais nervosa do que o habitual, ela passa a encurvar os ombros e cruzar os braços sobre os seios, como uma velha cigana inclinada sobre o fogão. Hilda é uma dessas pessoas que se compraz prevendo desastres. Apenas pequenos desastres, claro. No que tange a guerras, terremotos, pestes, fome e revoluções, Hilda não presta atenção alguma. O preço da manteiga está subindo e a conta do gás é altíssima e os sapatos das crianças estão gastos e tem mais uma prestação do rádio vencendo — essa é a ladainha de Hilda. Ela extrai o que finalmente concluí ser um prazer genuíno do ato de se balançar para a frente e para trás com os braços cruzados no peito e dizer, enquanto me olha com uma expressão sombria:

— Mas isso é muito SÉRIO, George! Não sei o que vamos FAZER! Não sei onde vamos arrumar o dinheiro! Parece que você não se dá conta do quanto ISSO é sério! — E daí por diante.

Está firmemente registrado em sua cabeça que vamos acabar no abrigo para pobres. O engraçado é que, se algum dia formos para lá, o incômodo de Hilda não será sequer um terço do meu. Na verdade, ela provavelmente vai gostar da sensação de segurança.

As crianças já haviam descido, depois de tomar banho e se vestir com uma rapidez impressionante, como sempre fazem quando não há chance de impedirem alguém de entrar no banheiro. Quando cheguei à mesa do café, os dois estavam em meio a uma discussão cujo refrão era "Você fez, sim!, "Não, não fiz", "Fez, sim!", "Não, não fiz!", que aparentemente prosseguiria ao longo de toda a manhã, até que eu os botasse de castigo. São apenas dois: Billy, de sete anos, e Lorna, de 11. Tenho pelas crianças um sentimento peculiar. Uma parte do tempo, mal consigo suportar a visão delas. Quanto à conversa de ambos, ela é simplesmente insuportável. Estão naquela pavorosa idade café com leite em que a mente de uma criança gira em torno de coisas como réguas, caixas de lápis e quem tirou a melhor nota em francês. Noutras ocasiões, sobretudo quando estão dormindo, meu sentimento é bem diferente. Às vezes fico ao lado de suas camas, nas noites de verão quando está claro, e os observo dormir, com seus rostos redondos e cabelo cor de estopa, vários tons mais claro que o meu, e tenho aquela sensação sobre a qual lemos na Bíblia, a de sentir um nó nas entranhas. Nessas horas, acho que não passo de uma espécie de vagem ressecada que não vale dois tostões e que minha única importância foi trazer essas criaturas ao mundo e alimentá-las enquanto crescem. Mas isso só acontece às vezes. Na maior parte do tempo, minha existência em apartado me parece bastante importante, sinto que ainda há vida nesta carcaça velha e um bocado de bons tempos à frente, e a ideia de mim mesmo como uma espécie de vaca leiteira mansa fadada a ser perseguida por mulheres e crianças não me atrai.

Não falamos muito durante o café. Hilda estava no seu momento "não sei o que vamos FAZER!", em parte por causa do preço da manteiga e em parte porque os feriados de Natal já estavam chegando ao fim e ainda faltava pagar cinco libras do último semestre da escola. Comi meu ovo cozido e passei geleia da Golden Crown numa fatia de pão. Hilda vai continuar comprando esse troço. Quinhentos gramas custam cinco centavos e meio e o rótulo informa, na letrinha mais miúda que a lei permite, que o produto contém "certa proporção de sumo de fruta neutro". Isso me impeliu, de uma forma bastante irritante que vez por outra adoto, a falar de árvores frutíferas neutras, discorrendo sobre como seria a aparência delas e em que países cresceriam, até finalmente deixar Hilda furiosa. Não que ela se incomode com as minhas implicâncias, mas, de um jeito meio obscuro, Hilda acha perverso fazer piada com coisas que nos poupam dinheiro.

Dei uma olhada no jornal, mas não havia muitas notícias. Na Espanha e na China as pessoas matavam umas às outras como de hábito, as pernas de uma mulher tinham sido encontradas na sala de espera de uma estação ferroviária, e o enlace matrimonial do rei Zog estava por um fio. Finalmente, por volta das dez horas, bem mais cedo do que eu pretendia, me pus a caminho da cidade. As crianças tinham ido brincar no jardim público. A manhã estava bestialmente fria. Quando saí pela porta da frente, uma pequena lufada de vento bateu no local ensaboado do meu pescoço, me fazendo sentir de repente que minhas roupas não me caíam bem e eu estava todo pegajoso.

Você conhece a rua em que moro, a Ellesmere Road, em West Bletchey? Mesmo se não conhecer, conhece cinquenta outras iguaizinhas a ela.

Você sabe como essas ruas brotam em todos os subúrbios nas fímbrias da cidade. Sempre iguais. Carreiras compridas de casinhas geminadas idênticas — os números da Ellesmere Road vão até 212, e a nossa casa é a 191 —, como as moradias populares costumam ser, porém mais feias. A fachada de estuque, o portão creosotado, a cerca viva de cipreste, a porta da frente verde. Os Laurel, os Myrtle, os Hawthorn, Mon Abri, Mon Repos, Belle Vue. Em uma, talvez, a cada cinquenta, algum sujeito antissocial que provavelmente acabará no abrigo para pobres pintou sua porta da frente de azul em vez de verde.

Aquela sensação pegajosa no meu pescoço me deixou meio deprimido. Curioso como a gente se abate quando o pescoço está pegajoso. Parece que toda a alegria se esvai, como quando de repente descobrimos num local público que a sola de um dos sapatos está descolando. Eu não nutria ilusões a meu respeito naquela manhã. Era quase como se eu pudesse observar a mim mesmo descendo a rua, com meu rosto gordo e vermelho, minha dentadura e minhas roupas puídas. Um cara como eu é incapaz de parecer um cavalheiro. Mesmo se me visse a duzentos metros de distância, você saberia imediatamente... Talvez não que trabalho com seguros, mas que sou algum tipo de representante ou vendedor. As roupas que eu usava eram praticamente o uniforme da tribo. Terno de espinha de peixe cinza, levemente surrado, sobretudo azul de cinquenta xelins, chapéu-coco e sem luvas. E a minha aparência é aquela peculiar aos vendedores comissionados, ou seja, uma expressão meio rude, descarada. No meu melhor, quando estou vestindo um terno novo ou fumando um charuto, posso passar por um agenciador de apostas ou um taberneiro e, quando as coisas vão mal mesmo, por um vendedor de aspiradores de pó, mas em épocas normais você acertaria na mosca. "Salário de cinco a dez libras por semana", diria ao me ver. Econômica e socialmente estou na média da Ellesmere Road.

    Eu estava praticamente sozinho na rua. Os homens tinham se escafedido para pegar o 8.21, e as mulheres se ocupavam com os fogões a gás. Quando se tem tempo para olhar à volta e quando, por acaso, se está de bom humor, algo que faz a gente rir por dentro é caminhar por essas ruas nos subúrbios e pensar nas vidas que acontecem ali. Porque, afinal, o que É uma rua como a Ellesmere Road? Nada mais que uma prisão com as celas enfileiradas. Um correr de câmaras de tortura geminadas onde os infelizes com salário de cinco a dez libras por semana estremecem e rangem os dentes, cada qual com um chefe a sacaneá-lo e uma esposa a persegui-lo como um pesadelo, além dos filhos chupando-lhe o sangue como sanguessugas. Fala-se muita besteira sobre os sofrimentos da classe operária. Não sinto, pessoalmente, tanta pena do proletariado. Você já viu algum marinheiro ter insônia pensando em perder o emprego? O proletário sofre fisicamente, mas é um homem livre quando não está trabalhando. Só que em cada uma daquelas caixas de estuque vive um pobre infeliz que NUNCA está livre, salvo quando dorme e sonha que jogou o chefe no fundo de um poço e está atirando pedras de carvão em cima dele.

Claro que o problema básico de gente como nós, disse a mim mesmo, é que todos imaginamos que temos algo a perder. Para começo de conversa, nove décimos das pessoas na Ellesmere Road supõem que são donas das suas casas. A Ellesmere Road, e todo o quarteirão à volta até se chegar a High Street, é parte de um enorme esquema chamado de Conjunto Hesperides, propriedade da Sociedade Construtora Cheerful Credit. As sociedades construtoras são, provavelmente, o esquema mais inteligente dos tempos modernos. Minha própria linha de trabalho, seguros, é um engodo, admito, mas um engodo ostensivo com as cartas na mesa. A beleza do engodo da sociedade construtora, porém, é que as vítimas acham que estão recebendo favores. São esmurradas e beijam a mão que as esmurra. Às vezes acho que gostaria de ver o Conjunto Hesperides encimado por uma enorme estátua ao deus das sociedades construtoras. Ele seria uma espécie de deus insólito e, entre outras coisas, bissexual. A parte superior seria um diretor executivo e a inferior, uma esposa grávida. Numa das mãos, teria uma chave imensa — a chave do abrigo para pobres, claro — e na outra... como se chama mesmo aquela coisa tipo uma trompa com presentes saindo lá de dentro... uma cornucópia, da qual brotariam rádios portáteis, apólices de seguros de vida, dentaduras, aspirinas, preservativos e aparadores de grama.

Com efeito, na Ellesmere Road, não somos donos das nossas casas, mesmo quando acabamos de pagá-las. Elas não são vendidas, apenas arrendadas. O preço é 550 libras, pagável ao longo de um período de 16 anos, e são o tipo de casa que, se fosse comprada à vista, custaria por volta de 380 libras. Isso representa um lucro de 150 libras para o Cheerful Credit, mas nem é preciso dizer que o Cheerful Credit tira muito mais daí que isso. Trezentas e oitenta libras incluem o lucro do construtor, mas o Cheerful Credit, sob o nome de Wilson & Bloom, constrói ele próprio as casas e embolsa esse lucro. Tudo o que precisa pagar é o material. Mas ele também embolsa o lucro sobre o material, porque, sob o nome de Brookes & Scatterby, o Cheerful Credit vende, ele próprio, os tijolos, azulejos, portas, caixilhos de janelas, areia, cimento e, acredito, vidro. E não me deixaria nem um pouco surpreso descobrir que mais um pseudônimo vende a madeira para fazer as portas e os caixilhos. E tem mais — e isso devíamos realmente haver antecipado, embora tenhamos todos levado um choque ao descobrir: o Cheerful Credit nem sempre cumpre sua parte. Quando foi construída, a Ellesmere Road dava para um campo aberto — nada de maravilhoso, mas bom para as crianças brincarem —, conhecido como Platt's Meadows. Nunca foi nada preto no branco, mas sempre ficou subentendido que não se construiria nada ali. No entanto, West Bletchley era um subúrbio em crescimento, a fábrica de geleia Rothwells abrira em 1928 e a fábrica de bicicletas Anglo-American All-Steel começou em 1933, e a população foi crescendo e os aluguéis aumentando. Nunca pus os olhos em Sir Herbert Crum ou qualquer outro maioral do Cheerful Credit, mas mentalmente eu via suas bocas se enchendo d'água. De repente, os construtores chegaram e casas começaram a subir em Platt's Meadows. Ouviu-se um uivo de agonia vindo do Conjunto Hesperides, e uma associação de defesa dos moradores foi criada. De nada adiantou! Os advogados de Crum acabaram com a gente em cinco minutos, e as construções tomaram Platt's Meadows. Mas o embuste realmente sutil, aquele que me faz sentir que o velho Crum mereceu seu baronato, é o mental. Simplesmente devido à ilusão de sermos donos de nossas casas e ter o que chamam de "uma participação no país", nós, pobres coitados no Conjunto Hesperides, e em todos os lugares desse tipo, nos tornamos para sempre fiéis escravos de Crum. Somos todos respeitáveis proprietários — ou seja, conservadores, vacas de presépio, puxa-sacos. Não ouse matar a galinha dos ovos de ouro! E o fato de não sermos na verdade proprietários, de estarmos todos a meio caminho de pagar nossas casas e consumidos pelo medo pavoroso de que algo aconteça antes de fazermos o último pagamento, apenas aumenta o efeito. Fomos todos comprados e ainda por cima comprados com nosso próprio dinheiro. Cada um daqueles pobres infelizes espezinhados, suando sangue para pagar o dobro do preço justo por uma casa de bonecas chamada de Belle Vue que não tem vista alguma, muito menos bela — cada um desses pobres idiotas há de morrer no campo de batalha para salvar seu país do bolchevismo.

    Virei na Walpole Road e entrei na High Street. Há um trem para Londres às 10h14. Eu estava passando pelo Sixpenny Bazaar quando me lembrei de que precisava comprar um pacote de giletes. Quando cheguei ao balcão dos sabonetes, ou sei lá como se chama oficialmente, o gerente do andar estava passando um carão na moça responsável pelo setor. Geralmente não há muita gente no Sixpenny a essa hora da manhã. Às vezes, se entramos logo após a abertura, vemos todas as garotas formando fila e recebendo seu sermão matinal, apenas para pô-las na linha pelo resto do dia. Dizem que essas grandes lojas de cadeia contratam sujeitos com poderes especiais para o sarcasmo e o abuso que são transferidos de filial para filial a fim de injetar ânimo nas garotas. O gerente do andar era um diabinho feio, de tamanho modesto, com ombros muito quadrados e um bigode cinzento espetado. Ele havia acabado de se irritar com alguma coisa, algum troco errado, evidentemente, e a repreendia com uma voz que mais parecia uma serra circular.

    — Ah, não! Claro que você não podia contar! CLARO que não. Seria trabalhoso demais. Ah, não!

    Antes que eu pudesse evitar, meus olhos encontraram os da moça. Não era nada bacana para ela ser observada por um pateta gordo de meia-idade com rosto vermelho enquanto levava uma bronca. Virei-me o mais rápido que pude e fingi estar interessado em algo no balcão vizinho, puxadores de cortinas ou algo similar. O gerente continuava o sermão. Era uma daquelas pessoas que se viram para ir embora e de repente tornam a atacar, como uma libélula.

    — CLARO que você não podia contar! Não faz diferença para VOCÊ se faltarem dois xelins. Não faz a mínima diferença. O que são dois xelins para VOCÊ? Eu não poderia pedir a VOCÊ para se dar ao trabalho de contar direito. Ah, não! Nada importa aqui, salvo a SUA conveniência. Você não pensa nos outros, pensa?

Isso prosseguiu por cerca de cinco minutos num tom de voz passível de ser ouvido do outro lado da loja. Ele ficava se virando para ir embora a fim de fazer a moça achar que tinha acabado e depois voltava para uma nova rodada. Quando me afastei um pouco tive um vislumbre de ambos. A moça era uma menina de uns 18 anos, bem gorda, com um rosto redondo, do tipo que jamais calcularia direito o troco. Empalidecera, enrubescera e se contorcia, realmente se contorcia de dor. Era como se levasse chicotadas. As moças nos outros balcões fingiam não ouvir. Ele era um diabinho feio, empertigado, um desses homens cheios de si que estufam o peito e põem as mãos debaixo do fraque — o tipo que seria um primeiro-sargento caso fosse alto o bastante. Você já percebeu como é comum botarem homens baixinhos em cargos intimidadores? Ele estava metendo a cara, com bigodes e tudo, quase no rosto dela para gritar melhor. E a menina estava toda vermelha e trêmula.

Finalmente, o sujeito decidiu que já dissera o suficiente e deu meia-volta como um almirante no tombadilho, e eu me aproximei do balcão para comprar as giletes. Ele sabia que eu ouvira cada palavra, assim como ela sabia também, e ambos sabiam que eu sabia que eles sabiam. O pior de tudo, porém, era que por minha causa ela precisava fingir que nada acontecera e assumir aquela atitude esquiva de "mantenha distância" que se espera que uma vendedora exiba para clientes masculinos. Precisava agir como uma mocinha adulta meio minuto depois de eu tê-la visto ser repreendida como uma criada! O rosto continuava rubro e as mãos tremiam. Pedi-lhe giletes de um centavo e ela começou a mexer na bandeja das de três. Então, o diabinho do gerente virou-se em nossa direção e por um momento nós dois achamos que ele ia voltar para recomeçar a bronca. A garota se encolheu como um cachorro que vê o chicote. Mas estava me espiando pelo canto do olho. Percebi que porque eu a vira ser repreendida ela me odiava como se eu fosse o diabo. Eu, hein!

Saí de lá com as minhas giletes. *Por que elas aguentam isso?*, pensei. Puro medo, claro. Uma resposta atravessada e vão parar na rua. É o mesmo em todos os lugares. Pensei no rapaz que às vezes me atende na mercearia de cadeia onde somos fregueses. Um camarada bem fortão de uns vinte anos, com bochechas cor-de-rosa e bíceps enormes, que deveria estar trabalhando numa serralharia. E lá está ele, de guarda-pó branco, inclinado sobre o balcão, esfregando as mãos e dizendo "Sim, senhor! Certíssimo, senhor! Tempo bom para esta época do ano, senhor! O que terei o prazer de lhe vender hoje, senhor?", praticamente pedindo que você chute o seu traseiro. Ordens, é claro. O cliente tem sempre razão. O que se vê em seu rosto é um medo mortal de que você se queixe da sua impertinência e ele seja demitido. Além do mais, como ele há de saber que você não é um dos dedos-duros que a empresa manda para vigiar? Medo! Nadamos nele. É o nosso elemento. Quem não morre de medo de perder o emprego morre de medo da guerra, do fascismo ou do comunismo ou algo assim. Os judeus suam quando pensam em Hitler. Passou-me pela cabeça que o diabinho de bigode espetado provavelmente estava um bocado mais medroso de perder o emprego do que a moça. Provavelmente ele tem uma família para sustentar. E talvez, quem sabe, em casa ele seja manso e gentil, plante pepinos no quintal, deixe a mulher vigiá-lo e os filhos lhe puxarem o bigode. Seguindo o mesmo raciocínio, nunca lemos sobre um inquisidor espanhol ou um daqueles figurões do Serviço Secreto Russo sem sermos informados de que na vida privada ele era um homem muito gentil, o melhor dos maridos e pais, dedicado a seu canário de estimação e daí por diante.

A garota do balcão de sabonetes me observou enquanto eu saía. Teria me matado se pudesse. Como me odiou por causa do que vi! Muito mais do que odiava o gerente do andar.

3

Um bombardeiro voava baixo acima de nós. Por um ou dois minutos pareceu que ele estava no mesmo ritmo do trem. Dois sujeitos ordinários vestindo sobretudos surrados, obviamente representantes comerciais do nível mais baixo, vendedores de assinaturas de jornal, talvez, estavam sentados de frente para mim. Um deles lia o *Mail* e o outro, o *Express*. Pude ver, pelo jeito dos dois, que ambos me haviam tomado por um colega de profissão. No outro extremo do vagão, dois escriturários com maletas pretas entabulavam uma conversa cheia de baboseiras jurídicas, destinada a impressionar o restante de nós e mostrar que não pertenciam ao restante do gado.

    Eu apreciava os fundos das casas pelas quais passávamos. A linha que sai de West Bletchley passa, durante boa parte do caminho, por cortiços, mas dão uma certa sensação de paz os vislumbres que se tem de pequenos quintais com flores fincadas em caixotes e telhados planos, em cujos muros as mulheres penduram a roupa lavada e a gaiola do passarinho. O bombardeiro grande e preto balançou um pouco no ar e seguiu a toda, sumindo de meu campo de visão. Eu estava sentado de costas para o avião. Um dos representantes comerciais fixou nele o olhar por um mero segundo. Sei o que está pensando. Aliás, é o que todo mundo está pensando. Não é preciso ser um intelectual para ter tais pensamentos hoje em dia. Daqui a dois anos, um ano, o que estaremos fazendo quando virmos um desses troços? Correndo para o porão, molhando as calças de medo.

O sujeito largou o *Daily Mail*.

— Saiu o ganhador de Templeglate — falou.

Os escriturários continuavam cuspindo baboseiras sobre propriedades imobiliárias com total domínio e taxas processuais. O outro representante comercial apalpou o bolso do colete e dali tirou um Woodbine amassado. Apalpou o outro bolso e depois se inclinou para mim.

— Tem fósforo aí, ô, Barrilzinho?

Apalpei os bolsos em busca de fósforos. "Barrilzinho", você reparou. Na verdade, é interessante. Durante alguns minutos parei de pensar em bombas e comecei a pensar na minha aparência, que eu examinara no banho naquela manhã.

É bem adequado ser chamado de barrilzinho. Com efeito, a metade superior do meu corpo tem a forma quase exata de um barril. Mas o interessante, acho eu, é que, pelo mero fato de sermos gordinhos, praticamente todo mundo, mesmo um completo desconhecido, se sente no direito de nos dar um apelido que constitui um comentário insultuoso sobre a nossa aparência. Imaginemos um sujeito corcunda, ou vesgo, ou que tenha lábio leporino... Você lhe poria um apelido para recordá--lo disso? Mas todo homem gordo é rotulado por um processo natural. Sou do tipo em quem as pessoas em geral dão um tapinha nas costas ou um cutucão nas costelas, quase todas achando que gosto disso. Não há uma vez em que eu entre no pub Crown at Pudley (pelo qual passo uma vez por semana a trabalho) sem que aquele babaca do Waters, que viaja para o pessoal do Sabão Seafoam, mas que praticamente mora no Crown, me cutuque as costelas e cantarole "Aqui jaz o verdadeiro colosso, o coitado do Tom Bowling", gracejo do qual jamais se cansam os malditos idiotas no bar. O dedo de Waters parece uma barra de ferro. Todos acham que os gordos não têm sentimentos.

O representante comercial pegou mais um dos meus fósforos para palitar os dentes e jogou de volta a caixa para mim. O trem zuniu em direção a uma ponte de ferro. Lá embaixo vislumbrei a caminhonete de um padeiro e uma longa fila de caminhões carregados de cimento. O mais estranho, pensei, é que de certa forma eles têm razão sobre os gordos. É fato que um gordo, sobretudo aquele que é de nascença — isto é, desde a infância —, não é exatamente como os outros homens. Ele atravessa a vida numa dimensão diferente, numa espécie de comédia ligeira, embora no caso dos caras do circo, ou de alguém que pese mais de 130 quilos, trate-se mais de farsa grosseira. Eu já fui gordo e já fui magro e sei a diferença que a gordura faz na nossa maneira de ver a vida. Ela meio que impede a gente de encarar as coisas de forma extrema. Duvido que um homem que jamais tenha sido outra coisa senão gordo, um homem que foi chamado de Rolha de Poço desde que começou a andar, tenha sentido emoções realmente profundas. Como poderia? Ele não tem experiência nessas coisas. Não pode jamais estar presente numa cena trágica, porque uma cena com a presença de um gordo não é trágica, é cômica. Imagine, por exemplo, um Hamlet gordo! Ou Oliver Hardy fazendo o papel de Romeu. O curioso é que eu andara pensando em algo assim apenas alguns dias antes, quando estava lendo um romance que peguei na biblioteca. *Paixão frustrada* era o nome do livro. O cara da história descobre que a namorada fugiu com outro cara. Ele é um daqueles caras que a gente vê em romances, com rosto pálido e expressivo, cabelo preto e que vive de renda. Eu me lembro mais ou menos do trecho que li:

"David andava de um lado para outro, as mãos pressionando a testa. A notícia parecia tê-lo deixado atônito. Durante um bom tempo teve dificuldade para acreditar. Sheila lhe era infiel! Impossível! De repente, a realidade o assaltou, e ele viu o fato em todo o seu horror cristalino. Foi demais. Atirou-se no chão tomado por um acesso de choro."

Enfim, a ideia era mais ou menos essa. E até mesmo naquela hora, me peguei pensando. Isso acontece, certo. É assim que as pessoas — algumas pessoas — supostamente se comportam. Mas e quando se trata de alguém como eu? Imaginemos que Hilda fosse passar um fim de semana com outro — não que eu desse a mínima, na verdade até me agradaria bastante saber que ela ainda tem um pingo de poder de sedução —, mas imaginemos que eu me importasse... por acaso eu iria me atirar no chão tomado por um acesso de choro? Alguém esperaria isso de mim? Não com o meu tamanho. Seria absolutamente obsceno.

O trem corria por um aterro. Pouco abaixo de nós, dava para ver os telhados das casas se perdendo ao longe, os telhadinhos vermelhos onde as bombas irão cair, um pouco mais nítidos no momento porque um raio de sol brilhava sobre eles. Engraçado como a gente não para de pensar em bombas. Claro que não há dúvidas de que está chegando. Dá para saber o quanto se aproxima pelo clima animador que impregna os jornais. Eu estava lendo uma matéria no *News Chronicle* outro dia que dizia que atualmente os bombardeiros não podem causar dano algum. A artilharia antiaérea evoluiu tanto que o bombardeiro teria que ficar a seis quilômetros de distância. O camarada acha, percebe-se, que se o avião estiver suficientemente alto as bombas não alcançam o solo. Ou, mais provavelmente, o que ele quis dizer foi que o Arsenal Woolwich não será atingido, apenas locais como a Ellesmere Road.

Mas de modo geral, pensei, não é tão ruim ser gordo. Uma coisa boa num gordo é ser sempre popular. Com efeito, não existe grupo, de agenciadores de apostas a bispos, em que um gordo não se encaixe e se sinta em casa. Quanto às mulheres, os gordos dão mais sorte com elas do que se imagina. É idiotice pensar, como pensam alguns, que uma mulher considera todo gordo um boboca. A verdade é que uma mulher não considera homem ALGUM um boboca se ele puder convencê-la de estar apaixonado por ela.

Vejam bem, eu nem sempre fui gordo. Estou gordo há oito ou nove anos e suponho que desenvolvi a maioria das características. Mas também sei que por dentro, mentalmente, não sou, na verdade, gordo. Não! Não me entendam mal. Não estou tentando posar de florzinha delicada, um coração partido por trás do rosto sorridente e coisas do gênero. Ninguém daria certo no ramo de seguros se fosse assim. Sou ordinário, insensível e pertenço ao meu ambiente. Enquanto em algum lugar do mundo houver vendas sendo feitas sob comissão e sustentos sendo ganhos com pura desfaçatez e falta de sentimentos mais nobres, sujeitos como eu estarão no jogo. Em quase todas as circunstâncias, tenho conseguido ganhar meu sustento — sempre o sustento e jamais uma fortuna — e mesmo na guerra, na revolução, na peste e na fome eu conseguiria sobreviver mais tempo que a maioria. Sou desse tipo. Mas também tenho algo internamente, trocando em miúdos, uma ressaca do passado. Vou falar disso mais adiante. Sou gordo, mas por dentro sou magro. Por acaso já lhe ocorreu que existe um magro dentro de cada gordo, assim como dizem que existe uma estátua dentro de todo bloco de pedra?

O sujeito que pedira emprestados os meus fósforos palitava com vontade os dentes enquanto lia o *Express*.

— O caso das pernas não parece estar avançando — disse.

— Nunca vão pegá-lo — respondeu o outro. — Ou por acaso dá para identificar um par de pernas? Elas são todas iguais, não?

— Podem acabar pegando o cara por meio do papel em que ele embrulhou as pernas — argumentou o primeiro.

Lá embaixo dava para ver os telhados das casas a perder de vista, serpenteando com as ruas, mas se estendendo para sempre, como uma enorme planície sobre a qual se pudesse cavalgar. Seja para que lado se cruze Londres, lá estão mais de trinta quilômetros de casas, quase sem intervalo. Jesus! Como os bombardeiros vão deixar de nos acertar quando vierem? Somos um tremendo e nítido alvo. E sem aviso, provavelmente. Porque quem será tão idiota para declarar guerra hoje em dia? Se eu fosse Hitler, mandaria meus bombardeiros atacarem no meio de uma conferência de desarmamento. Numa manhã tranquila, quando os assalariados estiverem atravessando aos magotes a Ponte de Londres e o canário estiver cantando, e a velha pendurando as calçolas no varal... *zuum*, *bzzz*, *ka-bumm!* Casas voando pelos ares, calçolas encharcadas de sangue, canário cantando acima dos cadáveres.

    De certa forma, uma pena, pensei. Olhei para o mar enorme de telhados se estendendo até o infinito. Quilômetros e quilômetros de ruas, lojas de peixe frito, capelas, cinemas, pequenas gráficas em becos, fábricas, prédios de apartamentos, biroscas, leiterias, centrais elétricas... a perder de vista. Uma vastidão! Uma vastidão tranquila! Como uma imensa selva sem bestas selvagens. Nada de artilharia, ninguém atirando granadas, ninguém batendo em alguém com um cassetete de borracha. Se a gente pensar bem, nesse momento provavelmente não há uma única pessoa na Inglaterra inteira atirando pela janela com uma metralhadora.

    Mas e daqui a cinco anos? Ou dois? Ou um ano?

4

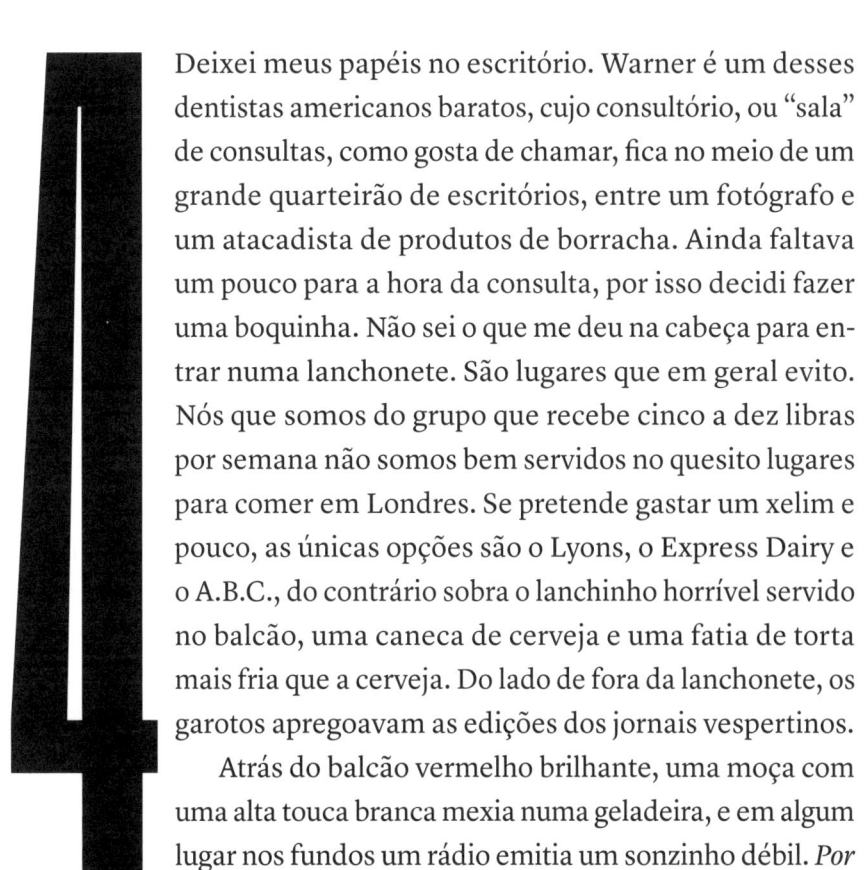

Deixei meus papéis no escritório. Warner é um desses dentistas americanos baratos, cujo consultório, ou "sala" de consultas, como gosta de chamar, fica no meio de um grande quarteirão de escritórios, entre um fotógrafo e um atacadista de produtos de borracha. Ainda faltava um pouco para a hora da consulta, por isso decidi fazer uma boquinha. Não sei o que me deu na cabeça para entrar numa lanchonete. São lugares que em geral evito. Nós que somos do grupo que recebe cinco a dez libras por semana não somos bem servidos no quesito lugares para comer em Londres. Se pretende gastar um xelim e pouco, as únicas opções são o Lyons, o Express Dairy e o A.B.C., do contrário sobra o lanchinho horrível servido no balcão, uma caneca de cerveja e uma fatia de torta mais fria que a cerveja. Do lado de fora da lanchonete, os garotos apregoavam as edições dos jornais vespertinos.

Atrás do balcão vermelho brilhante, uma moça com uma alta touca branca mexia numa geladeira, e em algum lugar nos fundos um rádio emitia um sonzinho débil. *Por que diabos vim parar aqui?*, pensei ao entrar. A atmosfera desses lugares me deprime. Tudo untuoso e lustroso e simplificado; espelhos, esmalte e cromagem para onde quer que se olhe. Investe-se um bocado em decoração e nada em comida. Não havia comida de verdade ali. Apenas listas de coisas com nomes americanos, coisas sem substância nem sabor, em cuja existência mal se pode acreditar. Tudo vem de uma caixa, ou de uma lata, ou de uma geladeira, ou de uma torneira, ou de um tubo. Não há conforto, não há privacidade. Banquetas altas para se sentar, uma espécie de parapeito estreito para pôr o prato, espelhos em todas as paredes. Uma espécie de propaganda flutua acima de tudo isso, misturada ao ruído do rádio, indicando que a comida não importa, o conforto não importa, nada importa, exceto a untuosidade e o lustro e a simplificação. Tudo é simplificado hoje em dia, até mesmo a bala que Hitler está guardando para você. Pedi um café duplo e duas salsichas *frankfurter*. A moça da touca branca as pôs na minha frente com o mesmo entusiasmo com que se dá comida a um peixinho dourado.

Do lado de fora, um menino gritava "StannnDERD!". Vi o pôster com a manchete batendo contra seus joelhos: PERNAS. NOVAS DESCOBERTAS. Apenas "pernas", note-se. Chegamos a esse ponto. Dois dias antes, as pernas de uma mulher haviam sido encontradas na sala de espera de uma estação ferroviária, embrulhadas em papel pardo, e, devido a sucessivas edições dos jornais, supunha-se que toda a nação estivesse tão passionalmente interessada nessas malditas pernas que ninguém precisasse de qualquer outra introdução. Essas eram as únicas pernas que geravam notícias no momento. Curioso, pensei, enquanto comia um pedaço de pão, como os homicídios estão ficando chatos. Toda essa coisa de cortar gente e deixar os pedaços espalhados pelo interior do país. Sem comparação com os velhos dramas domésticos de envenenamento: Crippen, Seddon, sra. Maybrick; a verdade, suponho, é que não se pode cometer um bom homicídio a menos que se tenha a certeza de vir a assar no inferno por causa dele.

Nesse momento, mordi uma das salsichas e... Jesus!

Não posso honestamente dizer que esperava que a coisa tivesse um sabor agradável. Eu esperava que não tivesse gosto algum, como o pão. Mas isso... Bom, foi uma experiência e tanto. Vou tentar descrevê-la.

A salsicha tinha uma membrana de borracha, claro, e meus dentes temporários não estavam perfeitamente ajustados. Precisei fazer uma espécie de movimento de serrote antes que os dentes penetrassem a pele. Então, de repente... *plop!* O troço explodiu na minha boca como uma pera podre. Uma coisa horrível começou a escorrer pela minha língua. Mas que gosto era aquele?! De imediato, não consegui acreditar. Depois revirei a língua dentro da boca e tentei de novo. Era PEIXE! Uma salsicha, um troço chamado *frankfurter*, recheada de peixe! Levantei-me do tamborete e saí direto pela porta sem sequer tocar no café. Só Deus sabe que gosto teria.

Do lado de fora, o jovem vendedor de jornais enfiou o *Standard* na minha cara e gritou: "Pernas! Revelações horríveis! Todos os ganhadores! Pernas! Pernas!" Eu continuava com aquele troço na minha boca, me perguntando onde poderia cuspi-lo. Lembrei-me de algo que lera num jornal em algum lugar sobre fábricas de comida na Alemanha onde tudo é feito de outra coisa qualquer. Ersatz é o nome. Eu me lembrei de ter lido que ELES faziam salsichas de peixe, e peixe, garanto, de algo diferente. Fiquei com a sensação de ter mordido o mundo moderno e descoberto do que ele era feito de verdade. Assim são as coisas atualmente. Tudo lustroso e simplificado, cromados por todo lado, arcos iluminados cintilando a noite toda, telhados de vidro sobre nossa cabeça, rádios tocando todos a mesma música, nem um pingo mais de vegetação, tudo cimentado, tartarugas de mentira passeando debaixo de árvores frutíferas neutras. Mas quando a gente desce ao nível do básico e morde uma coisa sólida, uma salsicha, por exemplo, é isso que temos: peixe podre dentro de uma pele de borracha. Bombas de lixo explodindo dentro da nossa boca.

Quando pus os dentes novos me senti muito melhor. Eles se assentaram tranquila e suavemente nas gengivas, e, embora seja muito provável que soe absurdo dizer que dentes falsos possam fazer a gente se sentir mais jovem, é fato que foi o que aconteceu. Tentei sorrir para mim mesmo na vitrine de uma loja. Nada mal. Warner, embora barato, é quase um artista e não pretende deixar a gente parecendo anúncio de pasta de dente. Ele tem enormes armários cheios de dentaduras — mostrou-as para mim certa vez — arrumadas de acordo com tamanho e cor, e as escolhe como um joalheiro escolhe pedras preciosas para um colar. Nove em dez pessoas achariam que meus dentes são naturais.

Flagrei meu reflexo em tamanho natural noutra vitrine por que passei e me dei conta de que, com efeito, o meu físico não era de todo mau. Um pouco gordinho, sem dúvida, mas nada ofensivo, apenas o que os alfaiates chamam de "figura sólida", e algumas mulheres gostam de homens com rostos corados. *Ainda há vida nesta carcaça velha*, pensei. Lembrei-me das minhas 17 libras e decidi, definitivamente, que as gastaria com uma mulher. Dava tempo de tomar uma cerveja antes que os pubs fechassem, só para batizar os dentes e, me sentindo rico por causa das 17 libras, parei numa tabacaria e comprei um charuto de seis centavos de um tipo que muito me agrada. Eles têm vinte centímetros e são legítimos de Havana. Suponho que o repolho de Havana seja igual ao de qualquer outro lugar.

Saí do pub me sentindo um homem bem diferente.

Tinha tomado duas cervejas, que me aqueceram por dentro, e a fumaça do charuto envolvendo meus dentes novos me causou uma sensação de frescura, limpeza, paz. De repente, me senti meio meditativo e filosófico, em parte porque não tinha trabalho nenhum a fazer. Minha mente voltou aos pensamentos de guerra que eu havia tido de manhã, quando o bombardeiro sobrevoou o trem. Havia um clima quase profético no ar, aquele clima em que a gente prevê o fim do mundo e meio que extrai certo prazer disso.

Eu estava subindo a Strand e, embora fizesse um friozinho, fui andando devagar para saborear meu charuto. A multidão habitual entre a qual mal conseguimos abrir caminho seguia pela calçada, com aquela insana expressão fixa que todas as pessoas em Londres têm, e havia também o engarrafamento de sempre com os enormes ônibus vermelhos se espremendo entre os carros, e os motores roncando e as buzinas soando. Alarido suficiente para despertar os mortos, mas não para despertar essa turma, pensei. Senti como se eu fosse a única pessoa acordada numa cidade de sonâmbulos. É uma ilusão, claro. Quando se caminha em meio a uma multidão de estranhos é quase impossível não imaginar que são todos de cera, mas provavelmente eles estão pensando a mesma coisa da gente. E esse tipo de sensação profética que vira e mexe me assalta hoje em dia, a sensação de que a guerra está logo ali na esquina e que a guerra é o fim de todas as coisas, não me é peculiar. Todos temos isso, mais ou menos. Suponho que mesmo entre essa turma que passava por mim naquele momento devia haver sujeitos vendo mentalmente imagens de explosões de bombas e de lama. Seja o que for que você pense, sempre há milhões de outros pensando o mesmo no mesmo momento. Mas era assim que eu me sentia. Estávamos todos no tombadilho em chamas e ninguém sabia disso além de mim. Olhei para as caras aparvalhadas que passavam. Como perus no dia de Ação de Graças, pensei. Sem noção alguma do que os aguardava. Foi como se eu tivesse raios X nos olhos e pudesse ver os esqueletos caminhando.

Olhei alguns anos à frente. Vi aquela rua como ela seria dali a cinco anos, ou talvez três (1941, dizem, está reservado), depois do início da luta.

Não, ela não foi feita em pedaços. Está apenas levemente mudada, meio castigada e com aspecto de suja, as vitrines quase vazias e tão empoeiradas que não se pode ver o que há dentro. Numa via transversal há uma enorme cratera de bomba e um quarteirão de prédios queimou tão totalmente que ficou parecendo um dente oco. Cupins. Tudo está estranhamente silencioso e todos muito magros.

Um pelotão de soldados vem subindo a rua marchando. São magros como varas e arrastam os pés calçados em botas. O sargento tem bigode de rolha e uma postura que lembra um poste, mas é magro também e tosse de um jeito que parece que vai se partir ao meio. Entre os acessos de tosse, ele tenta vociferar comandos para os demais no velho estilo marcial. "Atenção, Jones! Levante a cabeça! O que tanto procura no chão? Todas as guimbas de cigarro já foram catadas anos atrás." De repente, um acesso de tosse o assalta. Ele tenta parar de tossir, não consegue, se dobra como uma régua e quase põe os bofes pela boca. O rosto fica vermelho e roxo, o bigode murcha e as lágrimas lhe escorrem dos olhos.

Ouço as sirenes de alarme aéreo e os alto-falantes berrando que as nossas tropas gloriosas capturaram cem prisioneiros. Vejo uma água-furtada em Birmingham e uma criança de cinco anos chorando e implorando por um pedaço de pão. E de repente a mãe não consegue mais aguentar e grita "Fecha a matraca, infeliz!" antes de levantar a camisola do pequeno e lhe sapecar uma baita palmada, porque não há nem haverá pão algum. Vejo tudo isso. Vejo os cartazes e as filas de comida, e o óleo de rícino e os cassetetes de borracha e as metralhadoras se projetando das janelas.

Vai acontecer? Não se sabe. Tem dias que é impossível acreditar. Tem dias que não passa de pânico espalhado pelos jornais. Tem dias que sinto nas entranhas que não há escapatória.

Quando me aproximo de Charing Cross, os garotos estão apregoando a edição vespertina dos jornais. Mais disparates sobre o homicídio. PERNAS. DECLARAÇÃO DE CIRURGIÃO FAMOSO. Depois, outra manchete chama minha atenção: ADIADO CASAMENTO DO REI ZOG. Rei Zog! Que nome! É quase impossível acreditar que um sujeito com um nome desses não seja um negro retinto.

Mas justo então uma coisa estranha aconteceu. O nome do rei Zog despertou algumas lembranças. Embora tenha visto o mesmo nome várias vezes naquele dia, acho que nesse momento ele se misturou a algum som no tráfego ou ao cheiro de esterco de cavalo para causar tal efeito.

O passado é uma coisa curiosa. Está com a gente o tempo todo. Suponho que nunca se passe uma hora sem que a gente pense em coisas que aconteceram dez ou vinte anos antes, e, ainda assim, na maioria do tempo ele não é real, não passa de uma série de fatos que se descobriu, como um monte de coisas num livro de história. Então, alguma visão aleatória ou som ou cheiro, sobretudo cheiro, desencadeia o processo e o passado não apenas volta, mas a gente realmente está NO passado. Foi o que aconteceu.

Eu estava de novo na igreja paroquial em Lower Binfield, 38 anos antes. Para todos os efeitos, eu continuava descendo a Strand, gordo e com 45 anos, uma dentadura e um chapéu-coco, mas por dentro eu era Georgie Bowling, com sete anos, filho caçula de Samuel Bowling, comerciante de milho e grãos, morador da High Street, 57, Lower Binfield. E era domingo de manhã e dava para sentir o cheiro da igreja. Como dava! Sabe aquele cheiro que as igrejas têm, um cheiro meio adocicado peculiar, úmido, poeirento, em putrefação. Tem um toque de gordura de vela também, talvez uma pitada de incenso e uma sugestão de ratos, e nas manhãs de domingo esse cheiro fica um pouco obliterado pelo odor de sabonete e vestidos de sarja, mas predominantemente continua sendo aquele cheiro doce, poeirento e mofado de morte e vida misturadas. Na verdade, é de pó de cadáveres.

Naquela época eu tinha cerca de um metro e vinte de altura. Estava em pé no genuflexório tentando enxergar por cima do banco à frente e podia sentir o vestido preto de sarja da mamãe sob minha mão. Também podia sentir minhas meias puxadas até acima do joelho — costumávamos usá-las desse jeito na época — e a beirada engomada do colarinho Eton que costumava aprisionar meu pescoço nas manhãs de domingo. E ouvia o órgão arquejar e duas vozes possantes recitando aos berros o salmo. Na nossa igreja havia dois homens que dirigiam o canto coletivo. Na verdade, cantavam tanto que pouco sobrava para os demais. Um deles era Shooter, o peixeiro, e o outro, o velho Wetherall, o marceneiro e agente funerário. Os dois em geral se sentavam um em frente ao outro de cada lado da nave, nos bancos próximos ao púlpito. Shooter era um gordo baixinho de rosto bem rosado e liso, narigudo, com um bigode curvo e um queixo que praticamente desaparecia sob a boca. Wetherall era um bocado diferente. Um patife grandalhão, magro, imponente, sessentão, com cara de caveira e cabelo grisalho cortado bem rente. Nunca vi um homem vivo que parecesse tanto com um esqueleto. Dava para ver cada linha do crânio em seu rosto, a pele era como pergaminho e a enorme mandíbula recheada de dentes encardidos subia e descia igualzinho à mandíbula de um esqueleto num museu de anatomia. No entanto, apesar de toda essa magreza, ele dava a impressão de ser forte como ferro, como se fosse viver até os cem anos e fabricar caixões para todos na igreja antes de partir. As vozes eram bem diferentes, também. Shooter tinha uma espécie de balido desesperado, agonizante, como se alguém estivesse com uma faca em seu pescoço e aquele fosse seu último grito de socorro. Wetherall, porém, tinha um tremendo vozeirão, retumbante, vibrante, que surgia das profundezas do seu ser e lembrava o som de enormes barris sendo rolados de um lado para o outro. Por mais barulho que ele emitisse, sempre se sabia que havia muito mais na reserva. As crianças o apelidaram de Retumbante.

    Os dois costumavam gerar uma espécie de efeito de antífona, principalmente nos salmos. Era sempre Wetherall que ficava com a última palavra. Suponho que fossem realmente amigos na vida privada, mas na minha visão infantil eu imaginava que fossem inimigos mortais e estivessem tentando derrubar um ao outro no grito. Shooter trovejava "O Senhor é meu pastor", e Wetherall entrava com "Nada me faltará", neutralizando por completo o outro. Sempre deu para ver qual dos dois mandava. Eu costumava aguardar com especial ansiedade aquele salmo que tem a parte sobre Siom, o rei dos amorreus, e Ogue, o rei de Basã (foi dele que o nome do rei Zog me fizera recordar). Shooter começava com "Siom, rei dos amorreus". Em seguida, talvez durante meio segundo, a gente ouvia o restante da congregação cantar "e", e então soava o impressionante baixo de Wetherall, impondo-se como uma enorme onda e engolindo a todos com "Ogue, rei de Basã". Eu gostaria de poder fazer vocês ouvirem o tremendo fragor trovejante, lembrando o som subterrâneo de barris, que ele era capaz de infundir naquele "Ogue". Chegava até a atropelar o "e", de modo que quando era bem pequeno eu pensava ouvir Égua, rei de Basã. Mais tarde, quando entendi direito os nomes, construí uma imagem mental de Siom e Ogue. Eu os imaginava como um par daquelas gigantescas estátuas egípcias das quais eu vira fotos na enciclopédia, estátuas de dez metros de altura, sentadas em seus tronos, de frente uma para a outra, com as mãos nos joelhos e um leve sorriso enigmático no rosto.

Como tudo me voltou! Aquela sensação peculiar — era apenas uma sensação, não podia ser descrita como uma atividade — que chamávamos de "igreja". O adocicado cheiro cadavérico, o farfalhar dos vestidos dominicais, o som do órgão e as vozes estrondosas, o facho de luz vindo do buraco na janela e se esgueirando lentamente nave acima. De certa forma, os adultos acreditavam que essa extraordinária encenação fosse necessária. A gente encarava a coisa com naturalidade, como encarava a Bíblia, da qual bebíamos boas doses naquele tempo. Havia textos em todas as paredes e sabíamos de cor capítulos inteiros do Velho Testamento. Mesmo agora, minha cabeça continua cheia de trechos da Bíblia. E os filhos de Israel fizeram o mal aos olhos do Senhor. E Aser assentou-se à beira do mar. Desde Dã até Berseba. E feriu-o debaixo da quinta costela, e ele morreu. A gente nunca entendeu, não tentava nem queria, não passava de um tipo de remédio, um troço de gosto esquisito que se precisava engolir sabendo que era de alguma forma necessário. Uma lenga-lenga fantástica sobre pessoas com nomes como Simei, Nabucodonosor, Aitofel e Hashbadada; pessoas com vestes compridas e engomadas e barbas assírias, andando para lá e para cá a camelo entre templos e cedros e fazendo coisas extraordinárias. Sacrificando oferendas queimadas, vagando entre a fornalha ardente, sendo pregadas em cruzes e engolidas por baleias. Tudo isso misturado ao cheiro adocicado de cemitério e aos vestidos de sarja e o som do órgão.

Foi a esse mundo que voltei quando vi o cartaz sobre o rei Zog. Por um instante não apenas me lembrei dele, eu ENTREI nele. Claro que tais impressões não duram mais que um punhado de segundos. Um minuto depois, foi como se eu abrisse novamente os olhos e me visse com 45 anos no meio de um engarrafamento na Strand. Mas aquilo deixou uma espécie de efeito retardado. Às vezes, quando saímos de um rosário de pensamentos, sentimos como se emergíssemos das profundezas, mas dessa vez aconteceu o oposto, como se lá em 1900 é que eu tivesse respirado o ar real. Mesmo de olhos abertos, por assim dizer, todos aqueles apalermados andando para lá e para cá e os letreiros e o fedor de gasolina e o ronco dos motores me pareceram menos reais do que a manhã de domingo em Lower Binfield 38 anos antes.

Atirei fora meu charuto e segui caminhando devagar. Podia sentir o cheiro de cadáver. De certa forma, ainda sinto agora. Estou de volta a Lower Binfield, e o ano é 1900. Ao lado do bebedouro dos cavalos no mercado, o cavalo do carreteiro come do seu bornal. Na loja de balas da esquina, a sra. Wheeler está pesando meio centavo de balas de licor. A carruagem de lady Rampling passa, com o lacaio sentado atrás de braços cruzados. Tio Ezequiel dá uma bronca em Joe Chamberlain. O sargento recrutador em seu paletó escarlate, culote azul e boina achatada, anda para lá e para cá torcendo o bigode. Os bêbados vomitam no pátio atrás do George. Vicky está em Windsor, Deus está no céu, Cristo está na cruz, e Jonas na barriga da baleia. Sadraque, Mesaque e Abednego estão na fornalha ardente, e Siom, rei dos amorreus, e Ogue, rei de Basã, sentados em seus tronos, olham um para o outro — sem fazer nada em especial, apenas existindo, mantendo o lugar que lhes foi destinado, como um par de cães de lareira ou o Leão e o Unicórnio.

Será que tudo se foi para sempre? Não tenho certeza. Mas garanto que era um mundo bom no qual viver. Pertenço a ele. E você também.

PART

1 O mundo de que me lembrei momentaneamente quando vi o cartaz com o nome do rei Zog era tão diferente do mundo em que vivo agora que talvez você tenha alguma dificuldade para acreditar que um dia pertenci a ele.

Suponho que a essa altura já lhe seja possível me imaginar mentalmente — um sujeito gordo de meia-idade com dentes falsos e cara vermelha — e, de forma subconsciente, supor que eu era exatamente o mesmo desde o berço. Mas 45 anos é tempo à beça, e, embora alguns não mudem nunca, outros o fazem. Mudei um bocado, tive meus altos e baixos, na maioria altos. Pode parecer estranho, mas acho que meu pai ficaria orgulhoso de mim se me visse agora. Acharia uma coisa maravilhosa um filho seu ter um carro e morar numa casa com banheiro. Mesmo agora, estou um pouco acima das minhas origens, e houve épocas em que alcancei níveis com que sequer sonhávamos nos tempos antes da guerra.

Antes da guerra! Durante quanto tempo continuaremos dizendo isso?, me pergunto. Daqui a quanto tempo a resposta será "Qual guerra?"? No meu caso, a terra do nunca na qual as pessoas pensam quando dizem "antes da guerra" foi logo antes da Segunda Guerra dos Bôeres. Nasci em 1893 e me lembro direitinho da eclosão da Guerra dos Bôeres, por causa da baita briga que papai e tio Ezequiel travaram a esse respeito. Tenho várias outras lembranças que remontam a cerca de um ano antes disso.

    A primeiríssima coisa de que me lembro é o cheiro de palha de sanfeno. A gente subia pelo corredor de pedra que levava da cozinha até a loja, e o cheiro de sanfeno ia ficando cada vez mais forte. Mamãe tinha instalado uma grade de madeira na entrada da loja para impedir que Joe e eu (Joe era meu irmão mais velho) entrássemos. Ainda me lembro de ficar grudado na grade e do cheiro de sanfeno misturado ao odor úmido de gesso do corredor. Não foi senão anos mais tarde que consegui quebrar a grade e entrar na loja sem ninguém perceber. Um camundongo que investigava um dos latões de farinha de repente saltou lá de dentro e saiu correndo por entre os meus pés. Estava branco de farinha. Acho que isso aconteceu quando eu tinha uns seis anos.

    Quando se é muito jovem, às vezes parece que nos tornamos subitamente conscientes de coisas que há muito já estavam bem debaixo do nosso nariz. As coisas à volta entram nadando em nossa mente uma de cada vez, lembrando o que acontece quando estamos acordando. Por exemplo, foi só quando eu já tinha quase quatro anos que de repente percebi que tínhamos um cachorro. Ele se chamava Nailer, um velho terrier inglês branco de uma raça que não existe mais hoje. Eu o encontrei debaixo da mesa da cozinha e de algum jeito registrei, tendo descoberto apenas naquele instante, que era nosso e se chamava Nailer. Da mesma forma, pouco antes, eu descobrira que além da grade no final do corredor havia um lugar de onde vinha o cheiro de sanfeno. E a loja em si, com as balanças enormes e os medidores de madeira e a pá de latão, as letras brancas na vitrine e o priolo em sua gaiola — que não dava para ver direito da calçada, porque a vitrine vivia empoeirada —, todas essas coisas se encaixaram na minha mente uma a uma, como as peças de um quebra-cabeça.

    O tempo passa, a gente fica mais firme sobre as pernas e aos poucos começa a entender um pouco a geografia. Suponho que Lower Binfield fosse exatamente como qualquer outra cidade-mercado de cerca de dois mil habitantes. Ficava em Oxfordshire — reparem que uso o passado, embora afinal o lugar todo ainda exista —, a uns oito quilômetros do rio Tâmisa. Ocupava um pedaço de um vale, separado do rio por uns morros e colinas mais altas atrás. No topo das colinas havia florestas que criavam uma espécie de massas azuis desbotadas entre as quais se via um casarão branco com uma colunata, a Binfield House (que todo mundo chamava de "A Mansão"), e o topo do morro era conhecido como Upper Binfield, embora não houvesse povoado ali havia mais de cem anos. Eu devia ter quase sete anos quando notei a existência da Binfield House. Quando somos muito pequenos, não olhamos para muito longe. Mas àquela altura eu conhecia cada centímetro da cidade, que tinha o formato mais ou menos de uma cruz com o mercado no meio. Nossa loja ficava na High Street, um pouco antes de chegar ao mercado, e na esquina era a loja de balas da sra. Wheeler, onde a gente gastava meio centavo quando tinha. A sra. Wheeler era uma bruxa velha e suja, e o pessoal achava que ela chupava as balas de caramelo e depois as botava de volta no vidro, embora isso jamais tenha sido provado. Mais abaixo ficava a barbearia com o anúncio dos cigarros Abdulla — aquele que tem os soldados egípcios, e por mais estranho que pareça o mesmo anúncio é usado até hoje — e o intenso cheiro alcoólico de loção pós-barba e tabaco. No meio da área do mercado há um bebedouro de cavalos de pedra, e boiando na água tem sempre uma leve camada de poeira e forragem.

    Antes da guerra, e sobretudo antes da Guerra dos Bôeres, o verão durava o ano todo. Tenho plena ciência de que isso é uma ilusão. Simplesmente estou tentando explicar como as coisas voltam à minha cabeça. Se eu fechar os olhos e pensar em Lower Binfield a qualquer tempo antes dos meus, digamos, oito anos, só consigo me lembrar do verão. Ou do mercado na hora do jantar, com uma espécie de silêncio preguiçoso e poeirento envolvendo tudo, e o cavalo do carroceiro com o focinho enfiado no bornal, mastigando, ou de uma tarde quente nos vastos prados verdejantes e úmidos no entorno da cidade, ou do crepúsculo na viela atrás dos lotes da horta pública e do odor de fumo de cachimbo misturado ao perfume de flores noturnas sobre a cerca viva. Mas, de certa forma, também me lembro de estações diferentes, pois todas as minhas lembranças se entrelaçam com alguma comida, que variava de acordo com a época do ano. Principalmente o que costumávamos achar no mato. Em julho havia as amoras-pretas — ainda que muito raras —, e as amoras já estavam quase vermelhas o bastante para podermos comê-las. Em setembro, eram as ameixinhas selvagens e avelãs. As melhores sempre estavam fora do alcance. Mais tarde, vinham as nozes de faia e as maçãs silvestres. E tinha coisas menos apetitosas que comíamos quando não havia nada melhor: espinheiro branco — mesmo não sendo muito gostoso —, rosa mosqueta, que tem um gosto forte quando se tira os pelinhos. A angélica é gostosa no início do verão, ainda mais quando estamos com sede, assim como os talos de várias ervas. E tem também a azedinha, que fica ótima com pão e manteiga, as pecãs e um tipo de trevo selvagem de gosto amargo. Mesmo as sementes de banana-da-terra são um recurso quando se está muito longe de casa e faminto.

 Joe era dois anos mais velho que eu. Quando éramos bem pequenos, mamãe pagava 18 centavos por semana a Katie Simmons para nos levar para passear à tarde. O pai de Katie trabalhava na cervejaria e tinha 14 filhos, o que levava a família a estar sempre em busca de empregos estranhos. Katie só tinha 12 anos quando Joe estava com sete, e eu, com cinco, e a maturidade dela não diferia muito da nossa. Ela me arrastava pelo braço e me chamava de "neném", e sua autoridade sobre a gente era apenas suficiente para evitar que fôssemos atropelados por carruagens ou perseguidos por touros, mas no quesito conversa havia igualdade entre nós. Fazíamos longos passeios por trilhas — sempre, claro, colhendo e comendo tudo que víamos pela frente —, pela viela atrás da horta pública, atravessávamos os prados e íamos até o moinho, onde havia uma lagoa cheia de salamandras e carpas (Joe e eu passamos a ir pescar lá, já um pouco mais velhos), e voltávamos pela estrada de Upper Binfield para passar pela loja de doces, que ficava na periferia da cidade. A loja era tão mal situada que todo mundo que se instalava ali ia à falência e, que eu saiba, foi três vezes uma loja de doces, uma vez uma mercearia e uma vez um lugar que consertava bicicletas, mas exercia um fascínio especial sobre as crianças. Mesmo quando não tínhamos dinheiro, pegávamos aquela direção para grudar nosso nariz na vitrine. Katie não estava nadinha acima de dividir um punhado de doces de dois tostões e brigar pela cota dela. A gente podia comprar coisas que valiam a pena por uma mixaria naquela época. A maioria dos doces custava um centavo cada cem gramas, e tinha até um troço chamado Mistura do Paraíso, em geral balas quebradas de várias qualidades, que era vendido por um centavo cada 180 gramas. Tinha, ainda, os Tostões Eternos, com um metro de comprimento e que duravam mais de meia hora. Camundongos e porcos de açúcar podiam ser comprados por meio centavo cada saco grande, e um pacote bônus contendo tipos variados de doces, um anel de ouro e às vezes um apito, por um centavo. Não existem mais esses pacotes bônus atualmente. Um monte de doces que a gente comia naquela época sumiu. Eu me lembro de um doce chato branco com slogans gravados, e um outro cor-de-rosa pegajoso que vinha numa caixa de fósforo oval com uma colherinha minúscula, que custava meio centavo. Ambos desapareceram. Desapareceram também os Confeitos de Cominho, bem como os cachimbos de chocolate e fósforos de açúcar, e até os granulados são raros hoje em dia. Os granulados eram uma ótima saída quando tínhamos apenas um quarto de centavo. E os Penny Monsters? Por acaso, alguém vê um Penny Monster agora? Era uma garrafa enorme, com mais de um litro de limonada gasosa, que custava um centavo. Outra coisa que está morta e enterrada.

 É sempre verão quando penso no passado. Posso sentir a grama à volta, tão alta quanto eu, e o calor brotando da terra. E a poeira na estrada, e a luz morna e esverdeada atravessando os ramos da aveleira.

Posso ver o nosso trio caminhando, comendo o que arrancamos dos arbustos, com Katie me arrastando pelo braço e dizendo "Vamos, Neném!", e às vezes gritando para Joe que segue à frente: "Joe! Volta aqui já, já! Você vai apanhar!" Joe era alto para a idade, tinha um cabeção avantajado e panturrilhas formidáveis, o tipo do garoto que está sempre aprontando algo perigoso. Aos sete anos, já usava calças curtas, com as meias pretas grossas puxada até acima do joelho e as botas grandalhonas que todo menino usava na época. Eu ainda vestia macacões de linho que mamãe costurava para mim. Katie costumava usar uma pavorosa paródia surrada de vestido de adulto que passava de irmã para irmã na família dela. Tinha um ridículo chapelão, por baixo do qual saíam as duas marias-chiquinhas, uma saia comprida encardida que arrastava no chão e botas de abotoar com os saltos estropiados. Ela era pequena, não muito mais alta que Joe, mas nada má como "babá". Numa família como aquela, uma criança serve de "babá" para as outras praticamente desde que consegue ficar de pé. Às vezes, ela tentava ser adulta e se comportar como mocinha e tinha a mania de interromper a gente do nada com um provérbio, que, na sua cabeça, era algo irresponsável. Se você dissesse "Não ligo", ela respondia imediatamente:

" *'Não ligo' passou a ligar;*
'Não ligo' foi abandonado,
Um dia parou na panela
E na hora virou um assado."

E, se a gente a xingava, lá vinha o "palavras sujas, ouvidos surdos", ou, caso nos gabássemos, "ao galo que canta, aperta-se a garganta". Isso se revelou muito verdadeiro um dia, quando eu me exibia fingindo ser um soldado e caí no estrume de vaca. A família de Katie morava numa casa minúscula e imunda na rua miserável nos fundos da cervejaria. O lugar era infestado de crianças como se fossem pragas. A família toda conseguira escapar da escola, o que era muito fácil naquela época, e as crianças começavam a levar e trazer recados e fazer pequenos serviços assim que aprendiam a andar. Um dos irmãos mais velhos pegou um mês de prisão por roubar nabos. Katie parou de nos levar para passear um ano depois, quando Joe fez oito anos e passou a ficar difícil para uma menina controlá-lo. Ele descobriu que na casa dela cinco pessoas dormiam na mesma cama e passou a infernizar sua vida.

Coitada da Katie! Teve o primeiro filho aos 15 anos. Ninguém soube quem era o pai, e provavelmente nem ela tinha muita certeza. A maioria acreditava ser um dos irmãos. O pessoal do abrigo para pobres ficou com o bebê, e Katie foi ser doméstica em Walton. Algum tempo depois, casou-se com um funileiro, que, até mesmo pelos padrões da família da noiva, representava um declínio social. A última vez que a vi foi em 1913. Eu estava pedalando por Walton e passei por alguns abomináveis barracos de madeira ao longo da linha do trem, com cercas em volta feitas de tábuas de barril, onde os ciganos costumavam acampar em determinadas épocas do ano, quando a polícia deixava. Uma bruaca enrugada, com o cabelo desgrenhado e um rosto cinzento, aparentando no mínimo cinquenta anos, saiu de um dos barracos sacudindo um capacho esfarrapado. Era Katie, que devia ter então seus 27 anos.

2

Terça-feira era dia de mercado. Sujeitos de rosto redondo e vermelho como melancias usando aventais sujos e enormes botas cobertas de esterco seco, portando longas varas de avelaneira, levavam seus animais para a praça do mercado bem cedinho. Durante horas reinava ali uma algaravia horrorosa: cachorros latindo, porcos grunhindo, sujeitos em carroças ansiosos para abrir caminho estalando seus chicotes e gritando impropérios, e aqueles que conduziam o gado distribuindo comandos em altos brados. Era uma algazarra sempre que um touro chegava ao mercado. Mesmo naquela idade, eu sabia que quase todos os touros eram bestas inofensivas e obedientes, que queriam apenas chegar a suas baias em paz, mas um touro não seria considerado um touro se metade da cidade não o perseguisse pela rua. Às vezes, um animal aterrorizado, em geral uma novilha novinha, se soltava e desembestava por uma rua lateral, e todos que por acaso estivessem em seu caminho ficavam no meio da via e balançavam os braços como as pás de um moinho, gritando "Buu! Buu!". Supostamente, isso tinha um efeito hipnótico sobre um animal e com certeza o amedrontava.

Lá pelo meio da manhã, alguns fazendeiros entravam na loja e faziam escorrer entre os dedos amostras de grãos. Na verdade, meu pai negociava muito pouco com os fazendeiros, porque não tinha como transportar os grãos nem condições de lhes dar crédito a longo prazo. A maior parte das vendas que fazia era de pequena monta, ração para aves, forragem para os cavalos dos comerciantes e coisas no gênero. O velho Brewer, o moleiro, era um sacana de barba grisalha muito pão-duro. Em geral, ele ficava ali uma meia hora, mexendo em amostras de milho de galinha e deixando que caíssem em seu bolso de uma forma distraída, após o que, claro, ia embora sem comprar coisa alguma. À noite, os pubs ficavam cheios de bêbados. Nessa época, a cerveja custava dois centavos o quartilho, e, ao contrário da cerveja de agora, tinha gosto. E durante a Guerra dos Bôeres, o sargento recrutador costumava bater ponto no bar do George toda quinta e todo sábado à noite, vestido nos trinques e muito liberal com o próprio dinheiro. Às vezes, na manhã seguinte, ele era visto com algum peão de fazenda de rosto corado e expressão abobalhada que mordera a isca quando estava bêbado demais para pensar e descobrira de manhã que lhe custaria vinte libras para se safar. As pessoas ficavam paradas à porta de casa e balançavam a cabeça quando os viam passar, quase como se assistissem a um enterro.

— Que coisa! Mais um soldado! Parece mentira! Um rapaz tão bom!

Era um choque para todos. Alistar-se como soldado, na visão deles, era equivalente a uma moça vender o corpo na rua. A atitude geral em relação à guerra e ao Exército era bem curiosa. Havia as boas e velhas noções inglesas de que os soldados eram a escória da terra e qualquer um que se juntasse ao Exército morreria de tanto beber e iria direto para o inferno. Ao mesmo tempo, porém, os cidadãos eram bons patriotas, penduravam a bandeira em suas janelas e se apegavam a ela como a um talismã que impedira e continuaria a impedir que os ingleses fossem vencidos na batalha. Naquela época, todos, até mesmo os não conformistas, costumavam cantar músicas sentimentais sobre a fina linha vermelha e o jovem soldado que morrera no campo de batalha em terras distantes. Esses meninos soldados sempre morriam "debaixo de uma chuva de tiros e granadas", pelo que lembro. Isso me confundia quando eu era garoto. Tiro era algo que eu entendia, mas pensar neles caindo do céu feito chuva produzia uma imagem estranha na minha cabeça. Quando Mafeking foi libertada, as pessoas ficaram ensandecidas, e àquela altura, de todo modo, acreditava-se nas histórias sobre os bôeres atirando crianças para cima e empalando-as em suas baionetas. O velho Brewer ficou tão farto de as crianças o chamarem de "Kruger" que, já próximo ao final da guerra, raspou a barba. A atitude do povo com relação ao governo era idêntica. Todos eram leais cidadãos ingleses e juravam que Vitória era a melhor rainha que jamais existira e os estrangeiros eram sujos, mas ao mesmo tempo não passava pela cabeça de ninguém pagar nem um imposto sequer, nem mesmo uma licença para ter um cão, se houvesse um jeito de evitar.

Antes e depois da guerra, Lower Binfield era um distrito liberal. Durante a guerra houve uma eleição extraordinária, que os conservadores venceram. Eu era jovem demais para entender do que realmente se tratava. Só sabia que eu era conservador porque gostava mais dos galhardetes azuis do que dos vermelhos, e me lembro disso principalmente por causa de um bêbado que caiu de cara na calçada do lado de fora do George. Na excitação reinante, ninguém deu por conta dele, e o sujeito ficou lá estirado durante horas no sol quente com o sangue secando à volta, que, seco, tornou-se púrpura. Quando veio a eleição de 1906, eu já tinha idade suficiente para entender um pouco mais as coisas, e dessa vez me rotulei de liberal porque todo mundo era liberal. Perseguiram o candidato conservador por quase um quilômetro e o jogaram num lago cheio de plantas aquáticas. Levava-se a sério a política naquele tempo. Costumava-se estocar ovos podres semanas antes de uma eleição.

Muito cedo na vida, quando a Guerra dos Bôeres estourou, eu me lembro de uma baita briga entre meu pai e tio Ezekiel. Tio Ezekiel tinha uma loja de sapatos em uma das ruas próximas à High Street e também fazia alguns serviços de sapateiro. Era um negócio pequeno com tendência a diminuir, o que não fazia tanta diferença, porque tio Ezekiel não era casado. Vinha a ser apenas meio-irmão do meu pai e muito mais velho, vinte anos no mínimo, e durante os cerca de 15 anos que convivemos teve a mesma cara. Era um velho de boa aparência, bem alto, com cabelo branco e as costeletas mais brancas que já vi... brancas como lanugem. Tinha um jeito de bater no avental de couro e ficar muito ereto — uma reação às horas que passava inclinado sobre a forma de sapateiro, suponho —, para logo depois vociferar suas opiniões na cara do interlocutor, coroando com uma espécie de gargalhada fantasmagórica. Era um autêntico liberal do século XIX, do tipo que não apenas se contentava em perguntar o que Gladstone disse em 1878, mas que também dava a resposta, sendo uma das poucas pessoas em Lower Binfield a manter as mesmas opiniões ao longo de toda a guerra. Vivia denunciando Joe Chamberlain e alguma gangue a que se referia como "a gentalha da Park Lane". Lembro de ouvi-lo como se fosse ontem, numa de suas discussões com meu pai: "Eles e seu vasto império! Vasto o bastante para ficarem bem afastados de mim. Ha-ha-ha!" E então ouço a voz do meu pai, uma voz tranquila, preocupada, consciente, argumentar sobre o ônus do homem branco e o nosso dever para com os pobres negros que os bôeres tratavam de forma vergonhosa. Ficaram uma semana sem se falar depois que tio Ezequiel declarou que era pró-bôer e anticolonialista. Tiveram outro bate-boca quando as histórias de atrocidades começaram. Papai ficou muito preocupado com o que ouvira e abordou tio Ezequiel a respeito. Anticolonialista ou não, sem dúvida ele não podia achar certo esses bôeres atirarem bebês para cima e apará-los com as baionetas, ainda que os bebês FOSSEM bebês negros, certo? Mas tio Ezekiel apenas riu. Papai tinha entendido tudo errado! Não eram os bôeres que atiravam bebês para cima, eram os soldados ingleses! Ele me agarrava — eu devia ter uns cinco anos na época — para ilustrar seus argumentos. "Eles atiram os bebês para cima e os empalam como sapos, é sério! Do jeito que eu poderia atirar este jovenzinho aqui!" Meu tio me levantou, então, do chão, quase me deixando cair, e tive a nítida sensação de voar pelos ares e aterrissar na ponta de uma baioneta.

Meu pai era bem diferente do tio Ezekiel. Não sei muita coisa sobre meus avós, que morreram antes de eu nascer, e só sei que o meu avô tinha sido sapateiro, que já tarde na vida casou-se com a viúva de um comerciante de grãos, motivo pelo qual acabamos ficando com a loja. Era uma atividade que, na verdade, não combinava com meu pai, embora ele conhecesse o negócio de trás para a frente e trabalhasse sem parar. Salvo aos domingos e muito raramente nas noites de dias úteis, não me lembro de jamais vê-lo sem farinha nas mãos, nas rugas do rosto e no que sobrara de cabelo. Casara-se com uns trinta anos e já devia ter quase quarenta quando primeiro me recordo dele. Era um homem pequeno, cinzento e calado, sempre em mangas de camisa e avental branco e sempre com aparência empoeirada por causa da farinha. Tinha cabeça redonda, nariz chato, um bigode bastante basto, usava óculos, e o cabelo era cor de manteiga, como o meu, mas já perdera boa parte dele e o que sobrara estava sempre farinhento. Meu avô havia subido na vida ao se casar com a viúva de um comerciante de grãos, e meu pai estudara na Walton Grammar School, para onde os fazendeiros e comerciantes mais bem-sucedidos mandavam os filhos, embora tio Ezekiel gostasse de se gabar por nunca ter posto os pés na escola, aprendendo a ler sozinho sob a luz de uma vela de sebo após o expediente. Mas meu tio era bem mais esperto que meu pai, podia discutir com qualquer um e costumava citar Carlyle e Spencer a torto e a direito. Meu pai tinha um raciocínio lento, nunca fora "chegado aos livros", como dizia, e não falava corretamente. Nas tardes de domingo, o único momento em que realmente relaxava, ele se acomodava junto à lareira da sala para fazer o que chamava de "boa leitura" do jornal dominical. Seu favorito era *The People* — mamãe gostava mais do *News of the World*, que, segundo ela, trazia mais homicídios. Posso ver os dois agora. Uma tarde de domingo — no verão, claro, sempre no verão —, o cheiro de porco assado e legumes ainda no ar, mamãe de um lado da lareira começando a ler sobre um homicídio e aos poucos pegando no sono com a boca aberta, e meu pai do outro, de chinelos e óculos, digerindo pouco a pouco os metros de letrinhas miúdas. E a sensação macia do verão nos cercando, os gerânios na janela, um estorninho arrulhando em algum lugar, e eu debaixo da mesa com o B.O.P.,* fazendo de conta que a toalha é uma tenda. Mais tarde, no jantar, enquanto mastigava nabos e cebolas, papai falava de um jeito meio ruminante sobre o que tinha lido, os incêndios, naufrágios e escândalos da alta sociedade e aquelas novas máquina voadoras, bem como do sujeito (me dou conta de que até hoje ele aparece nos jornais de domingo mais ou menos a cada três anos) que foi engolido por uma baleia no mar Vermelho e depois resgatado vivo, mas branco como giz por conta do suco gástrico do animal. Papai sempre foi levemente cético quanto a essa história, bem como quanto às novas máquinas voadoras, porém de resto acreditava em tudo que lia. Até 1909, ninguém em Lower Binfield acreditava que os seres humanos fossem um dia aprender a voar. A doutrina oficial rezava que se Deus quisesse que voássemos teria nos dado asas. Tio Ezekiel não se fazia de rogado e retrucava: "Se Deus quisesse que usássemos transporte, teria nos dado rodas", mas nem ele acreditava nas novas máquinas voadoras.

Era apenas nas tardes de domingo e, talvez, na única noite da semana em que ele entrava no George para tomar uma caneca de cerveja, que meu pai se permitia pensar nessas coisas. Nas outras ocasiões ele estava sempre sobrecarregado de trabalho. Não havia, na verdade, muito a fazer, mas ele parecia sempre ocupado, fosse no depósito nos fundos do quintal, carregando sacas e fardos, ou no microcubículo empoeirado atrás do balcão na loja, somando números em um caderno com um toco de lápis. Era um homem muito honesto e prestativo,

---

* *The Boy's Own Paper*, revista juvenil que circulou de 1879 a 1967, destinada a meninos. (N. da T.)

altamente ansioso para fornecer mercadoria de qualidade e não enganar ninguém, o que mesmo naquela época não era a melhor forma de tocar um negócio. Meu pai teria sido o homem ideal para alguma função pública modesta, um carteiro, por exemplo, ou chefe de estação de cidadezinha no campo. Mas não tinha nem a ousadia nem a iniciativa de pedir dinheiro emprestado para expandir seu comércio, bem como lhe faltava imaginação para pensar em novos pontos de venda. Era típico dele que o único laivo de imaginação de que jamais deu mostras, a invenção de uma nova mistura de sementes para pássaros de gaiola (chamava-se Mistura Bowling e ficou famosa num raio de quase dez quilômetros) se devesse, com efeito, ao tio Ezekiel. Tio Ezekiel era admirador de pássaros e tinha um monte de pintassilgos na sua lojinha escura. Sua teoria era de que os pássaros engaiolados perdem a cor por causa da falta de variedade em sua dieta. No quintal atrás da loja, meu pai cultivava um minúsculo canteiro no qual costumava plantar sob uma tela metálica vinte tipos de ervas, que depois secava, misturando as sementes com ração comum para canários. Jackie, o priolo que ficava na gaiola pendurada na vitrine da loja, supostamente servia de propaganda para a Mistura Bowling. Decerto, ao contrário da maioria dos priolos engaiolados, Jackie jamais ficou preto.

Minha mãe foi gorda desde que me entendo por gente. Sem dúvida herdei dela minha deficiência pituitária, ou o que quer que seja que nos faça engordar.

Ela era uma mulher grande, um pouco mais alta que meu pai, com o cabelo bem mais claro que o dele e uma tendência a usar vestidos pretos. Mas, salvo aos domingos, não me lembro de vê-la sem avental. Seria um exagero, porém não dos maiores, dizer que não me lembro dela senão cozinhando. Quando olhamos bem para trás no tempo parece que vemos os seres humanos sempre estáticos num lugar específico e com alguma atitude característica. Temos a impressão de que eles estavam sempre fazendo a mesmíssima coisa. Ora, exatamente como sempre que penso no meu pai me lembro dele atrás do balcão, com o cabelo todo cheio de farinha, somando números com um toco de lápis que ele umedecia entre os lábios, e exatamente como sempre me lembro de tio Ezekiel com suas fantasmagóricas costeletas brancas, se aprumando e batendo no avental de couro, quando penso na mamãe eu sempre me lembro dela na mesa da cozinha, com os braços cobertos de farinha, fazendo pão.

Todos sabem o tipo de cozinha que se tinha naquela época. Um lugar enorme, bastante escuro e de teto baixo, com uma grande viga cruzando o teto e chão de pedra com porões embaixo. Tudo enorme, ou assim me parecia quando eu era criança. Uma vasta pia de pedra, que não tinha torneira, mas uma bomba de ferro, um armário que encobria uma parede e chegava até o teto, um fogão gigantesco que queimava uma barbaridade de carvão por mês e levava Deus sabe quanto tempo para limpar e polir. Minha mãe na mesa sovando um pedaço enorme de massa. E eu engatinhando para lá e para cá, mexendo nas toras de madeiras e nos pedaços de carvão e armadilhas para besouros feitas de lata (nós as botávamos em todos os cantos escuros e os atraíamos com cerveja) e de vez em quando indo até a mesa para tentar pegar algo para comer. Geralmente a resposta era a mesma: "Saia daqui já! Não vou deixar que você estrague o jantar. Você tem o olho maior que a barriga." Às vezes, porém, ela cortava uma tira fininha de casca caramelada.

Eu gostava de observar mamãe preparando tortas. É sempre fascinante observar alguém fazendo o que realmente sabe fazer. Observar uma mulher — uma mulher que realmente sabe cozinhar, quero dizer — fazendo tortas. Ela tinha uma expressão peculiar, solene, introvertida, uma expressão satisfeita, como uma sacerdotisa celebrando um ritual sagrado. E na sua cabeça, claro, era exatamente isso que ela fazia. Mamãe tinha braços fortes, roliços, corados, geralmente salpicados de farinha. Quando cozinhava, todos os seus movimentos eram lindamente precisos e firmes. Em suas mãos, batedores de ovos, moedores de carne e rolos de massa cumpriam precisamente suas funções. Ao vê-la cozinhar, sabia-se que ela estava num mundo ao qual pertencia, entre coisas das quais entendia bem. Afora os jornais de domingo e uma mínima dose de mexericos, o mundo exterior não existia de fato. Embora lesse com mais facilidade que meu pai, e, ao contrário dele, costumasse ler noveletas além dos jornais, mamãe era inacreditavelmente ignorante. Eu percebia isso já aos dez anos. Com certeza ela não saberia dizer se a Irlanda ficava a leste ou a oeste da Inglaterra e duvido que até eclodir a Grande Guerra soubesse dizer quem era o primeiro-ministro. Aliás, não tinha o menor desejo de saber tais coisas. Mais tarde, quando li livros sobre países orientais onde se pratica a poligamia e sobre os haréns secretos em que as mulheres ficam trancadas com eunucos negros montando guarda, eu costumava pensar como mamãe ficaria chocada se ouvisse a respeito. Quase dá para ouvir sua voz: "Meu Deus! Trancar as esposas assim! Que IDEIA!" Não que ela fosse saber o que era um eunuco. Contudo, ela vivia num espaço que devia ser tão pequeno e quase tão isolado quanto a *zenana* típica. Mesmo na nossa casa, havia lugares onde ela jamais punha os pés. Jamais ia ao depósito nos fundos do quintal e muito raramente entrava na loja. Acho que não me lembro de tê-la visto servir um freguês. Ela não saberia onde eram guardadas as mercadorias e, até que virassem farinha, provavelmente não saberia distinguir trigo de aveia. Por que deveria saber? A loja era do papai, era "trabalho do homem", e mesmo quanto ao lado financeiro, ela não mostrava ter muita curiosidade. Seu trabalho, "o trabalho da mulher", era cuidar da casa, das refeições, da roupa e das crianças. Teria tido um ataque se visse meu pai ou qualquer pessoa do sexo masculino tentando pregar um botão.

Com relação às refeições e daí por diante, a nossa era uma dessas casas onde tudo funcionava como um relógio. Como um relógio, não, porque sugere uma coisa mecânica. Era mais como um processo natural. Sabia-se que o café da manhã estaria na mesa no dia seguinte exatamente do mesmo jeito que se sabia que o sol iria nascer. Ao longo de toda a vida, mamãe se deitava às nove da noite e acordava às cinco, e ela acharia vagamente perverso — meio decadente e extravagante e aristocrático — ficar acordada até tarde. Embora não a incomodasse pagar Katie Simmons para passear comigo e Joe, jamais toleraria a ideia de ter uma mulher em casa para ajudá-la com o trabalho doméstico. Acreditava piamente que uma faxineira sempre varre a sujeira para baixo da cômoda. Nossas refeições sempre ficavam prontas pontualmente. Refeições enormes — ensopado de carne e bolinhos de batata, rosbife e pudim Yorkshire, cordeiro com alcaparras, cabeça de porco, torta de maçã, pão de passas e rocambole com geleia — com orações de agradecimento antes e depois. As velhas ideias sobre a criação de filhos continuavam arraigadas, embora estivessem desaparecendo rapidamente. Na teoria, as crianças ainda apanhavam e iam de castigo para a cama a pão e água e com certeza eram mandadas sair da mesa se fizessem barulho demais ao comer, ou se engasgassem, ou se recusassem comer algo que fosse "bom para você", ou se "respondessem". Na prática não havia muita disciplina na nossa família e, dos dois, mamãe era a mais rígida. Papai, embora vivesse recitando "criança mimada, criança estragada", era na verdade mole demais conosco, sobretudo com Joe, que foi osso duro de roer desde cedo. Sempre "ia dar" uma boa surra em Joe e costumava nos contar histórias, que hoje acredito que fossem mentiras, sobre as surras aterradoras que o próprio pai lhe dava com uma cinta de couro, mas nunca cumpriu essa promessa. Aos 12 anos, Joe já era forte demais para mamãe botá-lo no colo e lhe dar umas boas palmadas e depois disso não havia mais o que fazer com ele.

Naquela época ainda era considerado adequado dizer "não" aos filhos o dia todo. Com frequência se ouvia um homem falar, cheio de si, que "tiraria o couro" do filho, caso o pegasse fumando, ou roubando maçãs, ou pegando um ninho de passarinho. Em algumas famílias, essas surras aconteciam mesmo. O velho Lovegrove, o seleiro, flagrou os dois filhos, rapazões de 16 e 15 anos, fumando no barracão do jardim e espancou-os de tal jeito que a cidade toda pôde ouvir. Lovegrove era um fumante inveterado. As surras jamais pareciam surtir efeito, pois todos os garotos roubavam maçãs, surrupiavam ninhos de passarinhos e aprendiam a fumar cedo ou tarde, mas a ideia ainda prevalecia de que os filhos deviam ser tratados com pulso firme. Praticamente tudo que valia a pena fazer era proibido, ao menos em teoria. Segundo mamãe, um menino só deseja fazer coisas "perigosas". Nadar era perigoso, subir em árvores era perigoso, assim como patinar, atirar bolas de neve, ficar parado atrás de carroças, usar catapultas e estilingues e até mesmo pescar. Todos os animais eram perigosos, menos Nailer, os dois gatos e Jackie, o priolo. Todo animal tinha seus métodos especiais reconhecidos para nos atacar. Cavalos mordiam, morcegos ficavam presos no cabelo, lacrainhas entravam nos ouvidos, cisnes quebravam nossas pernas com um golpe das asas, touros nos derrubavam e cobras "picavam". Todas as cobras picavam, segundo mamãe, e quando citei a enciclopédia com a finalidade de afirmar que não picavam, e sim mordiam, ela apenas me disse para não questioná-la. Lagartos, cobras-de-vidro, sapos, rãs e tritões também picavam. Todos os insetos picavam, salvo moscas e baratas. Praticamente todos os tipos de comida, com exceção da que comíamos em casa, eram venenosas ou "ruins para você". Batatas cruas eram um veneno mortal, bem como cogumelos, salvo se fossem comprados na quitanda. Groselhas silvestres davam cólica, e framboesas cruas, urticária. Tomar banho depois de uma refeição levava à morte por câimbra, um corte entre o polegar e o indicador causava tétano, e lavar as mãos na água em que foram cozidos ovos produzia verrugas. Quase tudo da loja era venenoso, motivo pelo qual mamãe pusera o portão na entrada. Muitas sementes eram venenosas, assim como milho de galinha, bem como semente de mostarda e condimento para assados. Balas faziam mal e comer entre as refeições fazia mal, embora, por incrível que pareça, mamãe sempre permitisse que comêssemos certas coisas entre as refeições. Quando preparava geleia de ameixa, ela costumava nos deixar comer a película açucarada que ficava em cima, e a gente se empanzinava até vomitar. Embora quase tudo no mundo fosse perigoso ou venenoso, algumas coisas tinham virtudes misteriosas. Cebola crua era uma cura para praticamente tudo. Uma meia amarrada no pescoço curava dor de garganta. Enxofre na água da tigela de um cão atuava como tônico, e na tigela do velho Nailer atrás da porta dos fundos sempre houve uma pedra de enxofre que apesar do passar de anos jamais se dissolvia.

De hábito jantávamos às seis da tarde. Por volta das quatro, mamãe já terminara o trabalho doméstico, e entre quatro e seis, ela costumava tomar uma xícara de chá para relaxar e "ler o jornal", como dizia. Na verdade, ela não tinha o costume de ler jornal, salvo aos domingos. Os jornais dos dias de semana continham apenas as notícias do dia, e só ocasionalmente ocorria um homicídio. Mas os editores dos jornais de domingo haviam entendido que os leitores não faziam questão de que os homicídios estivessem atualizados, e por isso, quando não existia nenhum à mão, recorriam a um antigo, às vezes retroagindo até o caso do dr. Palmer e da sra. Manning. Acho que mamãe considerava o mundo fora de Lower Binfield basicamente um lugar onde se cometiam homicídios. Homicídios exerciam um tremendo fascínio sobre ela, porque, como costumava dizer, não entendia como as pessoas podiam ser tão CRUÉIS. Cortar a garganta de esposas, enterrar os próprios pais sob pisos cimentados, atirar bebês em poços! Como alguém podia FAZER tais coisas! O terror causado por Jack, o Estripador, datava de quando meu pai e minha mãe se casaram, e as grandes persianas de madeira com que fechávamos a vitrine da loja toda noite haviam sido instaladas nessa época. As persianas já começavam a desaparecer das lojas; a maioria delas na High Street não as ostentava, mas mamãe se sentia segura atrás delas. O tempo todo, dizia, ela tivera a sensação horrível de que Jack, o Estripador, se escondia em Lower Binfield. O caso Crippen — mas esse aconteceu anos mais tarde, quando eu já era quase adulto — perturbou-a muito. É como se desse para ouvi-la até hoje: "Estripar a coitada da esposa e enterrar a infeliz no depósito de carvão! Que IDEIA! O que eu não faria com esse homem se o pegasse!" E, por incrível que pareça, quando ela pensava na crueldade pavorosa daquele medíocre médico americano que esquartejara a mulher (de forma muito precisa, tirando todos os ossos e jogando a cabeça no mar, se não me falha a memória), seus olhos se enchiam de lágrimas.

Contudo o que ela mais lia durante a semana era o *Hilda's Home Companion*. Naquela época, o semanário fazia parte dos móveis e utensílios de uma casa como a nossa, e na verdade ele ainda existe, embora tenha ficado um pouco ofuscado pelas publicações femininas mais modernas que surgiram após a guerra. Dei uma olhada num exemplar outro dia. Mudou, sim, porém menos que a maioria das coisas. Ainda contém as mesmas histórias seriadas enormes que se arrastam ao longo de seis meses (e tudo dá certo no final, com flores de laranjeira para coroar), e os mesmos conselhos para o lar, e os mesmos anúncios de máquinas de costura e remédios para pernas cansadas. A mudança foi basicamente na impressão e nas ilustrações. Naquela época, a heroína precisava ter a aparência de uma ampulheta e hoje ela tem que parecer um cilindro. Mamãe era uma leitora vagarosa e queria o pleno retorno dos três centavos que pagava pela *Hilda's Home Companion*. Sentada na velha poltrona amarela ao lado do aquecedor, com os pés apoiados na grade de ferro e o pequeno bule de chá forte fumegando em cima do fogão, ela ia de capa à capa, lendo o seriado, os dois contos, os conselhos para o lar, os anúncios do Zam-Buk e as cartas dos leitores. O *Hilda's Home Companion* em geral durava uma semana para mamãe, sendo que às vezes era preciso mais de uma semana para que ela desse conta de tudo. Vez por outra, o calor do aquecedor ou o zumbido das moscas-varejeiras nas tardes de verão a faziam cochilar e, por volta das 17h45, ela acordava sobressaltada, consultava o relógio sobre a lareira e entrava em pânico porque o jantar iria atrasar. Mas o jantar jamais atrasava.

Naqueles dias — até 1909, para ser exato —, meu pai ainda podia pagar um estafeta, e costumava deixar a loja com ele para ir jantar, com os dorsos das mãos cheios de farinha. Então mamãe parava de fatiar o pão um instante e dizia:

— Por favor, faça a oração de graças.

E, enquanto todos baixávamos a cabeça até o peito, papai murmurava com reverência:

— Pelo que vamos receber, Senhor, sejamos agradecidos. Amém.

Um pouco mais tarde, quando Joe já era maiorzinho, mamãe passou a pedir:

— você vai dar graças hoje, Joe.

E Joe recitava a oração. Mamãe jamais fez a oração: exigia-se que fosse alguém do sexo masculino.

Sempre havia moscas-varejeiras zumbindo nas tardes de verão. Nossa casa não tinha banheiro; pouquíssimas casas em Lower Binfield tinham banheiro. Suponho que na cidade houvesse quinhentas casas e com certeza não podia haver mais de dez com banheiros ou cinquenta com o que hoje chamaríamos de W.C. No verão, nossos quintais sempre fediam a lixo. E em todas as casas havia insetos. Tínhamos baratas nos lambris de madeira e grilos atrás do fogão da cozinha, além, claro, das larvas de farinha na loja. Naquela época, até uma dona de casa orgulhosa como a minha mãe não tinha nada contra baratas. Elas eram tão parte da cozinha quanto o armário e o rolo de massa. Mas havia insetos e insetos. As casas na zona pobre atrás da cervejaria, onde Katie Simmons morava, eram infestadas por percevejos. Mamãe ou qualquer das esposas dos proprietários de lojas morreriam de vergonha se tivessem percevejos em casa. Na verdade, era considerado adequado dizer que sequer se sabia identificar um percevejo.

As grandes varejeiras azuis com frequência entravam na despensa e pousavam, sonhadoras, nas cobertas de arame que cobriam a carne. "Malditas moscas!", diziam, mas as moscas são um ato de Deus e afora as cobertas para carne e os papéis com cola para pegá-las, não se podia fazer muito a respeito. Falei um pouco mais atrás que a primeira coisa de que me lembro é o cheiro de sanfeno, mas o fedor de lixo também é uma lembrança bem antiga. Quando penso na cozinha de mamãe, com o chão de pedra e o fogão de ferro, sempre parece que estou ouvindo o zumbido das varejeiras azuis e o fedor de lixo e, claro, o velho Nailer, que exalava um cheiro bem forte de cachorro. E Deus sabe que existem cheiros e sons piores. O que você preferiria ouvir, o zumbido de uma varejeira ou o ronco de um bombardeiro?

3

Joe começou a frequentar a Escola Secundária Walton dois anos antes de mim. Nenhum de nós entrou na escola até os nove anos. Significava uma viagem de seis quilômetros de bicicleta de manhã e à noitinha, e mamãe tinha medo de nos deixar pedalar no meio do tráfego, que, àquela altura, contava com pouquíssimos carros.

Durante vários anos, cursamos a escolinha primária da sra. Howlett. A maioria dos filhos de proprietários de lojas estudava lá para serem poupados da vergonha e decadência de frequentar a escola pública, embora todos soubessem que a velha Howlett era uma impostora e pior que inútil como professora. Tinha mais de setenta anos, era muito surda, mal podia enxergar mesmo de óculos e tudo que possuía em termos de equipamento era uma vara, um quadro-negro, um punhado de livros de gramática para lá de usados e uma dúzia de lousas fedorentas. Mal dava conta das meninas, mas os meninos simplesmente riam dela e matavam aula quando queriam. Uma vez houve um escândalo horrível porque um menino botou a mão debaixo do vestido de uma menina, algo que não entendi na época. A velha Howlett conseguiu abafar o caso. Quando um aluno fazia alguma coisa especialmente grave, sua fórmula era: "Vou contar ao seu pai", e em raríssimas ocasiões ela cumpriu a ameaça. Mas éramos espertos o bastante para garantir que isso não se desse com muita frequência, e mesmo quando investia contra nós com a vara, ela era tão velha e desajeitada que ficava fácil driblá-la.

Joe tinha apenas oito anos quando se juntou a uma gangue de garotos chamada Mão Negra. O líder era Sid Lovegrove, o caçula dos filhos do seleiro, que tinha uns 13 anos, e da turma faziam parte dois outros filhos de comerciantes, um aprendiz da cervejaria e dois peões de fazenda que às vezes conseguiam matar o trabalho e sair com a gangue durante algumas horas. Os peões eram rapagões enfiados em calças de cotelê, com sotaques carregados e considerados inferiores pelo restante do grupo, no qual eram tolerados por entenderem de animais bem mais que qualquer um dos outros. Um deles, apelidado de Ginger, era capaz até de caçar um coelho com as próprias mãos. Se visse um coelho na grama, jogava-se sobre ele como uma águia dando o bote. Havia um grande abismo social entre os filhos dos comerciantes e os filhos de operários e peões, mas os garotos locais não costumavam prestar muita atenção nisso até fazerem 16 anos. A gangue tinha uma senha secreta e um "teste", que incluía cortar o próprio dedo e comer uma minhoca, e se vendia como um bando de terríveis bandidos. Sem dúvida conseguiam incomodar bastante, quebrando janelas, perseguindo vacas, arrancando aldravas de portas e roubando frutas em quantidade. Às vezes, no inverno, pediam emprestado um par de furões e saíam para caçar ratazanas, quando os fazendeiros deixavam. Todos tinham catapultas e estilingues e viviam economizando para comprar uma pistola de curto alcance, que na época custava cinco xelins, mas a poupança nunca chegava a mais de três centavos. No verão, o grupo costumava pescar e roubar ninhos de passarinho. Quando frequentava a escolinha da sra. Howlett, Joe matava aula no mínimo uma vez por semana e mesmo na Escola Secundária conseguia fazer o mesmo quinzenalmente. Havia um menino na Escola Secundária, filho de um leiloeiro, que copiava qualquer caligrafia e por um centavo forjava uma carta da mãe do interessado dizendo que ele estava doente. Claro que eu sonhava me juntar à Mão Negra, mas Joe sempre me impediu, dizendo que eles não queriam um fedelho no bando.

Era a ideia da pesca que realmente me atraía. Aos oitos anos, eu nunca pescara, salvo com rede, com a qual às vezes dava para pegar um charro. Mamãe sempre teve pavor de nos deixar chegar perto da água. Ela nos "proibia" de pescar, do jeito como os pais daquela época "proibiam" quase tudo, e eu ainda não tinha entendido que os adultos não têm olhos nas costas. Mas a ideia da pesca me deixava doido. Quantas vezes passei pela lagoa do moinho e vi as carpas pequenas dando sopa na superfície, e às vezes debaixo do salgueiro num dos cantos eu flagrava um carpa grande com a forma de um diamante, que aos meus olhos parecia enorme — 15 centímetros de comprimento, suponho —, de repente subindo à superfície, pegando algum bichinho e mergulhando de novo. Eu passava horas com o nariz grudado na vitrine do Wallace's na High Street, que vendia equipamento de pesca, revólveres e bicicletas. Ficava acordado nas manhãs de sábado pensando nas histórias que Joe me contara sobre a pesca, como se preparava pasta de pão, como a boia dá uma sacudida e afunda e sentimos a vara se curvar e o peixe puxando a linha… Será que adianta falar nisso, me pergunto — o tipo de luz mágica que os peixes e a pesca têm aos olhos de um menino? Alguns sentem a mesma coisa quanto a revólveres e a atirar com eles, outros se sentem assim em relação a carros, ou aviões, ou cavalos. Não é algo que se possa explicar ou racionalizar, é magia pura e simples. Numa manhã — foi em junho e eu devia ter meus oito anos —, fiquei sabendo que Joe iria matar aula e sair para pescar e resolvi segui-lo. Sabe-se lá como, Joe adivinhou meus pensamentos e me deu um susto enquanto eu me vestia.

— Olha só, fedelho! Não bota na cabeça que vai sair com a turma hoje. Você vai ficar em casa.

— Não pus nada na cabeça. Não pensei nada disso.

— Pensou, sim!
— Não pensei!
— Pensou!
— Não pensei!
— Pensou, sim! Você vai ficar em casa. Não queremos nenhum fedelho fodido atrás da gente!

Joe tinha acabado de aprender a palavra "fodido" e não parava de usá-la. Papai pegou-o em flagrante e jurou que ia tirar o couro dele, mas, como de hábito, não cumpriu a promessa. Depois do café, Joe partiu em sua bicicleta, levando a pasta e o boné da Escola Secundária, cinco minutos mais cedo como era seu hábito quando pretendia matar aula. Quando chegou minha hora de sair para a escolinha da sra. Howlett, desviei do caminho e me escondi na travessa atrás dos lotes da horta pública. Sabia que o bando ia para a lagoa do moinho e iria segui-lo, mesmo que me matassem por isso. Talvez eu levasse uma surra e talvez eu não fosse chegar a tempo para o almoço, e aí mamãe haveria de saber que eu matara a aula e me sapecaria outra surra, mas tudo bem. Eu estava desesperado para ir pescar com a gangue. E era astucioso também. Dei a Joe tempo suficiente para chegar ao moinho pela estrada, e depois segui pela travessa e contornei os prados no extremo da sebe, para chegar à lagoa antes que a gangue me visse. Era uma linda manhã de junho. Os ranúnculos me chegavam aos joelhos. Havia uma brisa que apenas acariciava a copa dos olmos, e as grandes nuvens de folhas verdes, macias e exuberantes, pareciam feitas de seda. Eram nove da manhã e eu tinha oito anos e tudo em volta esbanjava verão, com grandes arbustos emaranhados, cercas vivas onde as rosas silvestres ainda desabrochavam e flocos de nuvens brancas se deslocavam lentamente acima, enquanto, a distância, viam-se os morros e os imprecisos contornos azulados dos bosques que cercam Upper Binfield. E nada disso importava. Eu só pensava na lagoa verde e na carpa e na gangue com seus anzóis e linhas e pasta de pão. Era como se eles estivessem no paraíso e eu, prestes a encontrá-los. Por fim, consegui confrontá-los

— eram quatro, Joe e Sid Lovergrove, o aprendiz e o filho de um outro comerciante, chamado Harry Barnes, acho eu.

Joe se virou e me viu.

— Jesus! É o fedelho. — Aproximou-se de mim como um gato vira-lata que vai começar uma briga. — Veio fazer o que aqui? O que foi que eu disse? Pode dar meia-volta já!

Tanto Joe quanto eu tínhamos propensão para perder as estribeiras por qualquer coisinha. Recuei.

— Não vou voltar pra casa.

— Vai, sim.

— Dá um puxão de orelha nele, Joe — disse Sid. — Não queremos fedelhos aqui.

— Você vai voltar para casa? — perguntou Joe.

— Não.

— Muito bem, fedelho! Muuito bem!

Então, veio para cima de mim. No minuto seguinte, se pôs a me perseguir bem de perto, me acertando um golpe atrás do outro. Mas não me afastei da lagoa, corri em círculos. Ele acabou me alcançando e me derrubando no chão, ajoelhando-se em cima dos meus braços. Foi quando começou a torcer minhas orelhas, sua tortura predileta, algo que eu odiava. A essa altura, eu já abrira o berreiro, mas continuava sem entregar os pontos e prometer voltar para casa. Eu queria ficar e pescar com a gangue. Então, de repente os outros se viraram a meu favor e mandaram que Joe saísse de cima de mim e me deixasse ficar, já que era o que eu queria. Assim, acabei ficando, apesar de tudo.

Os outros tinham alguns anzóis e boias e um pedaço de pasta de pão enrolado num trapo, e todos cortamos ramos do salgueiro na quina da lagoa. A fazenda ficava a apenas duzentos metros de distância, e não podíamos ser vistos, porque o velho Brewer detestava que se pescasse ali. Não que fizesse alguma diferença para ele, que só usava a lagoa para matar a sede do gado, mas o sujeito odiava crianças. Os outros ainda estavam com ciúme de mim e não paravam de me mandar sair da claridade e de me lembrar que eu era só um fedelho e não entendia nada de pesca. Diziam que eu estava fazendo tanto barulho que afugentaria os peixes, embora, na verdade, o meu barulho fosse a metade do deles. Por fim, me proibiram de me sentar com o grupo e me mandaram para outra parte da lagoa, onde a água era mais rasa e não havia tanta sombra. Disseram que um fedelho como eu com certeza iria criar marolas na água e afugentar os peixes. Nesse lado da lagoa, que não prestava, peixe algum costumava aparecer. Eu sabia disso. Aparentemente, por conta de algum instinto, sabia onde havia e não havia peixes. Apesar de tudo, porém, eu estava pescando, afinal. Sentado na margem gramada com a vara de pesca na mão, as moscas zumbindo à volta e o odor de menta silvestre forte a ponto de nocautear uma pessoa, eu contemplava a boia vermelha na água esverdeada e me sentia feliz como um cigano, embora as marcas de lágrimas e terra ainda cobrissem meu rosto inteiro.

Deus sabe quanto tempo ficamos ali. A manhã foi passando e passando, o sol cada vez mais alto, e neca de peixe. Fazia calor e estava claro demais para pescar. As boias na água não se mexiam. Dava para ver sob a superfície, como se olhássemos o interior de um copo verde-escuro. Bem no meio da lagoa, viam-se os peixes logo abaixo, tomando sol, e às vezes no mato próximo à margem uma salamandra subia à tona e ali descansava com o nariz mal fora da água. Mas os peixes não estavam mordendo as iscas. Os outros continuavam a gritar que suas iscas tinham sido mordidas, mas era sempre mentira. E o tempo passava e ia ficando cada vez mais quente e os mosquitos comiam a gente vivo e a menta silvestre sob a margem cheirava feito a loja de doces da sra. Wheeler. Eu sentia cada vez mais fome, sobretudo porque não sabia com certeza de onde viria o meu almoço. Ainda assim, continuei imóvel como uma estátua, sem jamais tirar os olhos da boia. Os outros tinham me dado um pedaço de isca do tamanho de uma bola de gude, dizendo que me virasse com ela, mas durante um bom tempo sequer me dei ao trabalho de repor a isca no anzol, porque toda vez que eu puxava a linha, os outros reclamavam que o barulho estava afugentando os peixes num raio de dez quilômetros.

 Suponho que já tivessem se passado umas duas horas, quando minha boia deu uma sacudida. Vi logo que era um peixe. Provavelmente um peixe que passou ali por acaso e notou minha isca. Não dá para ter dúvidas quanto ao movimento que a boia faz quando um peixe morde a isca. É bem diferente da maneira como ela se mexe quando a gente torce a linha sem querer. No instante seguinte, ela sacudiu com força e quase afundou. Não consegui mais me conter. Gritei para os outros:

— Morderam minha isca!

— Droga! — gritou Sid Lovergrove na mesma hora.

Mas em seguida foram-se as dúvidas. A boia mergulhou direto, pude vê-la debaixo d'água, um ponto vermelho desbotado, e senti a vara se retesar na minha mão. Jesus, que sensação! A linha corcoveando e se esticando e um peixe na outra ponta! Os outros viram minha vara se vergar, e logo depois todos largaram as suas e correram para me cercar. Dei um puxão violento, e o peixe — um enorme peixe prateado — voou pelos ares. Na mesma hora todos soltamos um grito de agonia. O peixe escorregara do anzol e caíra no meio da menta silvestre sob a margem. Mas a água ali era rasa e ele não podia se virar e durante um segundo, talvez, ficou imóvel, de barriga para cima, impotente. Joe se atirou na lagoa, espirrando água em todos nós, e o agarrou com ambas as mãos. "Peguei", gritou. No instante seguinte atirou o peixe na grama, e nos ajoelhamos em torno do coitado. Que emoção! O pobre moribundo saltava e se debatia, e suas escamas cintilavam com todas as cores do arco-íris. Era uma carpa enorme, com uns vinte centímetros, no mínimo, e devia pesar mais de cem gramas. Como gritamos de alegria ao vê-la! Mas segundos depois foi como se uma sombra caísse sobre nós. Erguemos os olhos e lá estava o velho Brewer, com seu chapéu característico — um daqueles que se usava então, entre uma cartola e um chapéu-coco — e polainas de couro, segurando uma grossa vara de aveleira.

Rapidamente nos encolhemos como perdizes sob a ameaça de um falcão. Ele olhou nos olhos de cada um de nós. A boca desdentada tinha uma aparência malévola, e desde que raspara a barba o queixo parecia querer tocar a ponta do nariz.

— Estão fazendo o quê aqui, garotos? — perguntou.

Havia pouca dúvida sobre o que estávamos fazendo. Ninguém respondeu.

— Vocês vão aprender a não vir pescar na minha lagoa! — vociferou de repente, e no instante seguinte caiu em cima de nós, desferindo golpes de vara em todas as direções.

A Mão Negra se dispersou e fugiu. Deixamos para trás as varas de pesca e o peixe. O velho Brewer nos perseguiu até onde pôde. Suas pernas estavam rígidas e ele não conseguia correr muito rápido, mas acertou vários golpes na gente antes que escapássemos. Ficou para trás, gritando que sabia nossos nomes e iria contar aos nossos pais. Como eu ficara na retaguarda, a maioria dos golpes me acertou. Quando chegamos do outro lado da cerca viva, vi que minhas panturrilhas estavam cobertas de feios lanhos vermelhos.

Passei o resto do dia com o bando, que ainda não decidira se eu já fazia parte dele ou não, mas nesse ínterim tolerava a minha presença. O aprendiz, que tirara a manhã de folga graças a algum falso pretexto, precisou voltar para a cervejaria. O restante de nós resolveu dar um longo e sinuoso passeio exploratório, do tipo que os garotos fazem quando estão longe de casa o dia todo e sobretudo quando não receberam permissão para tanto. Era o meu primeiro passeio de menino crescido, bem diferente dos que fazíamos com Katie Simmons. Almoçamos numa valeta seca na periferia da cidade, cheia de latas enferrujadas e erva-doce silvestre. Os garotos me deram um pouco do almoço deles, e Sid Lovegrove tinha um centavo com o qual alguém comprou um Penny Monster que dividimos entre nós. Estava muito quente e o cheiro de erva-doce era intenso, e o gás do Penny Monster nos fez arrotar. Depois vagamos pela estrada empoeirada que levava a Upper Binfield. Acho que foi a primeira vez que fiz aquele caminho e entrei no bosque de faias com o tapete de folhas mortas e os grandes troncos lisos que subiam em direção ao céu, fazendo com que os pássaros nos ramos mais altos parecessem meros pontinhos. Podia-se ir aonde apetecesse na mata naquele tempo. A Binfield House estava fechada, não se preservavam mais os faisões, e na pior das hipóteses apenas encontraríamos uma carroça cheia de lenha. Vimos uma árvore, cujos anéis do tronco pareciam alvos, e os alvejamos com pedras. Então os outros atiraram nos pássaros com os estilingues, e Sid Lovegrove jurou que tinha acertado um tentilhão que ficara enganchado numa forquilha na árvore. Então escorregamos para um buraco de calcário cheio de folhas mortas e gritamos para ouvir o eco. Alguém gritou um palavrão e depois dissemos todos os palavrões que conhecíamos e os outros zombaram de mim, porque eu só conhecia três. Sid Lovergrove falou que sabia como os bebês nasciam, que era igualzinho aos coelhos, só que, no caso das mulheres, eles saíam pelo umbigo. Harry Barnes começou a gravar a palavra ---- no tronco de uma faia, mas cansamos da história depois das duas primeiras letras. E aí nos acercamos do chalé da Binfield House. Corriam boatos de que em algum lugar no terreno havia uma lagoa com peixes enormes, mas ninguém teve coragem de entrar porque o velho Hodges, o vigia, que fazia as vezes de zelador, não "era fã" de crianças. Ele estava cavando na horta ao lado do chalé quando passamos. Nós o provocamos do outro lado da cerca até que nos pusesse para correr e depois descemos até a Walton Road e provocamos os carreteiros, cuidando para ficar do outro lado da sebe de modo que eles não nos alcançassem com os chicotes. Ao lado da Walton Road havia um lugar que tinha sido uma pedreira e depois um lixão e, por fim, virara mato com ramos de amoreira. Ali montanhas de latas velhas enferrujadas, carcaças de bicicletas, panelas com buracos e garrafas quebradas jaziam debaixo do mato crescido, e passamos quase uma hora procurando velhas estacas de cerca de ferro — e nos sujando dos pés à cabeça, porque Harry Barnes jurou que o ferreiro em Lower Binfield pagava seis centavos por cinquenta quilos de ferro velho. Então Joe encontrou num ramo de amoreira o ninho de um tordo que abrigava alguns filhotes. Depois de um bocado de discussão a respeito do que fazer com eles, tiramos os filhotes do ninho, atiramos pedras neles e finalmente os esmagamos com os pés. Eram quatro, então cada um de nós ficou com um. A hora do jantar se aproximava agora. Sabíamos que o velho Brewer cumpriria sua palavra e que haveria uma surra nos esperando, mas a fome era demasiada para nos manter mais tempo na rua. Finalmente nos pusemos a caminho de casa, com mais uma confusão no percurso, pois quando passamos pelos lotes da horta pública vimos uma ratazana e a perseguimos com gravetos, e o velho Bennet, o chefe de estação, que trabalhava na sua horta toda noite e tinha grande orgulho dela, veio atrás de nós, enfurecido por termos pisado na sua plantação de cebolas.

Eu andara 15 quilômetros e não estava cansado. O dia todo passei grudado nos calcanhares da gangue e tentei fazer tudo que os outros faziam, enquanto eles me chamavam de "fedelho" e me humilhavam sem dó nem piedade, mas consegui mais ou menos me manter à altura. A sensação no meu íntimo era maravilhosa, uma sensação impossível de saber como é a menos que já se tenha experimentado — mas se você é homem algum dia há de tê-la. Eu sabia que já não era mais uma criança, era um garoto, finalmente. E é uma coisa maravilhosa ser um garoto, perambular onde os adultos não possam nos pegar e perseguir ratazanas e matar passarinhos e atirar pedras e provocar carroceiros e gritar palavrões. Uma sensação forte, completa, uma sensação de tudo saber e nada temer, e que tem a ver com romper regras e matar coisas. As estradas poeirentas, o suor quente na roupa, o cheiro de faia e de menta selvagem, os palavrões, o fedor do lixão, o gosto de limonada gasosa e o gás que provoca arroto, esmagar filhotes de passarinho, o retesar da vara de pesca — tudo isso misturado. Graças a Deus sou homem, porque mulher alguma jamais terá essa sensação.

Lógico que o velho Brewer contara para todo mundo o que tínhamos feito. Papai exibia uma expressão bastante sombria; pegara uma correia na loja e disse que "tiraria o couro" de Joe. Mas Joe se debateu, gritou e chutou, e no final papai não conseguiu lhe acertar mais que uns poucos golpes. No entanto, na escola foi outra história: o professor da Escola Secundária lhe sapecou a vara no dia seguinte. Tentei me defender também, mas era pequeno o bastante para que mamãe me pusesse no colo e desse palmadas com a correia. No total, levei três surras naquele dia, uma de Joe, outra do velho Brewer e uma da minha mãe. No dia seguinte, a gangue concluiu que eu não fazia, de fato, parte do grupo ainda e que teria que passar pelo tal "teste" (uma palavra que os garotos haviam tirado das histórias dos peles-vermelhas) decisivo. Havia muita rigidez no sentido de exigirem que o postulante a membro mordesse a minhoca antes de engoli-la. Além disso, como eu era o caçula e todos me invejavam por ter sido o único a pescar alguma coisa, eles inventaram depois que o peixe não era realmente grande. De forma geral, a tendência dos peixes, quando se fala deles, é crescer cada vez mais, porém esse foi ficando cada vez menor até, a crer na palavra da gangue, não passar de um diminuto vairão.

Mas não importava. Eu tinha ido pescar. Tinha visto a boia afundar e sentido o peixe morder a isca, e por mais mentiras que contassem, eles não conseguiriam tirar isso de mim.

4 Nos sete anos seguintes, dos meus oito aos 15 anos, o que mais me lembro é de pescar.

Não que eu não fizesse outras coisas. Só que quando a gente olha para trás, para um período de tempo grande, certas coisas parecem inchar até ofuscarem tudo o mais. Saí da escolinha da sra. Howlett e entrei na Escola Secundária, com uma pasta de couro e um boné preto com listras amarelas, ganhei minha primeira bicicleta e um bom tempo depois minha primeira calça comprida. Minha primeira bicicleta era de roda-fixa — as de roda-livre eram muito caras na época. Para descer ladeiras, a gente levantava os pés e deixava os pedais girarem a toda. Essa é uma das imagens características do início dos anos 1900 — um garoto descendo uma ladeira com a cabeça para trás e os pés erguidos no ar. Cheguei à Escola Secundária morto de medo por causa das histórias assustadoras que ouvira de Joe sobre o velho Whiskers (seu nome de verdade era Wicksey), o diretor, que sem dúvida era um sujeitinho de aparência horrível, com cara de lobo e que tinha, num canto da classe, uma estante de vidro cheia de bengalas, que vez por outra ele pegava e estalava no ar de uma forma aterradora. Mas, para minha surpresa, me dei muito bem na escola. Jamais me ocorrera que eu pudesse ser mais inteligente que Joe, que tinha dois anos a mais e me perseguira desde que ele aprendera a andar. Na verdade, Joe era um perfeito asno, que apanhava de vara uma vez por semana e permaneceu entre os últimos da classe até os 16 anos. No meu segundo semestre ganhei um prêmio em aritmética e outro numa matéria maluca que tratava de prensar flores e levava o nome de ciências. Quando cheguei aos 14 anos, Whiskers já falava em bolsas de estudo e na Universidade de Reading. Papai, que nutria ambições quanto aos dois filhos naquela época, ficou muito ansioso com a perspectiva de me ver na universidade. Pairava no ar a ideia de que eu virasse professor, e Joe, leiloeiro.

Mas não tenho muitas lembranças ligadas à escola. Quando convivi com caras mais velhos de outras turmas, como aconteceu durante a guerra, me chamou a atenção o fato de que eles jamais conseguem superar a terrível disciplina que se enfrenta nas escolas independentes: ou são reduzidos a retardados ou passam o resto da vida se insurgindo. Não era assim com os meninos da nossa classe, filhos de comerciantes e fazendeiros. Ia-se para a Escola Secundária e ficava-se lá até os 16 anos, apenas para mostrar que não se era proletário, mas a escola não passava de um lugar do qual queríamos distância. Não havia sentimento de lealdade nem qualquer apego sentimental às velhas pedras cinzentas (que ERAM velhas, de fato, já que a escola fora fundada pelo cardeal Wolsey), bem como não existiam gravatas de ex-alunos e nem mesmo um hino escolar. Os períodos de folga eram livres, porque os jogos não eram obrigatórios e quase sempre faltávamos. Jogávamos futebol usando proteção e, embora fosse considerado apropriado jogar críquete com uniforme branco, usávamos nossas camisas e calças normais. O único jogo que realmente me interessava era o *stump cricket* que praticávamos no pátio de cascalho durante o recreio, com um taco feito de um pedaço de embalagem de papelão e uma bola de estuque.

Mas me lembro do cheiro da grande sala de aula, um cheiro de tinta e pó e sapatos. E da pedra no pátio que havia sido um apoio para montar cavalos ou subir em carruagens e era agora usada para afiar facas, bem como da pequena padaria em frente onde se vendia uma espécie de bolinhos Chelsea, com o dobro do tamanho dos atuais, que era chamado de Lardy Buster e custava meio centavo. Fiz tudo que se faz na escola. Gravei meu nome numa carteira e apanhei de vara por isso — sempre apanhávamos quando nos flagravam, mas esse ritual fazia parte da etiqueta. E sujei meus dedos de tinta e roí unha e fiz dardos usando lapiseiras e contei piadas sujas. Aprendi a me masturbar e dei a língua para o velho Blowers, o professor de inglês, e impliquei impiedosamente com o coitadinho do Willy Simeon, filho do zelador, que era tapado e acreditava em tudo que ouvia. Nossa brincadeira favorita era mandá-lo a uma loja comprar algo que não existia. Todas as velhas esparrelas — selos de meio-centavo, o martelo de borracha, a chave de fenda para canhotos, a lata de tinta listrada —, coitado do Willy, ele caía em todas. Nos divertimos à beça uma tarde, pondo-o numa banheira e mandando que ele se levantasse com os punhos. Acabou num hospício, pobre Willy. Mas era nas férias que a gente vivia de verdade.

Tinha muita coisa boa para fazer naquela época. No inverno, pedíamos emprestado um par de furões — mamãe jamais deixou que tivéssemos em casa essa "coisinha fedorenta", como ela chamava — e corríamos até as fazendas pedindo que nos deixassem caçar ratazanas. Às vezes nos deixavam, às vezes mandavam a gente sumir, dizendo que criávamos mais problemas que os roedores. Com o avanço do inverno, seguíamos as debulhadoras e ajudávamos a matar as ratazanas durante o debulho. Certa vez — deve ter sido o inverno de 1908 —, o rio Tâmisa transbordou e depois congelou e houve patinação durante várias semanas, e Harry Barnes quebrou a clavícula no gelo. No início da primavera, corríamos atrás de esquilos com estilingues e mais tarde saíamos à caça de ninhos. Nossa teoria era de que os pássaros não contavam e tudo bem se a gente deixasse um ovo, mas éramos pestinhas cruéis e simplesmente derrubávamos os ninhos e esmagávamos os ovos ou os filhotes. Tínhamos outra brincadeira quando as rãs punham ovos. Pegávamos as coitadas e enfiávamos a bomba de ar da bicicleta em seus traseiros e enchíamos até que explodissem. Assim eram os garotos, sei lá por quê. No verão pedalávamos até Bufford Weir e tomávamos banho. Wally Lovegrove, o primo mais novo de Sid, se afogou em 1906. Enredou-se nas algas do fundo e, quando a draga trouxe o corpo à tona, seu rosto estava negro como breu.

Mas pescar era o que contava. Fomos montes de vezes à lagoa do velho Brewer e pegamos pequenas carpas e tencas, e uma vez pescamos uma enguia. Havia outros lagos para gado que continham peixes e ficavam a uma distância a pé nas tardes de sábado. Mas, depois de ganharmos bicicletas, passamos a pescar no rio Tâmisa, abaixo de Burford Weir. Parecia mais adulto do que pescar em lagos para gado. Não éramos escorraçados por fazendeiros e, além disso, no Tâmisa havia peixes grandes — embora, ao que me consta, ninguém jamais tenha pescado algum.

É curiosa essa coisa que eu tinha por pescaria — que tenho ainda, na verdade. Não posso me considerar um pescador. Jamais na vida peguei um peixe de sessenta centímetros de comprimento, e já faz uns trinta anos que não seguro uma vara de pesca. Ainda assim, quando olho para a minha infância como um todo, dos oito aos 15 anos, ela parece girar em torno dos dias em que íamos pescar. Cada detalhe ficou nitidamente registrado na minha memória. Sou capaz de recordar dias específicos e peixes específicos e não há um lago para gado ou remanso do qual eu não veja a imagem se fechar os olhos e refletir. Posso escrever um livro sobre a técnica da pesca. Quando éramos crianças não tínhamos grande coisa em termos de equipamento, custava caro demais e a maior parte dos três centavos semanais (basicamente a mesada da época) que ganhávamos era gasta em balas e Lady Busters. Meninos muito pequenos em geral pescavam com um alfinete dobrado, rombudo demais para servir para alguma coisa, mas é possível fazer um anzol bastante bom (embora, claro, não tenha fisga) dobrando uma agulha com um alicate e a ajuda da chama de uma vela. Os peões de fazenda sabiam como trançar crina de cavalo de modo a funcionar quase tão bem quanto tripa, e se pode pegar um peixe pequeno com apenas um fio. Mais tarde passamos a ter varas de pescar de dois xelins e até mesmo carretéis. Quantas horas passei admirando a vitrine do Wallace! Nem os revólveres .410 e as pistolas de curto alcance me encantavam tanto quanto os equipamentos de pesca. E um número do catálogo Gamage que peguei sei lá onde, acho que numa lata de lixo, e estudei como se fosse a Bíblia! Mesmo agora sou capaz de fornecer todos os detalhes sobre substitutos para tripa e linha, sobre anzóis Limerick, sobre bastões para matar peixes, removedores de anzol, carretilhas de pesca e Deus sabe quantos pormenores técnicos.

E havia também os tipos de isca que costumávamos usar. Na nossa loja sempre havia muito bicho de farinha, que eram bons, mas não ótimos. Varejeiras eram melhores. Precisávamos implorar por elas a Gravitt, o açougueiro, e a gangue em geral fazia uni-du-ni-tê ou tirava a sorte no palitinho para decidir quem iria entrar e pedir, porque Gravitt não se mostrava muito agradável a esse respeito. Era um sujeito grande, um patife de cara fechada com uma voz que lembrava a de um mastim, e quando bradava, o que era comum quando se dirigia a garotos, todas as facas e todos os cutelos em seu avental azul tilintavam. A gente entrava com uma lata vazia de melado na mão, ficava por lá até todos os fregueses saírem e depois, com toda a humildade, pedíamos:

— Por favor, sr. Gravitt, o senhor teria algumas varejeiras hoje?

Quase sempre a resposta era:

— O quê? Varejeiras? Varejeiras no meu açougue? Não vejo uma coisa dessas há anos. Acha que tenho varejeiras aqui?

Tinha, é claro. Estavam por todo lado. Gravitt lidava com elas com uma tira de couro na ponta de uma vara, com a qual ele era capaz de, mesmo a grande distância, esmagar uma mosca. Às vezes íamos embora sem varejeira alguma, mas, via de regra, ele gritava justo quando já estávamos saindo:

— Ó só! Vão lá atrás e deem uma olhada. Quem sabe não acham uma ou duas se prestarem atenção.

Costumávamos achá-la em pequenos grupos por todo lado. O quintal dos fundos do açougue fedia como um campo de batalha. Os açougueiros não tinham geladeiras naquela época. As varejeiras vivem mais tempo na serragem.

Larvas de vespa são boas iscas, embora seja difícil prendê-las no anzol, a menos que passem primeiro pelo fogão. Quando alguém encontrava um vespeiro, íamos até lá à noite, derramávamos aguarrás dentro do buraco e tapávamos com lama. No dia seguinte, as vespas estavam todas mortas e era possível desenterrar o ninho e pegar as larvas. Certa vez, algo deu errado e quando tiramos o tampão de lama as vespas, que tinham ficado fechadas a noite toda, saíram juntas com um zumbido infernal. Não fomos mordidos com gravidade, mas pena que não havia por ali alguém com um cronômetro. Gafanhotos são, basicamente, a melhor isca que existe, sobretudo para carpas. Basta prendê-los no anzol e balançar para um lado e para o outro na superfície... "fazer quicar" é o nome que dão. Mas nunca se consegue mais de dois ou três gafanhotos de uma vez. As moscas verdes, que também são duras de pegar, são a melhor isca para escalos, principalmente em dias claros. Devem ser postas vivas no anzol, para que se contorçam. Um ciprinídeo até morde uma vespa, mas é um bocado complicado botar uma vespa viva no anzol.

Deus sabe quantas outras iscas havia. Pasta de pão a gente fazia espremendo um pão molhado num trapo. Tinha a pasta de queijo e a pasta de mel e pasta com semente de anis. Trigo fervido não é ruim para pescar um rutilus. Minhocas funcionam para cadozes. São encontradas em monturos muito velhos de esterco. E também existe um outro tipo de verme, chamado de verme tigre, que é listrado e tem cheiro de lacrainha, uma isca muito boa para percas. Larvas comuns são bons para percas. É preciso botá-las no musgo para mantê-las frescas e vivos. Elas morrem se tentarmos deixá-las na terra. Aquelas moscas marrons que vivem no estrume são ótimas para rutilus. Pode-se pegar um ciprinídeo com uma cereja, dizem, e já vi pescarem um rutilus com uma uva-passa tirada de um bolinho.

    Naquela época, desde 16 de junho (quando começa a temporada de pesca em água doce) até meados do inverno, não era comum me encontrar sem uma lata de minhocas ou varejeiras no bolso. Tive algumas brigas com mamãe a respeito, mas no final ela desistiu, e a pesca saiu da sua lista de coisas proibidas e papai até me deu uma vara de pesca de dois xelins de Natal, em 1903. Joe mal tinha 15 anos quando começou a correr atrás de garotas, e dali em diante raramente saía para pescar, dizendo que pescar era brincadeira de criança. Mas havia uma meia dúzia de outros garotos que eram tão doidos por pesca quanto eu. Nossa, aqueles dias de pescaria! As tarde quentes e suarentas na sala de aula, quando eu me esparramava na carteira, com o velho Bloers cacarejando sobre predicados e subjuntivos e pronomes relativos... E eu só pensando no remanso atrás de Burford Weir e na lagoa esverdeada debaixo dos salgueiros com os escalos indo e vindo sob a superfície. As pedaladas apressadas depois do jantar até Chamford Hill e rio abaixo para aproveitar uma hora de pescaria antes de escurecer. O crepúsculo tranquilo de verão, o suave barulho da água no açude, os anéis formados na superfície onde os peixes emergiam, os mosquitos nos comendo vivos, os cardumes de escalos circundando o anzol sem jamais morder a isca. E o tipo de paixão com que observávamos o dorso negro dos peixes se aproximando, enquanto esperávamos e rezávamos (sim, literalmente rezávamos) para que um deles mudasse de ideia e mordesse a isca antes de ficar escuro demais. E depois era sempre "vamos ficar mais cinco minutos, e "só mais cinco minutos", até que finalmente precisávamos empurrar as bicicletas na volta à cidade, porque Towler, o guarda, fazia sua ronda e a gente podia ser "detido" por pedalar sem farol. Às vezes nas férias de verão saíamos para passar o dia com ovos cozidos e pão com manteiga e uma garrafa de limonada e pescávamos e nadávamos e depois voltávamos a pescar e, vez por outra, pegávamos algum peixe. À noite voltávamos para casa, com as mãos imundas e tão famintos que comíamos os restos da pasta de pão, com três ou quadro peixes fedorentos embrulhados num lenço. Mamãe sempre se recusou a cozinhar os peixes que eu levava para casa. Nunca admitiu que peixes de rio prestassem, salvo truta e salmão. "Coisas lamacentas asquerosas" era como os chamava. Os peixes de que me lembro melhor são os que não pesquei, sobretudo os gigantescos que sempre víamos quando caminhávamos ao longo do canal nas tardes de domingo sem uma vara de pesca. Não havia pescaria aos domingos, nem o Conselho de Conservação do Tâmisa permitia. Aos domingos tínhamos que fazer o que chamavam de "um belo passeio" vestindo a grossa indumentária preta e o colarinho Eton que guilhotinava o pescoço. Foi num domingo que vi um lúcio de um metro de comprimento adormecido na água rasa junto à margem e quase o acertei com uma pedra. E às vezes nas lagoas no extremo do bambuzal dava para ver uma enorme truta do rio Tâmisa passar. A truta chega a grandes dimensões no Tâmisa, mas quase nunca são pegas. Dizem que os autênticos pescadores do Tâmisa, aqueles sujeitos mais velhos de narizes vermelhos que em todas as estações do ano estão entrouxados em casacões e sentados em banquinhos de armar com varas de pescar de seis metros de comprimento, dariam de bom grado um ano da própria vida em troca de uma truta do Tâmisa. Não os culpo, entendo perfeitamente, e entendia ainda melhor naquele tempo.

    Claro que outras coisas aconteciam. Cresci oito centímetros em um ano, ganhei calças compridas, alguns prêmios na escola, frequentei as aulas de crisma, contei histórias obscenas, passei a gostar de ler e me tornei fanático por hamsters, entalhes e selos. Mas é sempre da pesca que me lembro. Dias de verão, os remansos de água mansa e os morros azulados a distância, os salgueiros e os lagos debaixo deles parecendo vidro verde-escuro. Noites de verão, os peixes subindo à tona, os bacuraus voando acima da nossa cabeça, o odor dos goivos e do tabaco de

Latakia. Não me interprete mal. Não pretendo fazer poesia sentimental sobre a infância. Sei que é tudo conversa fiada. O velho Porteous (um amigo que é professor aposentado, do qual falarei mais tarde) é ótimo em poesia de infância. Às vezes ele lê para mim coisas do gênero que encontra em livros. Wordsworth. Lucy Gray. Houve uma época em que os prados, o arvoredo e daí por diante... Nem preciso dizer que Porteous não tem filhos. A verdade é que as crianças não são nadinha poéticas, mas unicamente animaizinhos selvagens, embora nenhum animal seja nem de longe tão egoísta. Garotos não se interessam por prados, arvoredos e coisas do gênero. Jamais contemplam uma paisagem, não dão a mínima para flores e, a menos que produza algum efeito neles, como parecer apetitosa, um garoto não sabe distinguir uma planta de outra. Matar coisas é, basicamente, o mais próximo da poesia que um menino chega. Mesmo assim, o tempo todo, existe aquela intensidade peculiar — o poder de ansiar por coisas pelas quais não se pode mais ansiar depois de adulto — e a sensação de que o tempo se estende infinitamente à sua frente e que o que quer que se esteja fazendo durará para sempre.

 Fui um garotinho bem feioso, com cabelo cor de manteiga sempre cortado curto, salvo por uma mecha na frente. Não idealizo minha infância e, ao contrário de muita gente, não tenho vontade de voltar a ser jovem. A maioria das coisas de que eu costumava gostar não chegaria a me empolgar hoje em dia. Não ligo se nunca mais vir uma bola de críquete e não daria três centavos por cem gramas de balas. Mas ainda tenho, sempre tive, aquela queda peculiar pela pesca. Você há de achar uma idiotice, sem dúvida, mas na verdade eu meio que gostaria de ir pescar mesmo agora, gordo e com 45 anos, além de dois filhos e uma casa no subúrbio. Por quê? Porque de certa forma EU SOU sentimental quanto à minha infância — não à minha infância específica, mas à civilização na qual cresci e que agora, suponho, esteja em seus estertores. E pescarias, de certa forma, são típicas dessa civilização. Quando se pensa em pescaria, estamos pensando em coisas que não pertencem ao mundo moderno. A própria ideia de ficar sentado o dia todo debaixo de um salgueiro na margem de um lago tranquilo — e de ser capaz de encontrar um lago tranquilo — pertence à época anterior à guerra, anterior ao rádio, anterior aos aviões, anterior a Hitler. Há uma espécie de paz nos nomes dos peixes de rio ingleses. Rutilus, escardínio, escalo, alburno, barbo, brema, cadoz, lúcio, ciprinídeo, carpa, tenca. São nomes concretos. As pessoas que os inventaram não tinham ouvido falar em metralhadoras, não viviam com medo de demissão nem passaram a vida tomando aspirina, indo ao cinema e se perguntando como escapar do campo de concentração.

Fico pensando se alguém pesca hoje em dia. Em lugar algum num raio de cem quilômetros de distância de Londres sobraram peixes para serem pescados. Uns pouquíssimos clubes de pesca se plantam em fila ao longo das margens dos canais, e os milionários vão pescar trutas em águas particulares em torno de hotéis escoceses, um passatempo esnobe que consiste em pegar peixes criados em cativeiro com moscas artificiais. Mas quem é que ainda pesca em lagoas de moinhos, fossos ou lagos para gado atualmente? Por onde andam os peixes dos rios ingleses? Quando eu era menino, toda lagoa e todo remanso tinha peixes. Agora, todos os lagos foram drenados e os riachos, quando não estão contaminados por produtos químicos de fábricas, estão cheios de latas enferrujadas e pneus de motocicletas.

Minha melhor lembrança de pescaria diz respeito a algum peixe que jamais pesquei. Isso é bastante comum, suponho.

Quando eu tinha meus 14 anos, papai fez algum tipo de favor para o velho Hodges, o zelador da Binfield House. Não lembro o que foi — deu a ele algum remédio que curou sua verminose ou coisa do gênero. Hodges era um patife carrancudo, mas não esquecia um favor. Um dia, pouco tempo depois, quando apareceu na loja para comprar milho para as galinhas, me viu do lado de fora e me deteve com seu jeito mal-humorado habitual. O rosto parecia ter saído de um pedaço de raiz e ele tinha apenas dois dentes, que eram marrons e muito compridos.

— Ei, garoto! Gosta de pescar, né?

— Gosto.

— Foi o que eu achei. Então, olha só. Se quiser, pode levar sua vara e tentar a sorte naquela lagoa atrás da mansão. Tem um bocado de brema e xaréu-preto lá. Mas não conte a ninguém que eu te contei. E trate de não levar outros fedelhos ou vou arrancar o couro deles.

Dito isso, deu meia-volta com sua saca de milho sobre o ombro, como se achasse que já falara demais. Na tarde do sábado seguinte, pedalei até a Binfield House com meus bolsos cheios de minhocas e varejeiras e procurei pelo velho Hodges na cabana. Naquela época, a Binfield House já estava vazia havia dez ou vinte anos. O sr. Farrel, o dono, não tinha dinheiro para morar ali e também não podia ou não queria alugá-la. Morava em Londres e vivia do aluguel das fazendas, largando a casa e o terreno ao deus-dará. Todas as cercas estavam apodrecendo, o bosque era um emaranhado de urtigas, as hortas pareciam uma floresta e até os jardins haviam virado um matagal, com umas poucas roseiras velhas apenas para mostrar onde costumavam ficar os canteiros. Mas era uma bela casa, sobretudo vista de longe. Um lugar enorme e branco com colunas e janelas compridas, construída, suponho, por volta da época da rainha Anne por alguém que conhecera a Itália. Se eu fosse até lá agora provavelmente gostaria de vagar nessa desolação generalizada e pensar sobre a vida que se levava ali e as pessoas que construíam esses lugares por imaginarem que os bons tempos durariam para sempre. Quando era garoto, não olhava duas vezes nem para a casa nem para o terreno. Achei o velho Hodges, que tinha acabado de jantar e estava meio emburrado, e pedi que me mostrasse como chegar à lagoa, que ficava bastante afastada da mansão e totalmente escondida entre as faias, mas era uma lagoa de bom tamanho, quase um lago, com cerca de 150 metros de uma margem a outra. Era impressionante e mesmo naquela idade fiquei pasmo com o fato de haver, a menos de vinte quilômetros de Reading e menos de oitenta quilômetros de Londres, tanta solidão. A gente se sentia tão sozinho quanto se estivesse nas margens do rio Amazonas. A lagoa era totalmente cercada pelas enormes faias, que em determinado lugar chegavam até a beirada e eram refletidas na água. No outro lado havia um trecho de grama em que alguém plantara menta silvestre e, num dos cantos da lagoa, uma velha casa de barco apodrecia entre os juncos.

Na lagoa havia montes de bremas pequenas, com cerca de dez a 15 centímetros de comprimento. De vez em quando, eu via uma delas mudar de direção e seu corpo marrom avermelhado submergir. Tinha lúcios também e deviam ser grandes. Nunca vi nenhum, mas às vezes um deles que ficara escondido junto ao mato da margem mergulhava tão ruidosamente quanto um tijolo atirado na água. Não adiantava tentar pegá-los, embora, claro, eu sempre tentasse. Tentei usando escalos e vairões que pegara no Tâmisa e mantivera vivos num vidro de geleia, e cheguei até a usar uma isca feita de um pedaço de lata. Mas eles estavam empanturrados de peixes e não mordiam a isca, e de todo jeito teriam partido a minha vara. Nunca voltei da lagoa sem, no mínimo, uma dúzia de bremas. Às vezes, nas férias de verão, eu passava o dia todo lá, com minha vara de pesca e um exemplar do *Chums* ou do *Union Jack* ou similar, além de um sanduíche de queijo que mamãe embrulhava para mim. E, depois de pescar durante horas, eu me deitava na grama e lia o *Union Jack* até que o cheiro da minha pasta de pão e o *plop* de um peixe pulando em algum lugar me deixassem novamente alvoroçado e me fizessem voltar para junto d'água e tentar outra vez. Isso se repetia ao longo de todos os dias de verão. E o melhor era estar sozinho, completamente sozinho, embora a estrada estivesse a menos de duzentos metros. Eu tinha apenas idade bastante para saber que é bom ficar só de vez em quando. Com as árvores à volta, era como se a lagoa fosse minha e nada se mexia, exceto os peixes marolando a água e os pombos acima. Ainda assim, nos dois anos que passei pescando ali, quantas vezes terei pescado ali de fato? Não mais de uma dúzia. Era uma viagem de quase cinco quilômetros pedalando e demorava quase uma tarde toda. E às vezes dava certo, noutras chovia e não dava para ir. Você sabe como as coisas acontecem.

Numa dada tarde, os peixes não queriam saber de morder a isca e comecei a explorar o extremo da lagoa mais afastado da mansão. A água transbordara e o terreno estava cheio de lama. Foi preciso abrir caminho em meio a uma espécie de mato de amoreiras e ramos podres caídos das árvores. Pelejei ali ao longo de uns cinquenta metros e então, de repente, encontrei uma clareira e esbarrei em outra lagoa que eu jamais imaginara existir. Era pequena, com não mais de vinte metros de largura, e bastante escura devido aos ramos que a sombreavam. Mas a água era muito clara, e a profundeza, enorme. Dava para ver uns três ou quatro metros sob a superfície. Fiquei por ali um instante, saboreando a umidade e o cheiro de ramos podres, como fazem os meninos. Foi quando vi uma coisa que me deu um tremendo susto.

Era um peixe enorme. Não exagero quando digo que era enorme. Tinha quase o comprimento do meu braço. Deslizava pela lagoa, bem no fundo, virando apenas uma sombra na água mais escura do outro lado. Senti como se uma espada tivesse me trespassado. Sem dúvida eu nunca vira peixe maior que aquele, vivo ou morto. Fiquei parado ali sem respirar, e um segundo depois outra sombra enorme e espessa deslizou na água, seguida de outra e de mais duas, bem próximas. Talvez fossem bremas ou tencas, mas o mais provável era que fossem carpas. Bremas e tencas não cresciam tanto. Vi logo o que acontecera. Em algum momento, essa lagoa fora unida à outra, antes que o córrego secasse e a mata se fechasse em torno da menor e ela fosse esquecida. Isso acontece esporadicamente. Uma lagoa é esquecida, ninguém pesca nela durante anos e décadas, e os peixes crescem até se tornarem gigantescos. Os que eu observava deviam ter cem anos. E nenhuma alma viva sabia da sua existência, exceto eu. Muito provavelmente fazia vinte anos desde que alguém pusera os olhos nessa lagoa, e talvez até o velho Hodges e o procurador do sr. Farrel tivessem se esquecido de sua existência.

Ora, não é difícil imaginar como me senti. Passado um tempinho, eu nem sequer conseguia me furtar a observar. Voltei correndo à outra lagoa e peguei meu equipamento de pesca. Não adiantava tentar pescar aqueles peixes colossais com o equipamento que eu tinha. Eles o arrebentariam como se fosse um fio de cabelo. E eu já não podia mais continuar tentando pegar as minúsculas bremas. A visão daquela carpa me fizera sentir uma reviravolta no estômago a ponto de me deixar enjoado. Montei na bicicleta e desci o morro a caminho de casa. Que segredo maravilhoso para um garoto guardar: a lagoa escura escondida no mato e os peixes monstruosos nadando nela — peixes que jamais haviam sido pescados e morderiam a primeira isca que lhe oferecessem. Era apenas uma questão de conseguir uma vara forte o bastante para prendê-los. Eu já planejara tudo. Compraria o equipamento necessário nem que precisasse roubar o dinheiro do caixa da loja. De alguma forma, Deus saberia como, eu arrumaria uma meia-coroa e compraria um pedaço de linha para pescar salmão e tripa grossa ou tecido reforçado e anzóis número cinco e voltaria à lagoa escondida com queijo, varejeiras, pasta de pão, larvas de farinha e gafanhotos e toda e qualquer isca mortal que pudesse atrair a atenção de uma carpa. No máximo na tarde do sábado seguinte eu voltaria lá e tentaria me dar bem.

Na realidade, porém, jamais voltei. Nunca se volta. Nunca roubei o dinheiro do caixa nem comprei o pedaço de linha para pescar salmão nem tentei pegar aquelas carpas. Quase imediatamente depois, algo surgiu para me impedir, mas se não fosse aquilo teria sido outra coisa. Assim é a vida.

Sei, claro, que você está achando que exagerei o tamanho daqueles peixes. Acha, provavelmente, que eles têm um tamanho normal (trinta centímetros, digamos) e que foram crescendo aos poucos na minha lembrança. Mas não foi o que aconteceu. Todos contam mentiras sobre os peixes que pescaram e mentem mais ainda sobre os que morderam a isca mas escaparam. Só que eu nunca peguei um deles, sequer tentei pegá-los, e não tenho motivos para mentir. Garanto-lhe que eram enormes.

A pesca!

Vou fazer uma confissão, ou melhor, duas. A primeira é que, quando olho em retrospecto a minha vida, posso honestamente dizer que nada que fiz me deu tanto prazer quanto pescar. Tudo o mais foi meio decepcionante em comparação, até mesmo as mulheres. Não pretendo dar a impressão de ser um daqueles homens que não ligam para mulheres. Passei um bocado de tempo correndo atrás delas e continuaria a correr mesmo agora se tivesse a chance. Ainda assim, se tivesse que escolher entre ter qualquer mulher do mundo, repito, QUALQUER mulher, ou pescar uma carpa de cinco quilos, a carpa sempre sairia vencedora. E a outra confissão é que depois dos 16 anos nunca mais pesquei.

Por quê? Porque as coisas são assim. Porque nesta vida — não falo da vida humana em geral, mas da vida nesta época específica e neste país específico — não fazemos as coisas que desejamos fazer. Não por estarmos sempre trabalhando. Até mesmo um peão de fazenda ou um alfaiate judeu não trabalha o tempo todo. É porque existe em nós algum demônio que nos faz andar para lá e para cá envolvidos em idiotices sem fim. Há tempo para tudo, salvo para o que vale a pena fazer. Pense em algo que seja realmente do seu agrado. Ponha na ponta do lápis a fração da sua vida que foi, efetivamente, gasta nisso. Depois calcule o tempo gasto em coisas como barbear-se, andar de ônibus, aguardar trens, fazer baldeações, contar piadas sujas e ler os jornais.

Depois dos 16 anos não voltei a pescar. Nunca parecia haver tempo para pescaria. Eu estava trabalhando, correndo atrás de garotas, usando minhas primeiras botinas e meus primeiros colarinhos altos (e para os colarinhos de 1909 era preciso um pescoço de girafa), fazendo cursos por correspondência, operando com vendas e contabilidade e "aprimorando a mente". Os peixes grandes nadavam na lagoa atrás da Binfield House. Ninguém sabia da sua existência, com exceção de mim. Mas não voltei mais lá. Havia tempo para tudo menos isso. Curiosamente, a única época entre então e hoje em que cheguei muito perto de pescar de novo foi durante a guerra.

Era outono de 1916, pouco antes de eu ser ferido. Havíamos saído das trincheiras e entrado numa aldeia afastada do front, e, embora ainda fosse setembro, a lama nos cobria dos pés à cabeça. Como sempre, não sabíamos ao certo quanto tempo ficaríamos ali ou para onde iríamos depois. Por sorte, o comandante andava meio fora de forma, com um pouco de bronquite ou algo parecido, razão pela qual não se dava ao trabalho de nos aborrecer com as habituais marchas, revistas, partidas de futebol etc., atividades supostamente destinadas a manter o moral da tropa quando longe do front. Passamos os primeiros dias esparramados em cima de pilhas de palha nos celeiros onde nos alojavam, limpando a lama das botinas, e à noite alguns de nós decidiram fazer fila para ter acesso às prostitutas velhas e gastas, estabelecidas numa casa no extremo da aldeia. De manhã, contrariando as ordens para não sair da aldeia, consegui escapulir e perambular em meio à tremenda devastação em que haviam se transformado os campos. Era uma manhã úmida e ventosa. Por todo lado, claro, reinava a imundície e a desordem da guerra, aquela confusão sórdida e repugnante que, com efeito, é pior que um campo de batalha cheio de cadáveres. Árvores cujos galhos haviam sido arrancados, velhos buracos de projéteis parcialmente tapados, latas, merda, lama, mato, monturos de arame farpado enferrujado com mato nascendo no meio. Você conhece a sensação que se têm depois de sair do front. Uma sensação de rigidez em todas as juntas e internamente uma espécie de vazio, a impressão de que jamais coisa alguma nos despertará interesse. Em parte isso acontece devido ao medo e à exaustão, mas acima de tudo é por causa do tédio. Naquela época, ninguém via motivo para que a guerra não se estendesse para sempre. Hoje ou amanhã ou depois de amanhã voltar-se-ia para o front, e quem sabe uma granada na semana seguinte fizesse picadinho da gente. Isso, porém, não era tão ruim quanto o terrível tédio da guerra se prolongando indefinidamente.

Eu perambulava ao longo de uma sebe quando esbarrei num sujeito do nosso pelotão de cujo nome não me recordo, mas que tinha o apelido de Nobby. Era um cara de pele escura, encurvado, com aparência de cigano, um cara que mesmo de uniforme dava sempre a impressão de levar escondido um par de coelhos roubados. Vendedor ambulante de ofício, era um genuíno *cockney*, um daqueles que ganham parte do sustento com pequenos furtos, caça e pesca ilegal e roubo de frutas em Kent e Essex. Entendia bastante de cães, furões, pássaros de gaiolas, galos de briga e esse tipo de coisa. Assim que me viu, fez sinal com a cabeça para me saudar. Falava de um jeito dissimulado, furtivo:

— Aí, George! — (Ainda me chamavam de George, pois nessa época eu não era gordo.) — George! Está vendo aqueles álamos do outro lado do campo?

— Estou.

— Bom, tem uma lagoa do outro lado, cheia de peixões.

— Peixes? Não brinca!

— Coalhada de peixes. São percas. Boas como as melhores que já pesquei. Vem ver com seus próprios olhos.

Saímos caminhando juntos na lama. Nobby tinha razão. Próximo aos álamos, havia uma lagoa de águas turvas com margens de areia. Obviamente havia sido uma pedreira que acabou se enchendo de água. E estava repleto de peixes. Dava para ver seus lombos azul-escuros raiados deslizando pouco abaixo da superfície, e alguns deviam pesar uns quinhentos gramas. Suponho que nos dois anos da guerra não haviam sido perturbados e puderam se multiplicar tranquilamente. Você não imagina o que a visão daquelas percas me causou. Foi como se elas de repente me devolvessem a vida. Claro que nas nossas cabeças se impôs uma única ideia: como providenciar vara e linha.

— Caramba! — exclamei. — Vamos pegar alguns desses.

— Claro, porra! Vamos voltar para a aldeia e conseguir varas de pescar.

— Certo. Mas temos que tomar cuidado. Se o sargento fica sabendo, a gente leva a pior.

— Que se dane o sargento! Podem me enforcar, afogar e esquartejar se quiserem. Vou pescar esses malditos peixes.

Você não imagina como estávamos loucos para pegar aqueles peixes. Ou talvez imagine se já esteve numa guerra. Apenas quem conhece o enlouquecedor tédio da guerra sabe como a gente se agarra a qualquer tipo de diversão. Vi dois caras numa casamata lutarem como o diabo por conta de uma revista barata. Mas havia mais por trás disso. Era a ideia de escapar, talvez durante um dia inteiro, da atmosfera da guerra. Sentar debaixo dos álamos, tentando pescar as percas, longe do pelotão, longe do barulho, do fedor e dos uniformes, dos oficiais e das saudações, da voz do sargento! Pescaria é o oposto da guerra. Mas nada garantia que conseguiríamos nosso intento. Foi esse o pensamento que provocou em nós uma espécie de frenesi. Se o sargento descobrisse, sem sombra de dúvida nos impediria, assim como qualquer outro oficial faria, e o pior era que não havia meio de saber quanto tempo ainda permaneceríamos na aldeia. Podia ser uma semana, ou partiríamos em duas horas. Enquanto isso, não tínhamos equipamento de pesca algum, nem mesmo um alfinete ou um pedaço de barbante. Era preciso começar do zero. E a lagoa fervilhando de peixes! A primeira coisa era arrumar uma vara. Salgueiro é melhor, mas, claro, não havia salgueiro algum por aqueles lados. Nobby subiu num dos álamos e cortou um galho pequeno, que, na verdade, não prestava, mas era melhor que nada. Usando seu canivete limpou e aparou o galho até que se assemelhasse mais ou menos a um caniço, que escondemos no mato próximo à margem, conseguindo voltar para a aldeia sem sermos vistos.

A outra coisa de que precisávamos era uma agulha para fazer o anzol. Ninguém tinha uma agulha. Um sujeito tinha umas agulhas de cerzir, mas eram grossas demais e rombudas dos dois lados. Não ousamos deixar que soubessem para o que as queríamos, por medo de que o sargento acabasse descobrindo. No final, nos lembramos das prostitutas no extremo da aldeia. Era quase certo que tivessem agulhas. Quando chegamos lá — era preciso contornar o imóvel para chegar à porta dos fundos, passando por um quintal lamacento —, encontramos a casa fechada e as mulheres tirando um cochilo sem dúvida merecido. Sapateamos, gritamos e esmurramos a porta até que, passados uns dez minutos, uma gorda feia de roupão desceu e berrou conosco em francês. Nobby respondeu igualmente aos berros:

— Agulha! Agulha! Você tem uma agulha?

Claro que a mulher não sabia do que ele estava falando. Nobby, então, tentou falar de um jeito que supôs que ela, uma estrangeira, entendesse.

— Querer agulha! Costurar roupa! Assim!

Arrematou com gestos que imaginou que representassem o ato de costurar. A prostituta entendeu errado e abriu um pouco mais a porta para nos deixar entrar. Finalmente conseguimos fazê-la entender e arrumamos a agulha. A essa altura, já estava na hora do almoço.

Depois do almoço, o sargento foi até o celeiro onde estávamos alojados procurando homens para uma faxina. Conseguimos driblá--lo entrando debaixo de um monte de feno bem a tempo. Depois que ele saiu, acendemos uma vela, deixamos a agulha incandescente e a dobramos para fazer o anzol. Não tínhamos ferramenta alguma, com exceção do canivete, e queimamos seriamente os dedos. Agora, precisávamos arranjar uma linha. Ninguém tinha barbante que não fosse muito grosso, mas acabamos achando um sujeito que tinha um carretel de linha de costura. Não queria se desfazer dele e tivemos que lhe dar um maço inteiro de cigarros em troca. A linha era demasiado fina, mas Nobby a cortou em três pedaços que amarrou num prego na parede e trançou tudo junto com cuidado. Enquanto isso, depois de procurar na aldeia inteira, eu conseguira encontrar uma rolha, que cortei no meio, enfiando-lhe um fósforo para que flutuasse. A essa altura já anoitecia.

Contávamos com o essencial agora, mas uma tripa cairia bem. Aparentemente não havia muita esperança de conseguir uma, até que nos lembramos do enfermeiro. Fio categute para sutura não fazia parte do seu arsenal, mas podia ser que ele tivesse um pouco. Para nossa satisfação, quando lhe perguntamos, descobrimos que havia um rolo inteiro de categute na sua mochila. Encantara-se com aquilo em algum hospital e afanara. Trocamos mais um maço de cigarros por dez pedaços de categute. Os pedaços de 15 centímetros cada eram muito quebradiços, e Nobby os pôs de molho na água para ficarem flexíveis e depois os uniu ponta com ponta. As minhocas podíamos catar em qualquer lugar. E a lagoa fervilhava de peixes! Enormes percas raiadas implorando para serem pescadas! Deitamo-nos para dormir tão excitados que sequer tiramos as botas. Amanhã! Ai, se já fosse amanhã! Se a guerra se esquecesse de nós apenas um dia! Decidimos que assim que acabasse a chamada sairíamos e passaríamos o dia todo fora, mesmo que isso acarretasse uma punição rigorosa quando voltássemos.

Imagino que você tenha adivinhado o resto. Na hora da chamada, recebemos ordens para recolher tudo e estarmos prontos para partir em vinte minutos. Marchamos 15 quilômetros estrada abaixo e depois subimos em caminhões em direção a um outro ponto do front. Quanto à lagoa sob os álamos, nunca mais soube ou ouvi falar dela. Acredito que tenha sido contaminada com gás de mostarda tempos depois.

Desde então, nunca mais pesquei. Nunca tive outra oportunidade. Veio o fim da guerra, e depois todo mundo passou a brigar por um emprego, e depois arrumei um emprego, e o emprego me arrumou. Eu era um jovem promissor numa seguradora — um daqueles jovens empresários ambiciosos de queixo firme e boas expectativas, sobre os quais líamos a respeito nos anúncios do Clark's College — e então me tornei o costumeiro assalariado oprimido ganhando de cinco a dez libras por semana e morando numa casa semi-independente nos subúrbios. Essa gente não pesca, assim como os corretores de valores não colhem margaridas. Não seria adequado. Para estes está previsto outro tipo de recreação.

Claro que tenho minha quinzena de férias todo verão. Você sabe como são essas férias. Margate, Yarmouth, Eastbourne, Hastings, Bournemouth, Brighton. Há uma leve variação dependendo de estarmos ou não com dinheiro sobrando nesse ano específico. Com uma mulher como Hilda no meu pé, o aspecto principal das férias é uma incessante aritmética mental para decidir quanto o dono da pensão está nos roubando. Isso e a recusa sistemática às crianças de lhes comprar um novo baldinho de areia. Alguns anos atrás fomos para Bournemouth. Numa tarde bonita, caminhamos até o píer, que devia ter quase um quilômetro de comprimento, e ao longo de todo o caminho vi sujeitos pescando com varas grossas próprias para o mar com pequenos guizos na ponta, e suas linhas se estendiam uns cinquenta metros mar adentro. É um tipo de pesca tediosa, e eles não estavam pegando nada. Por outro lado, havia peixes. As crianças logo se cansaram e pediram para voltar para a praia, e Hilda viu um sujeito prender uma minhoca no anzol e disse que ficou com nojo. Eu, porém, continuei a caminhar para lá e para cá um pouco mais. De repente, ouvimos um sino tocar com insistência e um sujeito começou a recolher a linha. Todos pararam para observar. E, com efeito, na ponta da linha molhada, com o pedaço de chumbo veio um peixe chato (um linguado, acho) se contorcendo. O pescador jogou-o no piso de madeira do píer, onde o animal ficou se debatendo, molhado e brilhoso, o lombo cinzento e rugoso e a barriga branca, com o odor salino do mar. Senti um aperto no peito, como se algo despertasse.

Enquanto nos afastávamos, eu disse casualmente, apenas para testar a reação de Hilda:

— Estou pensando em pescar um pouco enquanto estamos aqui.

— O quê? você pescar, George? Ao menos sabe segurar a vara?

— Ora, já fui um ótimo pescador — falei.

Hilda rejeitou vagamente a ideia, como de hábito, mas não apresentou muitos argumentos nem contra nem a favor, salvo que, se eu fosse pescar, ela não iria comigo para me ver prender aquelas coisas pegajosas e nojentas no anzol. Então, de repente, ela se apegou ao fato de que, se eu fosse pescar, o equipamento necessário, vara, anzol etc., custaria cerca de uma libra. Só a vara sairia por dez xelins. Imediatamente, a fúria se apossou dela. Você nunca a viu reagir diante da hipótese de desperdiçar dez xelins. Hilda gritou:

— Que ideia! Imagine desperdiçar todo esse dinheiro com uma coisa dessas! Absurdo! E como eles têm coragem de cobrar dez xelins por uma varinha de pescar idiota! Uma lástima. E você pensar em pescar com a sua idade! Um homem adulto! Não banque o neném, George.

Então as crianças entraram no jogo. Lorna parou perto de mim e me perguntou com o seu jeitinho atrevido: "Você é um neném, papai?", e o pequeno Billy, que naquela época não articulava direito as palavras, anunciou para qualquer um que quisesse ouvir: "Papa é um neném." De repente, então, ambos começaram a dançar à minha volta, gritando em sintonia: "Papa é um neném, papa é um neném!"

Safadinhos desnaturados!

6

E, além da pesca, havia a leitura.

Exagerei se dei a entender que pescar era a ÚNICA coisa de que eu gostava. Pescar sem dúvida vinha em primeiro lugar, mas ler vinha logo em seguida. Eu devia ter dez ou 11 anos quando comecei a ler — por vontade própria, quer dizer. Nessa idade é como descobrir um mundo novo. Leio bastante até hoje. Na verdade, é rara a semana em que eu não termine um ou dois romances. Sou o que se pode chamar de típico rato de biblioteca, sempre atraído pelo best-seller do momento (*The Good Companions*, *Bengal Lancer*, *Hatter's Castle* — todos eles me cativaram), e fui membro do Left Book Club* durante um ano ou mais. Em 1918, aos 25 anos, embarquei numa espécie de orgia em relação à leitura, que alterou de certa forma meu jeito de ver a vida. Nada, porém, se compara àqueles primeiros anos em que de repente se descobre

---

* Left Book Club foi um grupo editorial que exerceu forte influência esquerdista na Grã-Bretanha entre 1936 e 1948. Disponibilizava a escolha mensal de um livro para venda a preço promocional exclusivamente aos sócios. (N. da T.)

que é possível abrir um semanário barato e mergulhar de cabeça em covis de ladrões e alcovas de ópio chinesas, em ilhas polinésias e nas florestas do Brasil.

Foi entre os 11 e os 16 anos que me senti mais fascinado pela leitura. No início eram sempre os semanários juvenis de um centavo — jornaizinhos finos com impressão péssima e uma ilustração em três cores na capa —, e um pouco mais tarde vieram os livros. Sherlock Holmes, Dr. Nikola, O Pirata de Ferro, Drácula, Raffles. E Nat Gould, Ranger Gull e um sujeito de cujo nome me esqueço que escrevia histórias de boxe quase tão rapidamente quanto Nat Gould escrevia as de corrida. Suponho que, se fossem um pouco mais instruídos, meus pais teriam me enfiado goela abaixo a "boa" literatura. Dickens e Thackeray e similares, e de fato fomos apresentados a Quentin Durward na escola, e tio Ezekiel às vezes tentava me estimular a ler Ruskin e Carlyle. Mas praticamente não havia livros na minha casa. Papai jamais leu um livro na vida, salvo a Bíblia e *Self-Help*, de Smiles, e eu, por iniciativa própria, só fui ler um "bom" livro muito mais tarde. Não lamento que tenha sido assim. Li o que queria ler e tirei mais dessa leitura do que daquilo que me ensinaram na escola.

Os velhos *penny dreadfuls* — histórias de terror publicadas em capítulos semanais de um centavo — já estavam saindo de circulação quando eu era criança, e mal me lembro deles, mas havia uma linha regular de semanários para meninos, e alguns ainda existem até hoje. As histórias de Buffalo Bill sumiram, acho, e Nat Gould provavelmente não é mais lido, mas Nick Carter e Sexton Blake aparentemente continuam a mesma coisa. *The Gem and the Magnet*, se não me falha a memória, começou a ser publicada por volta de 1905. O B.O.P. ainda era bastante ingênuo naquela época, mas o *Chums*, que acredito ter começado lá por 1903, era esplêndido. E tinha a enciclopédia — não me lembro do nome exato —, publicada em edições de um centavo. Nunca me pareceu valer a pena comprar, mas um menino na escola me passava números antigos às vezes. Se hoje sei o comprimento do Mississippi ou a diferença entre um polvo e uma lula ou a exata composição de metal de sino, foi nela que aprendi.

Joe nunca leu. Meu irmão era um desses meninos que terminavam a escola sem saber ler mais do que dez linhas consecutivamente. A visão de um papel impresso o deixava enjoado. Eu o vi pegar um dos meus exemplares do *Chums*, ler um ou dois parágrafos e depois lhe dar as costas com a mesma expressão de nojo de um cavalo que fareja feno mofado. Ele tentou me fazer desistir da leitura, mas papai e mamãe, que haviam decidido que eu era "o inteligente", me apoiaram. Ficavam um bocado orgulhosos por eu demonstrar gosto por "aprender com os livros", como chamavam. Mas era típico de ambos se sentirem vagamente incomodados por eu ler coisas como o *Chums* e o *Union Jack*, achando que eu deveria ler algo "enriquecedor", apesar de não entenderem o suficiente a respeito de livros para saber quais eram "enriquecedores". Por fim, mamãe pôs as mãos num exemplar de segunda mão de *O livro dos mártires*, de Foxe, que não li, embora as ilustrações não fossem ruins.

Ao longo de todo o inverno de 1905, gastei um centavo para comprar o *Chums* semanalmente. Eu acompanhava o seriado "Donovan, o Intrépido". Donovan, o Intrépido, era um explorador contratado por um milionário americano para conseguir coisas incríveis em diferentes cantos da terra. Às vezes eram diamantes do tamanho de bolas de golfe que estavam nas crateras de vulcões na África. Noutras, presas petrificadas de mamutes em florestas congeladas da Sibéria ou tesouros incas enterrados em cidades perdidas do Peru. Donovan embarcava numa nova jornada toda semana e sempre se dava bem. Meu lugar de leitura favorito era o depósito atrás do quintal. Salvo quando papai estava retirando sacas de grãos, era o lugar mais silencioso da casa. Havia enormes pilhas de sacas sobre as quais deitar e um cheiro de gesso misturado com o de sanfeno e montes de teias de aranha em todos os cantos. Logo acima do lugar em que eu costumava me deitar tinha um buraco no teto e uma ripa de madeira se projetando para fora do gesso. Sinto esse clima como se fosse hoje. Um dia de inverno, apenas ameno o bastante para ficar imóvel. Estou deitado de bruços, com o *Chums* aberto à minha frente. Um camundongo sobe na lateral de uma saca como um brinquedo de corda. Para, de repente, e me observa com seus olhinhos de pequenas contas negras. Tenho 12 anos, mas sou Donovan, o Intrépido. Acabo de armar minha tenda a dois mil quilômetros do delta do rio Amazonas, e as raízes das misteriosas orquídeas que florescem apenas uma vez a cada cem anos estão seguramente guardadas na lata debaixo da minha cama de campanha. Nas florestas à volta, índios hopis, que pintam os dentes de escarlate e escalpelam homens brancos vivos, estão batendo seus tambores de guerra. Observo o camundongo e o camundongo me observa e posso sentir o cheiro de poeira e sanfeno e o frio odor do gesso. Estou na Amazônia e sinto apenas êxtase, puro êxtase.

7

E isso é tudo.

Tentei lhe contar um pouco sobre o mundo antes da guerra, o mundo do qual senti um bafejo quando vi o nome do rei Zog no cartaz, e é provável que eu não lhe tenha dito coisa alguma. Ou você se lembra de como era antes da guerra e não precisa que lhe contem, ou não se lembra e não adianta lhe contarem. Até agora, só falei das coisas que aconteceram comigo antes dos 16 anos. Até então, tudo ia muito bem com a família. Foi um pouco antes do meu décimo sexto aniversário que comecei a ter vislumbres do que se costumava chamar de "vida real", ou seja, dissabores.

Cerca de três dias após eu ter visto a carpa grande na Binfield House, papai chegou para o jantar parecendo muito preocupado e ainda mais pálido e sujo de farinha que de costume. Comeu, solene e lentamente, e não falou muito. Naquela época, ele tinha um jeito bastante cuidadoso de comer, e o bigode se mexia para cima e para baixo com um movimento oblíquo, porque não lhe restavam muitos dentes. Eu já ia me levantando da mesa quando ele me chamou de volta.

— Espere um instante, George. Tenho uma coisa para lhe dizer, filho. Sente-se aí só um minuto. Querida, você ouviu o que eu tinha a dizer ontem à noite.

Minha mãe, atrás do enorme bule de chá marrom, cruzou as mãos no colo e manteve uma expressão solene no rosto. Papai prosseguiu, falando muito seriamente, mas de certa forma comprometendo o efeito ao tentar lidar com uma migalha que se alojara no que lhe restara de um dente de trás.

— George, meu filho, tenho uma coisa para lhe dizer. Andei pensando e chegou a hora de você largar a escola. Lamento, mas vai ter que começar a trabalhar agora e ganhar algum dinheiro para trazer para sua mãe em casa. Escrevi para o sr. Wicksey ontem à noite e avisei que terei que tirá-lo da escola.

Claro que isso estava bem de acordo com os precedentes — o fato de escrever para o sr. Wicksey antes de falar comigo. Os pais naquela época tinham o costume de resolver tudo pelas costas dos filhos.

Papai continuou a prover outras explicações murmuradas em tom preocupado. A loja vinha "tendo um período ruim ultimamente", as coisas "estavam um pouco difíceis", e a conclusão era que Joe e eu teríamos que começar a ganhar o nosso sustento. Àquela altura, ou eu não sabia ou não me importava muito em saber se os negócios andavam bem ou mal. Eu nem sequer possuía suficiente instinto comercial para ver o motivo de as coisas estarem "difíceis". O fato era que papai havia sido atingido pela concorrência. O Sarazins', o grande varejista de grãos que espalhara filiais em todos os condados locais, alcançara Lower Binfield com um de seus tentáculos. Seis meses antes, haviam alugado uma loja na praça do mercado, incrementando-a com tinta verde brilhante, letras douradas, equipamentos de jardim pintados de vermelho e verde e enormes anúncios de orquídeas, fazendo com que fosse vista a cem metros de distância. Além de vender sementes de flores, o Sarazins' se autodescrevia como "fornecedores universais de aves e animais domésticos", e afora trigo, aveia e congêneres, comercializavam forragem para aves, rações para pássaros acondicionadas em embalagens sofisticadas, biscoitos caninos de todas as formas e cores, medicamentos, unguentos e pós fortificantes, além de oferecer outros itens, como ratoeiras, correntes para cães, incubadoras, ovos artificiais, aramados para gaiolas, bulbos, herbicidas, inseticidas e até, em algumas filiais, o que chamavam de "departamento de animais para criação", ou seja, coelhos e frangos recém-nascidos. Papai, com sua velha loja empoeirada e a recusa em estocar novidades, não conseguia — nem queria — concorrer com esse tipo de coisa. Os comerciantes com suas carroças puxadas a cavalo e os fazendeiros na mesma situação evitaram o Sarazins' a princípio, mas depois de seis meses se uniram à burguesia da vizinhança, que naquela época possuía carruagens e charretes e, consequentemente, cavalos. Isso representou um grande prejuízo para meu pai e o outro comerciante de milho, Winkle. Na época, não registrei nada disso. Minha atitude quanto aos negócios, pelos quais jamais me interessara, era a de um garoto. Jamais ajudara na loja com regularidade e, nas poucas vezes em que meu pai me pedia para comprar algo ou carregar sacas de grãos para o depósito, sempre que possível eu dava um jeito de escapar. Os garotos da nossa classe não são tão bobalhões quanto os alunos da escola pública, sabem que trabalho é trabalho, conhecem o valor do dinheiro, mas lhes parece natural encarar o negócio do pai como uma coisa tediosa. Até então, varas de pescar, bicicletas, limonada gasosa e similares me soavam um bocado mais reais do que qualquer coisa que acontecesse no mundo adulto.

Papai já falara com o velho Grimmet, o dono da mercearia, que queria contratar um rapaz esperto e se dispunha a me botar imediatamente para trabalhar na loja. Enquanto isso, meu pai dispensaria o estafeta e Joe voltaria para casa para ajudar na loja até arrumar um emprego estável. Joe largara a escola fazia algum tempo e vivia mais ou menos à toa desde então. Papai falara algumas vezes em "botá-lo para dar duro" no departamento de contabilidade da cervejaria e antes disso chegara mesmo a pensar em transformá-lo em leiloeiro. Nem uma nem outra função eram minimamente viáveis, porque Joe, aos 17 anos, escrevia como um caipira e não conseguia recitar a tabuada. No momento, meu irmão estava supostamente "aprendendo o ofício" numa grande loja de bicicletas na periferia de Walton. Mexer com bicicletas se adequava a Joe, que, como a maioria dos idiotas, tinha um leve pendor para a mecânica, mas ele era totalmente incapaz de trabalhar com constância e passava o tempo vadiando com o macacão sujo de graxa, fumando Woodbines, se metendo em brigas, bebendo (já começara a beber então), andando com uma garota atrás da outra e arrancando dinheiro do papai. Papai vivia preocupado, confuso e vagamente ressentido. Ainda posso vê-lo, com farinha na careca e o parco cabelo grisalho restante lhe cobrindo as orelhas, usando óculos e ostentando um bigode cinzento. Não conseguia entender o que tinha dado errado. Durante anos, seu lucro aumentara, lenta e constantemente, dez libras num ano, vinte noutro, e agora, de uma hora para outra, houvera uma queda abrupta. Ele não entendia. Herdara o negócio do pai, trabalhara honestamente, dera duro, vendera mercadoria de qualidade, não enganara ninguém... E a renda estava caindo. Repetiu várias vezes, enquanto cutucava os dentes com a língua a fim de remover a migalha, que os tempos estavam difíceis, o comércio, muito devagar, que não sabia o que dera nas pessoas, pois claro que os cavalos continuavam comendo. Talvez fossem esses novos motores, concluiu afinal. "Malditas coisas fedorentas!", acrescentou minha mãe, que estava um pouco preocupada e sabia que deveria estar mais. Uma ou duas vezes, enquanto papai falava, vi uma expressão distante em seus olhos e seus lábios se movendo. Tentava decidir se devia servir carne e cenouras no dia seguinte ou outra perna de carneiro. Salvo quando alguma coisa na sua própria seara exigia atenção, como a compra de roupa de cama ou de panelas, mamãe não era realmente capaz de pensar além das refeições do dia seguinte. A loja andava com problemas e papai estava preocupado — basicamente isso era o máximo que ela registrava. Nenhum de nós se dava conta da situação. Papai tivera um mau ano e perdera dinheiro, mas estaria de fato com medo do futuro? Acho que não. Era 1909, lembre-se. Ele não sabia o que vinha acontecendo, não era capaz de prever que esses Sarazins iriam sistematicamente cobrar preços menores que o dele, arruiná-lo e engoli-lo. Como poderia saber? Esse tipo de coisa não era comum na sua juventude. Tudo que ele sabia era que os tempos estavam difíceis, o comércio, muito "fraco", muito "devagar" (essas expressões eram repetidas sem parar), mas provavelmente tudo "haveria de melhorar logo".

Seria ótimo se eu pudesse dizer que fui de grande ajuda para meu pai nessa época conturbada, que de repente provei ser um homem e desenvolvi qualidades que ninguém jamais suspeitara que eu tivesse — e daí por diante, blá-blá-blá, como costumávamos ler nos romances edificantes trinta anos atrás. Ou então eu gostaria de ser capaz de registrar que amargamente me ressenti de largar a escola, que minha ávida mente juvenil, ansiosa por saber e refinamento, se abespinhou diante do trabalho mecânico ao qual me forçaram — e daí por diante, blá-blá-blá, como costumamos ler nos romances edificantes hoje em dia. Mas nada passaria de conversa fiada. A verdade é que fiquei satisfeito e entusiasmado com a ideia de trabalhar, sobretudo quando entendi que o velho Grimmet me pagaria um salário de verdade, 12 xelins por semana, dos quais eu poderia ficar com quatro. A carpa da Binfield House, que enchera a minha cabeça durante três dias, abandonou meus pensamentos de vez. Não fiz objeção a largar os estudos com alguns semestres de antecedência. Costumava acontecer o mesmo com os meninos da nossa escola. Sempre havia um garoto "prestes" a ir para a Universidade de Reading ou para a faculdade de engenharia, ou a "se dedicar aos negócios" em Londres, ou a entrar na Marinha — e que de repente, mediante um aviso prévio de dois dias, sumia da escola, e 15 dias depois era visto de bicicleta entregando legumes e verduras. Cinco minutos depois de meu pai dizer que eu teria que largar a escola, comecei a imaginar como seria o novo terno com o qual eu iria trabalhar. Imediatamente passei a exigir um "terno de adulto", com uma espécie de casaca que era moda na época, um "fraque", como chamavam, acho. Claro que tanto meu pai quanto minha mãe ficaram escandalizados e disseram que "jamais haviam ouvido falar de algo assim". Por algum motivo que jamais entendi totalmente, os pais naquela época sempre tentavam impedir que os filhos usassem roupas de adulto até o mais tarde possível. Em toda família ocorria uma briga previsível antes que um menino ganhasse seu primeiro colarinho alto ou que uma menina prendesse os cabelos num coque.

Assim, a conversa se desviou dos problemas de negócio do meu pai e degringolou para uma discussão comprida e enervante, em que papai aos poucos foi ficando furioso e repetindo sem parar — omitindo letras vez por outra, como era hábito quando estava furioso: "Bom, cê não vai ter. Trate de tirar essa ideia da cabeça. Esqueça." Por isso, não consegui meu "fraque". Fui trabalhar pela primeira vez envergando um terno preto barato e um colarinho largo no qual eu parecia um matuto. Qualquer incômodo que eu tenha sentido a respeito de toda a situação adveio daí. Joe foi ainda mais egoísta. Enfureceu-se por ter que deixar a loja de bicicletas e durante o curto período em que permaneceu em casa, meramente ficava à toa, sendo um estorvo e em nada ajudando nosso pai.

Trabalhei na loja do velho Grimmet durante quase seis anos. Grimmet era um sujeito agradável, honrado, de costeletas brancas, que parecia uma versão mais corpulenta do tio Ezequiel e, como tio Ezequiel, um bom liberal. Era, contudo, menos inflamado e mais respeitado na cidade. Adaptara-se às circunstâncias durante a Guerra dos Bôeres e se tornara um inimigo figadal das uniões sindicais, tendo, certa vez, demitido um assistente que flagrou com uma fotografia de Keir Hardie. Era "não conformista" — na verdade uma voz ruidosa, literalmente, na Igreja Batista, conhecida na vizinhança como Tin Tab, ou templo pré-fabricado — enquanto minha família era "anglicana", e tio Ezequiel, nesse aspecto, um infiel. O velho Grimmet era do conselho municipal e uma autoridade no Partido Liberal local. Com suas costeletas brancas, sua ladainha sobre a liberdade de consciência e sobre o Grand Old Man, seu polpudo extrato bancário e as preces extemporâneas que às vezes era possível ouvi-lo recitando quando se passava pela Tin Tab, lembrava um pouco o lendário merceeiro não conformista na história — suponho que você conheça:

— James!

— Sim, senhor?

— Já peneirou o açúcar?

— Sim, senhor!

— Já pôs água no melado?

— Sim, senhor!

— Então, venha rezar.

Deus sabe quantas vezes ouvi essa história sussurrada na loja. Na verdade, começávamos o dia com uma oração antes mesmo de abrir as venezianas. Não que o velho Grimmet peneirasse o açúcar. Sabia que isso não compensava. Mas era um homem astuto nos negócios, comandava todo o comércio de mercearia de Lower Binfield e da zona rural à volta, e tinha três assistentes na loja, além do estafeta, do entregador e da própria filha (viúva) que ficava no caixa. Fui estafeta nos seis primeiros meses. Depois, um dos assistentes se demitiu para "se estabelecer" em Reading e fui realocado para a loja, envergando meu primeiro avental branco. Aprendi a amarrar um embrulho, empacotar passas, moer café, manejar o cortador de toucinho, fatiar um presunto, varrer o chão, tirar o pó dos ovos sem quebrá-los, empurrar um artigo inferior como sendo de qualidade melhor, limpar uma janela, calcular no olho quinhentos gramas de queijo, abrir um caixote, dar forma a um peso de manteiga e — o que era, de longe, o mais difícil — decorar onde cada mercadoria era guardada. Não tenho lembranças tão detalhadas do trabalho na mercearia como as que tenho das pescarias, mas lembro um bocado. Até hoje sei cortar um barbante com os dedos. Se você me puser diante de um cortador de toucinho, me saio melhor do que com uma máquina de escrever. Posso desfiar um bom número de tecnicalidades sobre as variedades de chá chinês e dizer como é feita a margarina, bem como o peso médio de ovos e o preço do milheiro de sacos de papel.

Durante mais de cinco anos fui assim: um jovem alerta, com um rosto redondo, corado, de nariz arrebitado e cabelo cor de manteiga (não mais cortado curto, mas cuidadosamente emplastado e penteado para trás no estilo que se costumava chamar de "alisado"), de pé atrás do balcão usando um avental branco e um lápis atrás da orelha, amarrando pacotes de café com a rapidez de um raio e incitando o freguês a comprar, dizendo "Sim, senhora! Claro, minha senhora! O que mais a senhora deseja?" numa voz com um leve sotaque de *cockney*. O velho Grimmet nos exigia muito. O expediente era de 11 horas, salvo nas quintas e nos domingos. A semana do Natal era um pesadelo. Mesmo assim é uma época boa para recordar. Não pense que me faltava ambição. Eu sabia que não seria ajudante de mercearia para sempre, sabia que estava apenas "aprendendo o ofício". Um dia, cedo ou tarde, haveria dinheiro suficiente para que eu "me estabelecesse" por conta própria. Isso foi antes da guerra, lembre-se, antes do declínio e do desemprego. O mundo era grande o bastante para haver lugar para todos. Qualquer um podia "se estabelecer no comércio", sempre cabia mais uma loja. E o tempo ia passando. 1909, 1910, 1911. O rei Eduardo morreu, e os jornais saíram com uma tarja preta nas bordas. Dois cinemas abriram em Walton. Os carros passaram a ser mais frequentes nas estradas e ônibus motorizados começaram a cruzar o país. Um aeroplano — uma coisa frágil, de aparência instável com um sujeito sentado numa espécie de cadeira no centro — sobrevoou Lower Binfield e a cidade toda saiu de casa para saudar. Começaram a falar vagamente que o imperador alemão estava ficando grande demais para as botas e que "ela (ou seja, a guerra contra a Alemanha) se aproximava". Meu salário aos poucos aumentou até chegar, finalmente, pouco antes da guerra, a 28 xelins por semana. Eu pagava para mamãe dez xelins por semana pela minha manutenção e depois, quando as coisas pioraram, 15 xelins, e mesmo assim me sentia mais rico do que jamais me senti desde então. Cresci mais um palmo, meu bigode começou a brotar e eu usava sapatos de amarrar e colarinhos com oito centímetros de altura. Na igreja, aos domingos, em meu garboso terno cinza-escuro, com o chapéu-coco e as luvas de pelo de cão pretas no banco ao meu lado, minha aparência era de um cavalheiro perfeito, e mamãe mal podia conter seu orgulho de mim. Além do trabalho e da "folga" nas quintas-feiras, de pensar em roupas e garotas, eu tinha surtos de ambição e me via transformado no Grande Empresário, como Lever ou William Whiteley. Entre 16 e 18 anos, fiz tentativas sérias de "aperfeiçoar a mente" e me preparar para uma carreira empresarial. Curei-me do cacoete e praticamente me livrei do sotaque *cockney* (no Vale do Tâmisa os sotaques do interior vinham sumindo. Com exceção dos peões de fazenda, quase todos que haviam nascido depois de 1890 falavam *cockney*). Fiz um curso por correspondência com a Academia Comercial Littleburns, aprendi contabilidade e inglês comercial, li ritualmente um livro repleto de baboseiras chamado *A arte da venda* e melhorei minha aritmética e até minha ortografia. Aos 17 anos, eu ficava acordado até tarde com a língua para fora da boca, praticando caligrafia junto ao lampiãozinho a óleo na mesa do quarto. Havia épocas em que eu lia um bocado, em geral histórias de crimes e aventuras, e às vezes livros encapados com papel pardo que eram furtivamente passados de mão em mão pelos empregados da loja e rotulados de "picantes" (traduções de Maupassant e Paul de Kock). Mas, aos 18 anos, de repente me tornei um intelectual, virei sócio da Biblioteca do Condado e comecei a devorar os livros de Marie Corelli, Hall Caine e Anthony Hope. Foi nessa época que me juntei ao Clube do Livro de Lower Binfield, administrado pelo vigário, que se reunia uma noite por semana ao longo de todo o inverno para o que chamavam de "discussão literária". Pressionado pelo vigário, li trechos de *Sesame and Lillies* e até me aventurei a ler Browning.

E o tempo ia passando. 1910, 1911, 1912. E o negócio do meu pai afundava — não que tenha chegado de repente ao fundo do poço, mas continuava afundando. Papai e mamãe nunca voltaram a ser os mesmos depois que Joe fugiu de casa, o que se deu não muito depois que comecei a trabalhar para o velho Grimmet.

    Joe, aos 18 anos, virara um tremendo facínora. Era um sujeito corpulento, muito maior que o restante da família, com ombros enormes, um cabeção e um rosto amarrado, ameaçador, no qual já exibia um bigode respeitável. Quando não estava no bar do George, ficava à toa parado à porta da loja, com as mãos enfiadas nos bolsos, olhando de cara feia para qualquer um que passava, salvo quando se tratava de garotas, como se pretendesse esmurrar todo mundo. Se alguém entrasse na loja, ele se afastava apenas o suficiente para deixar o freguês passar e, sem tirar as mãos dos bolsos, gritava por sobre o ombro "Pai! Freguês!". Era o máximo de ajuda que se dispunha a dar. Papai e mamãe diziam, desanimados, que "não sabiam o que fazer com ele" e com as despesas que o álcool e os cigarros que consumia sem parar acarretavam. Certa noite, a altas horas, Joe saiu de casa e nunca mais se soube dele. Arrombara o caixa e roubara todo o dinheiro, felizmente não muito, cerca de oito libras. Foi o suficiente para pagar uma passagem de cargueiro para os Estados Unidos. Ele sempre quisera ir para os Estados Unidos e acho que provavelmente foi, embora nunca tenhamos sabido com certeza. Isso causou um pequeno escândalo na cidade. A teoria oficial era que Joe fugira porque engravidara uma moça. Havia uma moça chamada Sally Chivers que morava na mesma rua que os Simonses e ia ter um bebê. Joe certamente andara com ela, mas uma dezena de outros andara também e ninguém sabia quem era o pai. Mamãe e papai aceitaram a teoria do bebê, e até, em particular, a usavam para desculpar o fato de o "pobrezinho" ter roubado as oito libras. Não eram capazes de entender que Joe fora embora por não poder suportar uma vida decente e respeitável numa cidadezinha do interior e querer uma vida de brigas, mulheres e vagabundagem. Nunca mais soubemos dele. Talvez tenha enveredado pelo mau caminho, talvez tenha sido morto na guerra, talvez simplesmente não tenha se dado ao trabalho de escrever. Felizmente, o bebê nasceu morto e não houve complicações. Quanto ao roubo das oito libras, mamãe e papai conseguiram levar o segredo para o túmulo. Aos olhos de ambos essa era uma vergonha muito pior que o bebê de Sally Chivers.

    O problema com Joe envelheceu um bocado meu pai. Perder Joe significava apenas cortar um prejuízo, mas o fato o magoou e envergonhou. Dessa época em diante, o bigode foi ficando cada dia mais grisalho, e a sua estatura, cada vez menor. Talvez a lembrança dele como um homenzinho grisalho, com um rosto redondo, sulcado e ansioso, com óculos empoeirados, date efetivamente de então. Muito lentamente, ele se amofinava mais e mais com preocupações financeiras e se interessava cada vez menos por outras coisas. Falava menos sobre política e os jornais de domingo, e mais sobre os percalços do comércio. Mamãe também parecia ter encolhido. Na minha infância eu a conhecera com alguém grande e cheia de vida, o cabelo louro, o rosto risonho e o peito enorme, uma criatura opulenta como a figura de proa de uma nau de guerra. Agora ficara menor e mais ansiosa, aparentando ser mais velha do que era. Sua autoridade na cozinha diminuiu, passou a preferir pescoço de carneiro, preocupava-se com o preço do carvão e começou a usar margarina, coisa que nos velhos tempos jamais teria permitido que entrasse em nossa casa. Após a partida de Joe, papai precisou novamente contratar um estafeta, mas daí em diante só empregava rapazes muito novinhos que ficavam apenas um ou dois anos e não conseguiam carregar muito peso. Às vezes eu dava uma ajuda quando estava em casa, sendo por demais egoísta para fazer isso regularmente. Ainda posso vê-lo atravessando o quintal devagar, curvado e quase escondido debaixo de uma saca enorme, como um caracol carregando a própria concha. A saca enorme, monstruosa, pesando quase oitenta quilos, suponho, pressionando-lhe o pescoço e os ombros a se dobrarem até quase o chão, e o rosto ansioso, de óculos, espreitando sob o fardo. Em 1911 teve uma hérnia estrangulada e precisou passar semanas no hospital e contratar um gerente temporário para a loja, o que abriu mais um rombo no seu capital. Um lojista pequeno descendo ladeira abaixo é uma coisa horrível de ver, mas não é repentino e óbvio como o destino de um operário que é demitido e imediatamente se vê desempregado. Trata-se apenas de um gradual desgaste do negócio, com pequenos altos e baixos, uns poucos xelins a menos, um punhado de xelins a mais. Um freguês que há anos negocia com você de repente some e vai comprar no Sarazins'. Outro compra uma dúzia de galinhas e encomenda milho semanalmente. Ainda dá para aguentar o tranco. Você continua a ser "seu próprio patrão", sempre um pouco mais preocupado e um pouco mais depauperado, o capital encolhendo sem parar. É possível seguir assim durante anos, uma vida inteira, com sorte. Tio Ezekiel morreu em 1911, deixando 120 libras, legado que deve ter feito uma grande diferença para o meu pai. Somente em 1913 ele precisou hipotecar sua apólice de seguro de vida. Disso eu não soube na época, ou teria entendido o significado. Sendo assim, acho que registrei tão somente que papai "não estava indo tão bem", que o mercado andava "devagar" e que demoraria ainda um pouco mais para que eu tivesse dinheiro para "me estabelecer". Como fazia meu pai, eu também encarava a loja como algo permanente e sentia uma inclinação para culpá-lo por não gerir melhor o negócio. Não fui capaz de ver — como nem ele nem ninguém — que aos poucos a ruína se aproximava, que seu comércio jamais se recuperaria e que, se ele chegasse aos setenta anos, sem dúvida acabaria no abrigo para pobres. Várias vezes passei pela loja dos Sarazins no mercado e simplesmente me dei conta de que me agradava mais sua reluzente fachada do que a velha e empoeirada loja do meu pai, com o "S. Bowling", que mal podia ser lido, as letras brancas lascadas e os pacotes desbotados de ração para passarinho. Não me ocorria que os Sarazins eram tênias que vinham devorando meu pai vivo. Às vezes eu repetia para ele o que lia nos meus livros do curso por correspondência, sobre vendas e métodos modernos. Jamais obtive muita atenção da sua parte. Herdara um negócio antigo, sempre trabalhara duro, praticava concorrência leal e fornecia boa mercadoria. As coisas haveriam de melhorar. É fato que muito poucos lojistas naquela época efetivamente tenham acabado no abrigo. Com sorte se morria ainda com algumas libras no próprio nome. Era uma corrida entre a morte e a falência e, graças a Deus, a morte o levou primeiro, assim como levou minha mãe.

1911, 1912, 1913. Essa foi uma boa época para se estar vivo. Era final de 1912 quando, graças ao Círculo de Leitura, conheci Elsie Waters. Embora até então, como o restante dos garotos da cidade, eu andasse à procura de garotas e vez por outra conseguisse me conectar com essa ou aquela e "sair para passear" nas tardes de domingo, eu ainda não achara uma garota só para mim. É um negócio estranho esse de perseguir garotas quando se tem por volta de 16 anos. Num local determinado da cidade, os garotos andam para lá e para cá em duplas, observando as garotas, que andam para lá e para cá em duplas, fingindo não notar os garotos, até que algum tipo de contato seja estabelecido e, em lugar de pares, comece-se a caminhar em quartetos, os quatro em completo silêncio. A característica principal desses passeios — e era pior na segunda vez, quando se ficava sozinho com a moça — era o absoluto fracasso em entabular qualquer tipo de conversa. Elsie Waters, porém, parecia diferente. A verdade é que eu estava crescendo.

Não desejo contar a história do que houve entre mim e Elsie Waters, ainda que existisse alguma história para contar. O fato é que Elsie meramente faz parte do contexto, parte do "antes da guerra". Antes da guerra era sempre verão — uma ilusão, como já mencionei, mas foi assim que guardei na memória. A estrada branca poeirenta, se estendendo sob os castanheiros, o odor de goivos, os círculos verdes debaixo dos salgueiros, a marola da água no açude — é o que vejo quando fecho os olhos e penso no "antes de guerra", e, já próximo ao fim, Elsie Waters é parte desse cenário.

Não sei se Elsie seria considerada bonita hoje em dia. Na época, era. Alta para uma garota, mais ou menos da minha altura, com um cabelo louro-claro, pesado, que ela usava trançado e enrolado em volta da cabeça. Tinha um rosto delicado, curiosamente delicado. Era uma dessas garotas que sempre ficam melhor de preto, sobretudo nos vestidos pretos muito simples que eram obrigadas a usar na loja de tecidos — Elsie trabalhava na Lilywhite's, embora fosse originalmente de Londres. Suponho que tivesse uns dois anos a mais que eu.

Sou grato a Elsie por ter sido a primeira pessoa que me ensinou a gostar de uma mulher. Não falo de mulheres em geral, mas de uma mulher específica. Eu a conhecera no Círculo de Leitura e mal a notara, até que um dia entrei na Lilywhite's durante o expediente, algo que de hábito não me seria possível fazer, mas como acabara a gaze para embrulhar manteiga o velho Grimmet me mandou comprá-la. Você sabe como é o ambiente de uma loja de tecidos. É algo peculiarmente feminino. Reina uma sensação de quietude, a claridade é suave, paira no ar um aroma fresco de tecido e um leve zumbido vindo dos potes contendo pagamentos e trocos em seu vaivém sobre carretilhas. Elsie estava inclinada sobre o balcão cortando uma medida de pano com uma tesoura grande. Havia alguma coisa quanto àquele vestido preto e à curva do seu seio de encontro ao balcão... Não sei como descrever, alguma coisa curiosamente macia, curiosamente feminina. Assim que se punha os olhos em Elsie, a gente sabia que podia tomá-la nos braços e fazer o que quisesse com ela. Elsie era de fato profundamente feminina, muito delicada, submissa, o tipo que sempre haveria de fazer o que um homem lhe dissesse, embora não fosse pequena nem frágil. Sequer era burra, apenas bastante calada e, às vezes, ameaçadoramente refinada. Mas naqueles dias eu também me achava refinado.

Vivemos juntos durante mais ou menos um ano. Claro que numa cidade como Lower Binfield só se podia viver junto no sentido figurativo. Oficialmente, estávamos "saindo", o que era um costume bem-aceito e não exatamente a mesma coisa que namorar. Havia uma estrada que partia da via principal em direção a Upper Binfield e seguia margeando o sopé dos morros. Era comprida, com mais de um quilômetro, e reta, flanqueada por enormes castanheiros-da-Índia. Na grama do acostamento havia uma trilha sob os galhos, batizada de Caminho dos Amantes. Costumávamos ir até lá nas tardes de maio, quando os castanheiros estavam em flor. Depois, as noites ficavam mais curtas e durante horas após sairmos da loja ainda havia claridade. Você sabe como é a sensação de uma tarde de junho. Aquele crepúsculo azulado que se prolonga indefinidamente e a brisa acariciando o rosto da gente como se fosse seda. Às vezes, nas tardes de domingo, íamos até Chamford Hill e descíamos aos prados ao longo do Tâmisa. 1913! Meu Deus! 1913! O silêncio, a água esverdeada, a agitação da represa! Isso jamais há de voltar. Não quero dizer que 1913 não voltará mais. Falo da sensação dentro da gente, a sensação de não ter pressa nem medo, a sensação de que, uma vez vivenciada, não precisa ser contada, e de que de nada adianta ser contada a quem não a vivenciou.

    Não foi senão no final do verão que começamos a viver juntos, como dizem. Eu era demasiado tímido e desajeitado para tomar a iniciativa e demasiado ignorante para saber que houvera outros antes de mim. Numa tarde de domingo, fomos até o bosque que circundava Upper Binfield. Lá, sempre se podia ficar sozinho. Eu a desejava com paixão e sabia muito bem que ela apenas esperava que eu desse o primeiro passo. Alguma coisa, sei lá o quê, botou na minha cabeça a ideia de entrar no terreno da Binfield House. O velho Hodges, que já passara dos setenta e vinha ficando muito ríspido, seria capaz de nos expulsar, mas provavelmente estaria cochilando num domingo à tarde. Entramos furtivamente por um buraco na cerca e descemos a trilha entre as faias até a grande lagoa. Fazia quatro anos ou mais que eu estivera lá. Nada mudara. A mesma solidão absoluta, a sensação de estar escondido pelas árvores enormes à volta, a velha casa de barcos apodrecendo entre os juncos. Nós nos deitamos na pequena vala gramada junto à menta silvestre e ficamos tão sozinhos quanto se estivéssemos na África Central. Beijei-a Deus sabe quantas vezes e depois me levantei e caminhei um pouco. Eu a desejava ardentemente e queria mergulhar de cabeça, mas estava um pouco amedrontado. E, curiosamente, surgiu outro pensamento na minha cabeça. De repente me ocorreu que durante anos eu pretendera voltar ali e jamais concretizara essa intenção. Agora eu estava tão perto que me pareceu uma pena não ir até a outra lagoa e dar uma olhada nas carpas grandonas. Achei que me culparia mais tarde se perdesse a oportunidade, e na verdade não conseguia entender por que não voltara antes. As carpas estavam guardadas na minha memória, ninguém sabia delas com exceção de mim e um dia eu haveria de pescá-las. Praticamente eram MINHAS carpas. Com efeito, comecei a tomar a direção da outra lagoa e, depois de andar uns dez metros, me virei. Percorrer aquele caminho significava atravessar uma espécie de selva de espinheiros e mato apodrecido, e eu estava com minha roupa de domingo: terno cinza-escuro, chapéu-coco, botas e um colarinho que quase me decepava as orelhas. Era assim que a gente se vestia para passear nas tardes de domingo naquela época. Eu desejava Elsie com paixão. Voltei e fiquei em pé a seu lado um instante. Ela, deitada na grama, tinha um braço sobre o rosto e não se mexeu quando me aproximei. Em seu vestido preto, parecia... Não sei, meio macia, meio receptiva, como se seu corpo fosse algo maleável com o qual se pudesse fazer o que quisesse. De repente, meu medo passou, atirei o chapéu na grama (ele rolou, me lembro), me ajoelhei e a possuí. Ainda posso sentir o cheiro da menta silvestre. Foi a minha primeira vez, mas não a dela, e não nos saímos tão mal quanto seria de esperar. Aconteceu assim. Aquelas carpas grandonas sumiram da minha mente e, francamente, durante muitos anos mal pensei nelas.

1913, 1914. A primavera de 1914. Primeiro o abrunheiro, depois o espinheiro e então os castanheiros em flor. Tardes de domingo ao longo da beira do rio, e o vento agitando os juncos de modo a fazê-los girar todos juntos em grandes massas espessas e de alguma forma lembrarem os cabelos de uma mulher. As tardes inacabáveis de junho, a trilha sob os castanheiros, uma coruja piando em algum lugar e o corpo de Elsie de encontro ao meu. O mês de julho foi quente naquele ano. Como suávamos na loja e como era forte o cheiro do queijo e do café moído! E depois o frescor da tarde lá fora, o aroma dos goivos e do tabaco de cachimbo na viela atrás dos lotes da horta pública, a poeira macia sob os pés e os bacuraus perseguindo os besouros.

Jesus! De que adianta dizer que não se deve ser sentimental sobre o "antes da guerra"? Eu SOU sentimental quanto a isso. Você também, caso se lembre. É pura verdade que, se olharmos em retrospecto para um período de tempo especial, a tendência será recordar os momentos agradáveis. Isso é verdade até mesmo com relação à guerra. Mas também é verdade que tínhamos algo então que já não temos agora.

O que era? Simplesmente não se pensava no futuro como algo aterrador. Não que a vida fosse mais fácil do que agora. Na verdade, era mais difícil. De maneira geral, costumava-se trabalhar mais, viver com menos conforto e morrer de forma mais dolorosa. Os peões de fazenda trabalhavam horas a fio por 14 xelins semanais e acabavam aleijados e exauridos com uma pensão por velhice de cinco xelins e uma eventual meia-coroa da paróquia. E o que chamavam de pobreza "respeitável" era ainda pior. Quando Watson, o comerciante de tecidos baixinho no outro extremo da High Street, "quebrou" depois de anos de luta, seus bens pessoais somavam duas libras, nove xelins e seis centavos, e ele morreu quase imediatamente do que chamaram de "problema gástrico", mas o médico confidenciou que havia sido de desnutrição. No entanto, não se desfez da sobrecasaca até o final. O velho Crimp, assistente do relojoeiro, um artesão habilidoso que exercera a profissão durante cinquenta anos, teve catarata e precisou ir viver no abrigo. Os netos choravam na rua quando o levaram. A esposa foi trabalhar como faxineira e com um tremendo esforço conseguia lhe mandar um xelim por semana para que ele tivesse um trocado. Viam-se coisas horríveis às vezes. Pequenos negócios descendo ladeira abaixo, comerciantes sólidos se transformando aos poucos em falidos irrecuperáveis, maridos bêbados assinando compromissos de sobriedade toda segunda-feira e rompendo o prometido todo sábado, moças marcadas para sempre por conta de um bebê ilegítimo. As casas não tinham banheiro, quebrava-se o gelo na pia nas manhãs de inverno, as vielas fediam como o diabo quando fazia calor e o cemitério ficava no meio da cidade, de modo que a gente não tinha como esquecer como seria o fim. E, mesmo assim, o que se tinha naquela época? Uma sensação de segurança, mesmo quando não se estava seguro. Mais precisamente, era uma sensação de continuidade. Todos sabiam que iam morrer, e suponho que alguns soubessem que iam falir, mas o que não sabiam era que a ordem das coisas podia mudar. O que quer que lhes acontecesse, as coisas continuariam a ser como sempre. Não creio que fizesse muita diferença o fato de que o que chamam de crença religiosa ainda prevalecesse. É verdade que quase todos frequentavam a igreja, ao menos no interior — Elsie e eu íamos à igreja de modo natural, mesmo vivendo, como diria o vigário, "em pecado" —, e, se lhes perguntassem se acreditavam na vida após a morte, em geral respondiam que sim. Mas nunca encontrei alguém que me desse a impressão de realmente acreditar em uma vida futura. Acho que, no máximo, acreditava-se nesse tipo de coisa do mesmo jeito que as crianças acreditam em Papai Noel. Mas é justamente num período tranquilo, um período em que a civilização parece sólida sobre as quatro patas como um elefante, que coisas como uma vida futura não importam. É fácil morrer se as coisas que nos são importantes hão de sobreviver. Você teve a sua vida, está ficando cansado, é hora de baixar à sepultura — era assim que se costumava encarar a morte. Individualmente estava-se acabado, mas o mesmo estilo de vida prosseguiria. O bem e o mal continuariam sendo o bem e o mal. As pessoas não sentiam o chão se mover sob os próprios pés.

Papai estava falindo e não sabia disso. Simplesmente as coisas iam muito mal, o comércio dava a impressão de encolher e encolher, as contas ficavam cada dia mais difíceis de saldar. Graças a Deus, ele sequer percebeu a própria ruína, jamais foi de fato à falência, porque morreu repentinamente (uma gripe que se transformou em pneumonia) no início de 1915. Até o fim acreditou que poupando, trabalhando duro e agindo com honestidade um homem não pode dar errado. Muitos pequenos lojistas falidos devem ter levado tal crença para o leito de morte e até mesmo para o abrigo. Mesmo Lovegrove, o seleiro, com carros e veículos de transporte motorizados passando debaixo do seu nariz, não se deu conta de estar tão defasado quanto os rinocerontes. E minha mãe também — mamãe não viveu para saber que a vida para a qual fora criada, a vida de filha de um decente lojista temente a Deus e de esposa de um decente lojista temente a Deus no reinado da boa rainha Vitória, estava para sempre extinta. Os tempos eram difíceis, e o comércio, ruim; papai se preocupava, e isso e aquilo só serviam para "piorar tudo", mas seguia-se vivendo basicamente como de hábito. A velha ordem inglesa de vida não podia mudar. Para todo o sempre as mulheres tementes a Deus poriam na mesa pudins Yorkshire e bolinhos de maçã preparados em enormes fogões a carvão, usariam roupas de baixo de lã e dormiriam sobre plumas, fariam geleia de ameixa em julho e picles em outubro, leriam o Hilda's Home Companion à tarde, com as moscas zumbindo à volta, numa espécie de submundinho aconchegante de chá fumegante, pernas cansadas e finais felizes. Não digo que papai ou mamãe tenham sido exatamente os mesmos até o fim. Ficaram meio abalados e às vezes mostravam certo desânimo. Ao menos, porém, jamais viveram para ver que tudo em que haviam acreditado não passava de pura conversa fiada. Viveram no fim de uma era, quando tudo se dissolvia numa espécie de fluxo sinistro, e não se aperceberam disso. Achavam que tudo era eterno. Não se pode culpá-los. Era assim que parecia.

Chegou, então, o final de julho, e até mesmo Lower Binfield entendeu que algo estava acontecendo. Durante dias houve uma tremenda e vaga excitação e inúmeros artigos saíram nos jornais, que papai trazia da loja para ler em voz alta para minha mãe. E, de repente, as manchetes por todo lado:

ULTIMATO ALEMÃO. MOBILIZAÇÃO NA FRANÇA

Durante vários dias (quatro, acho. Esqueci o número exato) pairou no ar uma estranha sensação de asfixia, um clima de expectativa, como aquele que precede uma tempestade, como se toda a Inglaterra estivesse em silêncio, escutando. Fazia muito calor, eu lembro. Na loja, era como se não pudéssemos trabalhar, embora todos nas cercanias com cinco xelins para gastar já estivessem se atropelando para comprar grandes quantidades de enlatados, farinha e aveia. Era como se estivéssemos demasiado febris para trabalhar, apenas suávamos e aguardávamos. À tardinha, as pessoas iam até a estação ferroviária e disputavam quase no tapa os jornais vespertinos que chegavam no trem que vinha de Londres. Então, certa tarde, um menino desceu correndo a High Street com uma pilha de jornais e todos chegaram às portas e começaram a gritar "Entramos! Entramos!". O menino pegou um exemplar da sua pilha e grudou na vitrina em frente:

INGLATERRA DECLARA GUERRA À ALEMANHA

Corremos para a rua, os três assistentes, e festejamos. Todo mundo festejou. Sim, festejou. Mas o velho Grimmet, embora apesar de já ter tirado bastante proveito do clima de temor antecipado, ainda se agarrava a uma parcela de seus princípios liberais e "não aprovava" a guerra, afirmando que ela seria um mau negócio.

Dois meses depois, eu estava no Exército. Sete meses depois, na França.

Não fui ferido até o final de 1916.

Tínhamos acabado de sair das trincheiras e marchávamos por um trecho de estrada a uns dois quilômetros de distância e que supostamente era seguro, mas que os alemães deviam ter localizado algum tempo antes. De repente, as bombas começaram a cair — era artilharia pesada, e lançavam uma a cada minuto. Ouvia-se o habitual *zuiiii!* e depois BUM! num campo qualquer à direita. Acho que foi a terceira que me acertou. Assim que a ouvi, eu soube que trazia escrito o meu nome. Dizem que a gente sempre sabe. Aquela não dizia o mesmo que diz uma bomba comum. Dizia: "Estou atrás de você, seu safado. VOCÊ, seu safado, VOCÊ!" Tudo isso no espaço de uns três segundos. E o último "você" foi a explosão.

Senti como se uma enorme mão feita de ar me levantasse. E então caí, com a sensação de me arrebentar, de me romper, em meio a um monte de latas velhas, lascas de madeira, arame farpado enferrujado, bosta, caixas de cartuchos vazias e lixo variado na vala à margem da estrada. Quando me tiraram dali e limparam parte da sujeira do meu corpo, viram que o ferimento não era muito sério, que apenas vários estilhaços pequenos haviam se alojado de um lado das minhas nádegas e na parte de trás das minhas pernas. Felizmente, porém, eu fraturara uma costela na queda, o que tornava o quadro suficientemente grave para me mandarem de volta à Inglaterra. Passei aquele inverno num hospital de campanha nas falésias próximas a Eastbourne.

Você se lembra daqueles hospitais de campanha da época da guerra? As longas fileiras de catres de madeira como galinheiros fincados no alto daquelas falésias bestialmente geladas — a "costa sul", como costumavam chamar, o que me fazia imaginar como seria a costa norte —, onde o vento parece nos açoitar de todas as direções ao mesmo tempo. E os sujeitos vestindo roupas de flanela azul-clara e gravatas vermelhas, andando para lá e para cá à procura de um lugar abrigado do vento sem jamais encontrar. Às vezes, as crianças das escolas de elite para meninos em Eastbourne formavam filas duplas para entregar cigarros e caramelos de menta aos "compatriotas feridos na luta", como nos chamavam. Um menino de rosto rosado com uns oito anos ia até um grupo de feridos sentados na grama, abria um maço de Woodbines e solenemente entregava um cigarro a cada homem, como se estivesse alimentando macacos num zoológico. Qualquer um que estivesse forte o bastante se aventurava a caminhar quilômetros pelas falésias na esperança de encontrar garotas. Nunca as garotas eram em número suficiente. No vale abaixo havia uma espécie de bosque, e bem antes do entardecer, podia-se ver um casal grudado a cada árvore e, às vezes, se por acaso a árvore tivesse um tronco parrudo, dois casais, um de cada lado. Minha lembrança mais forte dessa época é de me sentar encostado a uma moita de tojo sob o vento gélido, com meus dedos tão enregelados que eu não conseguia dobrá-los, e de sentir o sabor do caramelo de menta na boca. Essa é a lembrança típica de um soldado. Mas eu estava me afastando da vida de soldado. O comandante havia encaminhado meu nome para promoção ao oficialato pouco antes de me ferirem. Àquela altura estavam desesperados por oficiais, e qualquer um que não fosse de fato analfabeto podia ser promovido se quisesse. Fui direto do hospital para um campo de treinamento para oficiais próximo a Colchester.

É muito estranho o que a guerra faz com as pessoas. Menos de três anos antes, eu era um jovem e alerta atendente de loja, inclinado sobre o balcão usando meu avental branco e dizendo, solícito: "Sim, senhora! Com certeza! E o que mais a senhora deseja?", com a vida de merceeiro diante de mim e com tanta perspectiva de me tornar um oficial do Exército quanto de ser sagrado cavaleiro. E ali estava eu, exibindo orgulhoso meu quepe e um colarinho amarelo e mais ou menos fazendo jus à minha posição em meio a um monte de outros cavalheiros temporários e outros que sequer eram temporários. E — essa é de fato a questão — sem me sentir de forma alguma estranho. Nada parecia estranho naquela época.

Era como se uma enorme máquina tivesse se apossado da gente. Não se tem a impressão de agir por vontade própria, e ao mesmo tempo não se tem a intenção de tentar resistir. Se todos não sentissem o mesmo, guerra alguma duraria três meses. Os exércitos simplesmente fariam as malas e voltariam para casa. Por que me alistei no Exército? E os milhões de outros idiotas que se alistaram antes da convocação compulsória? Em parte pela farra e em parte por causa do patriotismo que nos fazia desejar defender a "minha Inglaterra" e todo esse blá-blá-blá. Mas quanto tempo isso durou? A maioria dos caras que conheci havia esquecido tal idealismo muito antes de chegar à França. Os homens nas trincheiras não eram patriotas, não odiavam o Kaiser, não ligavam a mínima para a pequena Bélgica galante e os alemães estuprando freiras em cima de mesas (era sempre "em cima de mesas", como se isso tornasse o fato pior) nas ruas de Bruxelas. Por outro lado, não lhes ocorria tentar escapar. A máquina se apossara da gente e podia fazer conosco o que quisesse. Erguia-nos no ar e nos jogava em lugares e no meio de coisas com que jamais havíamos sonhado, e se nos jogasse na superfície da lua não pareceria especialmente estranho. No dia em que me alistei no Exército, minha antiga vida acabou. Foi como se não tivesse mais nada a ver comigo. Me pergunto se você acredita que daquele dia em diante só voltei uma vez a Lower Binfield, e essa visita foi para o enterro da minha mãe. Parece incrível agora, mas soou bastante natural então. Em parte, admito, foi por causa de Elsie, para quem, é claro, parei de escrever passados dois ou três meses. Sem dúvida ela se envolvera com outra pessoa, mas eu não queria encontrá-la. Não fosse isso, talvez quando me concediam licenças eu tivesse ido ver minha mãe, que deu um ataque quando me alistei, mas se orgulharia de um filho envergando uniforme.

Papai morreu em 1915. Eu estava na França. Não exagero quando digo que a morte do meu pai me dói mais agora do que doeu na época. Na ocasião foi apenas uma má notícia que aceitei quase sem interesse, com o tipo de apatia distante com que se aceita tudo nas trincheiras. Lembro-me de chegar até a entrada da casamata para ter luz suficiente para ler a carta e me lembro das manchas das lágrimas de mamãe no papel e da sensação dolorida nos meus joelhos e do cheiro de lama. A apólice de seguro de vida do meu pai havia sido hipotecada por quase todo o seu valor, mas havia um pouco de dinheiro no banco e o Sarazins' iria comprar o estoque e até mesmo pagar uma pequena quantia pelo fundo de comércio. Mamãe teria um pouco mais de duzentas libras, tirando a mobília, e moraria por enquanto com a prima, esposa de um pequeno proprietário que vinha se dando muito bem por conta da guerra, perto de Doxley, a alguns quilômetros de Walton, e o arranjo seria apenas "temporário". Havia uma sensação de transitoriedade quanto a tudo. Nos velhos tempos, que na verdade estavam a apenas um ano de distância, a situação toda teria sido um desastre horroroso. Com meu pai morto, a loja vendida e mamãe com duzentas libras para viver, a perspectiva seria de uma tragédia em 15 atos, o último deles o enterro de uma indigente. Mas agora a guerra e a sensação de não ser seu próprio dono obscureciam tudo. As pessoas dificilmente pensavam em coisas como bancarrota e abrigo para pobres. Esse era o caso até da minha mãe, que, Deus sabe, tinha apenas noções muito vagas sobre a guerra. Além disso, ela já estava morrendo, embora nenhum de nós soubesse disso.

    Ela foi me visitar no hospital em Eastbourne. Eu não a encontrava havia dois anos, e sua aparência me causou certo choque. Parecia ter desbotado e encolhido. Em parte foi porque a essa altura eu já era adulto, viajado, e tudo me dava a impressão de ser menor, mas sem dúvida ela emagrecera e empalidecera. Falou no seu habitual estilo divagador sobre tia Martha (a prima com quem estava hospedada) e as mudanças em Lower Binfield desde o início da guerra, de todos os rapazes que tinham "partido" (o eufemismo para alistamento) e da própria indigestão, que havia "piorado". Falou da lápide do meu pai e que cadáver encantador ele havia sido. Eu a conhecera como uma criatura grande, imponente, protetora, em parte uma figura de proa de um navio, em parte uma galinha choca, e, no fim, ela não passava de uma velhinha vestida de preto. Tudo estava mudando e desbotando. Aquela foi a última vez que vi minha mãe viva. Recebi o telegrama dizendo que ela estava gravemente doente durante a minha estadia na escola de treinamento em Colchester e solicitei imediatamente uma licença urgente de uma semana. Era tarde demais. Ela já havia morrido quando cheguei a Doxley. O que ela e todo mundo haviam pensado ser indigestão era algum tipo de tumor e uma repentina friagem no estômago coroou a história. O médico tentou me animar dizendo que o tumor era "benigno", o que me pareceu um adendo estranho, visto que havia causado sua morte.

    Nós a enterramos ao lado do meu pai, e esse foi meu último vislumbre de Lower Binfield. O lugar mudara um bocado, mesmo em três anos. Algumas das lojas estavam fechadas, outras ostentavam nomes diferentes. Quase todos os homens que eu conhecera ainda meninos haviam partido e alguns tinham morrido. Sid Lovegrove perdera a vida na Batalha do Somme. Ginger Watson, o peão de fazenda que fizera parte da Mão Negra anos antes e que costumava pegar coelhos vivos, morrera no Egito. Um dos caras que trabalhavam comigo na mercearia do velho Grimmet perdeu ambas as pernas. O velho Lovegrove fechara a loja e estava morando numa cabana perto de Walton com uma pensão pífia. O velho Grimmet, por outro lado, vinha se dando bem por conta da guerra e se tornara patriota e membro do comitê local que tentava conscientizar os que eram contrários a ela. A coisa que acima de tudo dava à cidade uma aparência vazia, abandonada, era o fato de não haver sobrado praticamente cavalo algum. Todos que valiam alguma coisa tinham sido requisitados pelo Exército havia muito. O cabriolé da estação ainda existia, mas o animal que o puxava não conseguiria ficar em pé sobre as patas não fossem as cangas. Durante a hora e pouco que estive lá antes do enterro, vaguei pela cidade cumprimentando os moradores e exibindo meu uniforme. Felizmente não esbarrei em Elsie. Vi todas as mudanças e, no entanto, foi como se não as tivesse visto. Minha cabeça pensava noutras coisas, sobretudo no prazer de ser visto envergando meu uniforme, com a braçadeira negra (que combinava muito bem com a cor cáqui) e minha nova calça de cotelê. Recordo nitidamente que eu ainda continuava a pensar naquela calça mesmo ao lado da cova. E então, jogaram um pouco de terra em cima do caixão e de repente me dei conta do significado da minha mãe jazendo sete palmos abaixo da terra e alguma coisa comichou atrás dos meus olhos e do meu nariz. Nem mesmo então, porém, a calça de cotelê sumiu por completo dos meus pensamentos.

Não pense que não senti a morte de mamãe. Eu já não estava nas trincheiras, podia lamentar uma morte. Mas o que não me importava a mínima, o que sequer registrei, foi o falecimento do velho estilo de vida que eu conhecera. Depois do enterro, tia Martha, um bocado orgulhosa de ter um "oficial de verdade" como sobrinho e que teria transformado a cerimônia num evento caso eu tivesse permitido, voltou para Doxley de ônibus e eu peguei o cabriolé até a estação para embarcar no trem até Londres e de lá para Colchester. Passamos pela loja. Ninguém a ocupara desde a morte do meu pai. Estava fechada, e a vitrine, preta de sujeira. O "S. Bowling" tinha sido apagado da tabuleta com um maçarico. Ora, ali estava a casa onde eu havia sido criança, garoto e rapaz, onde eu engatinhara no chão da cozinha e sentira o odor de sanfeno e lera "Donovan, o Intrépido", onde eu fazia meus deveres para a Grammar School, preparava pasta de pão, remendava os furos nos pneus da bicicleta e experimentei meu primeiro colarinho alto. Ela havia sido para mim tão permanente quanto as pirâmides e apenas por acidente eu voltaria a pôr os ali. Meu pai, minha mãe, Joe, os estafetas, o velho Nailer, o terrier, Spot, que o sucedeu, Jackie, o priolo, os gatos, os camundongos no depósito — nada restara, apenas pó. E eu não estava nem aí. Sentia a morte de mamãe, sentia até por papai estar morto, mas o tempo todo minha cabeça pensava noutras coisas. Estava um pouco orgulhoso de ser visto em um táxi, algo a que eu ainda não me habituara, e pensava em como me caíam bem a nova calça de cotelê e as polainas macias de oficial, tão diferentes das botinas ásperas que os soldados rasos tinham que usar, e nos outros caras em Colchester e nas sessenta libras deixadas pela minha mãe e no quanto nos divertiríamos com elas. Pensava também em quanto era grato por Deus ter me poupado de esbarrar em Elsie.

    A guerra fez coisas extraordinárias com as pessoas. E mais extraordinário que a maneira como ela matava gente era a maneira como ela às vezes não matava. Era como uma grande corrente impelindo para a morte e de repente catapultando a gente para algum remanso onde nos descobríamos fazendo coisas incríveis e sem sentido e recebendo pagamento extra para isso. Havia batalhões de operários no deserto abrindo estradas que não levavam a lugar algum, sujeitos isolados em ilhas oceânicas a fim de procurar cruzadores alemães afundados anos antes; ministros disso e daquilo com exércitos de funcionários e datilógrafos que continuaram existindo anos após suas funções terem sido extintas, devido a uma espécie de inércia; gente empurrada para cargos sem sentido e depois esquecida pelas autoridades durante anos a fio. Foi o que aconteceu comigo ou, do contrário, eu provavelmente não estaria aqui. A sequência completa de eventos é bem interessante.

Um pouco depois da minha promoção, veio uma chamada do Comando de Abastecimento para os oficiais. Assim que descobriu que eu entendia um pouco do mercado de gêneros alimentícios (não revelei que na verdade eu trabalhara atrás do balcão), o comandante do centro de treinamento mandou que eu me inscrevesse. Tudo correu bem, e eu estava prestes a partir para uma outra escola de treinamento para oficiais desse Comando em algum lugar no interior, quando surgiu a necessidade de um jovem oficial com conhecimento do mercado de gêneros para atuar como uma espécie de secretário de Sir Joseph Cheam, que era um maioral no departamento. Deus sabe por que me escolheram, mas, seja como for, assim se deu. Desde então tenho pensado que provavelmente confundiram meu nome com o de outra pessoa. Três dias depois, eu estava batendo continência no escritório de Sir Joseph, um homem esbelto, ereto, um senhor bem bonito com cabelo grisalho e um nariz de aparência solene, que imediatamente me impressionou. Pareceu-me o perfeito soldado profissional, um Cavaleiro Comandante da Ordem de São Miguel e São Jorge, que podia muito bem ser irmão gêmeo do cara do anúncio do De Reszke, embora na vida privada fosse o presidente de uma das grandes cadeias de mercearias e famoso em todo o mundo por algo chamado Sistema Cheam de Redução de Salários. Sir Joseph parou de escrever quando entrei e me avaliou.

— Você é um cavalheiro?

— Não, senhor.

— Ótimo. Então talvez possamos trabalhar um pouco.

Em cerca de três minutos, arrancou de mim que eu não tinha experiência como secretário, não sabia estenografia, não era capaz de usar uma máquina de escrever e havia trabalhado numa mercearia com salário de 28 xelins por semana. Disse, porém, que eu servia, que havia cavalheiros demais no maldito Exército e que ele estava à procura de alguém que pudesse contar além de dez. Gostei dele e me vi ansioso para trabalhar ali, mas justo nesse momento os poderes misteriosos que aparentemente administravam a guerra nos separaram de novo. Algo chamado Força de Defesa da Costa Oeste vinha sendo formado, ou melhor, vinham falando disso, e havia uma ideia vaga de estabelecer depósitos de rações e outras provisões em vários pontos ao longo da costa. Sir Joseph supostamente seria responsável pelos depósitos no sudoeste da Inglaterra. No dia seguinte à minha incorporação ao seu departamento, ele me mandou checar as provisões num lugar chamado Twelve Mile Dump, na Costa Norte da Cornualha. Na verdade, a minha função era descobrir se essas provisões existiam. Aparentemente, ninguém tinha certeza disso. Eu mal chegara e descobrira que as provisões se resumiam a 11 unidades de carne enlatada, quando recebi um telegrama do Ministério da Guerra me mandando assumir o depósito de Twelve Mile Dump e permanecer ali até segunda ordem. Telegrafei de volta "Não há depósito em Twelve Mile Dump". Tarde demais. No dia seguinte, veio a carta oficial me informando que eu era o comandante-chefe de Twelve Mile Dump. E esse é o final da história. Continuei comandante-chefe de Twelve Mile Dump até o fim da guerra.

Só Deus sabe do que se tratava. Não adianta me perguntar o que era a Força de Defesa da Costa Oeste ou suas atribuições. Mesmo àquela altura ninguém fingia saber. De todo jeito, ela não existia. Não passava de um esquema que brotara na mente de alguém — em seguida a algum vago boato de uma invasão alemã via Irlanda, suponho —, e os depósitos de gêneros que supostamente existiam ao longo de toda a costa também eram imaginários. A coisa toda existiu durante cerca de três dias, como uma espécie de bolha, e depois foi esquecida e eu fui esquecido com ela. Minhas 11 unidades de carne enlatada haviam sido deixadas para trás por alguns oficiais que tinham estado por lá antes em outra missão misteriosa. Igualmente deixaram para trás um velho muito surdo chamado cabo Lidgebird. O que se esperava que Lidgebird fizesse jamais descobri. Pergunto-me se você acaso acreditará que permaneci como guardião daquelas 11 unidades de carne enlatada de meados de 1917 até o início de 1919. Provavelmente não, mas essa é a verdade. E àquela altura, até isso não parecia especialmente estranho. Em 1918 simplesmente perdera-se o hábito de esperar que as coisas acontecessem de forma razoável.

Uma vez por mês, eu recebia um formulário oficial enorme no qual anotar o número e a condição de picaretas, ferramentas para abrir trincheiras, rolos de arame farpado, cobertores, oleados à prova d'água, kits de primeiros-socorros, folhas de ferro corrugado e latas de geleia de ameixa e de maçã sob os meus cuidados. Eu meramente marcava "0" em tudo e devolvia o formulário. Jamais aconteceu coisa alguma. Lá em Londres, alguém silenciosamente arquivava os formulários e enviava mais formulários e arquivava estes e assim por diante. As coisas eram desse jeito. Os misteriosos altos escalões que administravam a guerra haviam se esquecido da minha existência. Não lhes avivei a memória. Eu era um remanso que não levava a lugar algum, e depois de dois anos na França meu patriotismo não era intenso o bastante para me fazer querer mudar a situação.

Aquela era uma parte solitária da costa onde jamais se via uma alma, salvo uns poucos camponeses que mal sabiam que havia uma guerra em curso. A cerca de quatrocentos metros, no sopé de um pequeno morro, o mar ia e vinha, lambendo enormes trechos de areia. Chovia nove meses por ano, e nos outros três um vento inclemente soprava do Atlântico. Não havia nada ali, com exceção do cabo Lidgebird, de mim, duas barracas do Exército — uma delas uma cabana decente de dois aposentos na qual eu morava — e 11 unidades de carne enlatada. Lidgebird era um patife ranzinza e jamais consegui lhe extrair muita informação, além do fato de que tinha sido um horticultor antes de entrar no Exército. Era interessante ver quão rapidamente ia retornando a seu antigo ofício. Mesmo antes da minha chegada a Twelve Mile Dump, ele cavara uma cova em torno de uma das cabanas e começara a plantar batatas; no outono, cavara outra cova até ter mais ou menos meio hectare de plantação, e no início de 1918, começou a criar galinhas que se multiplicaram bastante até o final do verão. Próximo ao fim do ano, de repente apareceu com um porco, que Deus sabe de onde viera. Acho que ele nunca se perguntou que diabos fazíamos ali ou o que era a Força de Defesa da Costa Oeste ou se ela realmente existia. Não me surpreenderia saber que Lidgebird ainda continua por lá, criando porcos e cultivando batatas no lugar onde costumava ficar o Twelve Mile Dump. Espero que sim. Boa sorte para ele.

Enquanto isso, eu fazia algo que jamais tivera a oportunidade de fazer em expediente integral: ler.

Os oficiais que estiveram lá antes haviam deixado alguns livros, em sua maioria edições baratas, e quase todos eram o tipo de baboseira que se andava lendo na época. Ian Hay, Sapper e as histórias de Craig Kennedy. Mas, sabe-se lá quando, aparecera alguém que sabia quais os livros que mereciam ser lidos e os que não se encaixavam nessa descrição. Pessoalmente, eu não entendia nadinha disso na época. Voluntariamente até então eu só lera romances policiais e muito raramente um livro obsceno. Deus sabe que nem hoje pretendo ser um erudito, mas, se você me perguntasse ENTÃO o nome de um livro "bom", eu responderia *A mulher que tu me deste* ou (em homenagem ao vigário) *Sesame and Lilies*. De todo jeito, um livro "bom" era um livro que eu não tinha intenção alguma de ler. Mas lá estava eu, num emprego em que havia menos que nada a fazer, com o mar batendo na praia e a chuva escorrendo pelas janelas — e uma fileira inteira de livros olhando para mim na prateleira temporária que alguém pregara na parede da cabana. Naturalmente, comecei a lê-los de cabo a rabo, no início com praticamente tanto empenho seletivo quanto o de um porco que chafurda num monte de lixo.

No entanto, entre eles havia três ou quatro que eram diferentes dos outros. Não, você entendeu mal! Não se apresse a concluir que eu de repente descobri Marcel Proust ou Henry James ou algum outro. Eu não os teria lido mesmo que descobrisse. Esses livros de que falo não eram nem de longe eruditos. Acontece que vez por outra por acaso encontramos um livro que está precisamente no nível mental que atingimos naquele momento, de tal forma que parece ter sido escrito especialmente para nós. Um deles foi *As aventuras de Mr. Polly*, de H.G. Wells, numa edição barata caindo aos pedaços. Eu me pergunto se você consegue imaginar o efeito em mim, que cresci como filho de lojista numa cidadezinha do interior, de esbarrar num livro como esse. Outro foi *Sinister Street*, de Compton Mackenzie, que fora o escândalo da temporada alguns anos antes e sobre o qual eu ouvira vagos boatos em Lower Binfield. Outro foi *Vitória*, de Joseph Conrad, que me entediou em certos trechos. Mas livros assim fazem a gente pensar. E houve um número antigo de uma revista de capa azul que continha um conto de D. H. Lawrence. Não recordo o nome. Era sobre um recruta alemão que joga seu sargento do alto de uma fortificação e depois consegue escapar para, afinal, ser preso no quarto da namorada. O conto me deixou um bocado confuso. Eu não conseguia entender o significado e fiquei com uma vaga sensação de querer ler outros parecidos.

Bem, durante vários meses fui atacado um apetite por livros que era quase uma sede física. Pela primeira vez desde a época de Dick Donovan eu me dedicava à leitura. No início eu não fazia ideia de como conseguir livros. Achava que o único jeito era comprá-los. É interessante, acho. Mostra a diferença que faz a criação que temos. Suponho que os filhos da classe média, a classe média de quinhentas libras anuais, tivessem, desde o berço, pleno conhecimento da existência da biblioteca Mudie e do Clube do Livro do Times de Londres. Um pouco mais tarde, descobri a existência de bibliotecas que emprestam livros e me inscrevi na Mudie e noutra biblioteca em Bristol. E como li naquele ano! Wells, Conrad, Kipling, Galsworthy, Barry Pain, W.W. Jacobs, Pett Ridge, Stephen McKenna, May Sinclair, Arnold Bennett, Anthony Hope, Elinor Glyn, O. Henry, Stepehn Leacock e até Silas Hocking e Jean Stratton Porter. Quantos nomes nessa lista você conhece? Mais da metade dos livros que eram levados a sério naquela época estão esquecidos hoje. Mas no começo eu os devorava como uma baleia no meio de um cardume de camarões. Simplesmente me fartava. Passado um tempo, claro, fiquei mais exigente e comecei a ver a diferença entre o que era baboseira e o que não era. Pus as mãos em *Filhos e amantes*, de Lawrence, que não me surpreendeu muito, e gostei imensamente de *O retrato de Dorian Gray*, de Oscar Wilde, e de *New Arabian Nights*, de Stevenson. Wells foi o autor que mais me impressionou. Li *Esther Waters*, de George Moore, que me agradou, e experimentei vários romances de Hardy, embora sempre empacando na metade. Cheguei até a me aventurar com Ibsen, que me deixou a leve impressão de que na Noruega chove o tempo todo.

Era curioso, na verdade. Mesmo na época, me soava curioso. Eu era um oficial do Exército, agora com apenas um resquício de sotaque *cockney*, que já podia diferenciar Arnold Bennet de Elinor Glyn e, no entanto, apenas quatro anos antes eu fatiava queijo atrás do balcão usando um avental branco e ansiava por me tornar merceeiro. Se fizer as contas, suponho que precise admitir que a guerra me fez tanto bem quanto mal. De todo jeito, aquele ano de leitura de romances foi a única instrução verdadeira, no sentido de aprendizado acadêmico, que tive na vida. Isso mexeu com a minha cabeça, me deu alguma sensibilidade, uma espécie de postura crítica, que provavelmente eu não teria caso passasse pela vida de um jeito normal e sensato. Mas — me pergunto se você vai conseguir entender — o que realmente me modificou, o que realmente me causou uma impressão, não foram tanto os livros que li quanto a absoluta falta de sentido da vida que eu levava.

Foi realmente de uma falta de sentido indizível aquele ano de 1918. Lá estava eu, sentado ao lado do fogareiro na cabana do Exército, lendo romances, e a poucas centenas de quilômetros de distância na França fuzis eram disparados e montes de crianças infelizes, urinando nas calças de medo, eram levadas ao encontro de barricadas de artilharia com a naturalidade com que se jogam pedras de carvão dentro de uma fornalha. Eu era um dos afortunados. O alto escalão tirara os olhos de mim e lá estava eu abrigado num cantinho seguro, sendo pago para exercer uma função inexistente. Às vezes, eu entrava em pânico e achava que eles se lembrariam de mim e me desenterrariam, mas isso nunca aconteceu. Os formulários oficiais, impressos em áspero papel cinzento, chegavam uma vez por mês e eu os preenchia e enviava de volta, e mais formulários chegavam e eu os preenchia e enviava de volta e assim por diante. A coisa toda fazia tanto sentido quanto o sonho de um lunático. O efeito de tudo isso, mais os livros que eu lia, foi me deixar com uma sensação de descrença absoluta.

Eu não era o único. A guerra estava cheia de pontas soltas e cantos esquecidos. Àquela altura literalmente milhões de pessoas estavam presas em remansos de um ou outro tipo. Exércitos inteiros apodreciam em fronts de cujos nomes ninguém se lembrava. Havia enormes ministérios com hordas de funcionários e datilógrafos, todos ganhando duas libras por semana ou mais para empilhar montanhas de papel. Ademais, eles sabiam muito bem que tudo que faziam era empilhar montanhas de papéis. Ninguém mais acreditava nas histórias de atrocidades nem na pequena Bélgica galante. Os soldados consideravam os alemães bons camaradas e odiavam os franceses como o diabo. Todo oficial júnior considerava o Estado-Maior um bando de deficientes mentais. Uma espécie de onda de descrença invadiu a Inglaterra, chegando até a longínqua Twelve Mile Dump. Seria um exagero dizer que a guerra transformou os indivíduos em eruditos, mas ela os transformou em niilistas durante um tempo. Gente que em tempos normais passaria pela vida com tanta propensão a pensar por conta própria quanto um pudim de sebo virou bolchevista por causa da guerra. O que eu seria hoje se não fosse a guerra? Não sei, mas algo diferente do que sou. Se por acaso não nos matava, a guerra começava a nos fazer refletir. Depois daquela indescritível confusão idiota, não era possível continuar encarando a sociedade como algo eterno e inquestionável como uma pirâmide. Sabia-se que não passava de uma grande trapalhada.

9

A guerra me arrancara da vida que eu conhecia, mas no estranho período que veio depois me esqueci dela quase totalmente.

Sei que de certa forma nunca se esquece de coisa alguma. A gente se lembra daquele pedaço de casca de laranja que viu na sarjeta 13 anos antes e daquele pôster colorido de Torquay o qual vimos de relance numa sala de espera de estação. Mas falo de um tipo diferente de lembrança. Em certo sentido, eu me lembrava da minha antiga vida em Lower Binfield. Eu me lembrava da minha vara de pesca e do cheiro de sanfeno e da minha mãe atrás do bule de chá marrom e de Jackie, o priolo, e do bebedouro de cavalos na praça do mercado. Mas essas coisas não mais viviam na minha mente. Era algo distante, algo com que eu rompera. Jamais me ocorreria que um dia eu pudesse querer retomá-las.

Foram anos estranhos aqueles logo após a guerra, quase mais estranhos que a própria guerra, embora as pessoas não se lembrem deles com tanta clareza. De uma forma bastante diferente, a sensação de descrença em tudo estava mais forte que nunca. Milhões de homens haviam sido repentinamente chutados do Exército para descobrirem que o país pelo qual tinham lutado não os queria, e Lloyd George e seus pares estavam acabando com quaisquer ilusões remanescentes. Bandos de ex-soldados marchavam para baixo e para cima chacoalhando canecas de esmolas, mulheres mascaradas cantavam nas ruas e sujeitos usando túnicas de oficiais tocavam realejos. Todos na Inglaterra pareciam disputar emprego, inclusive eu. Mas tive mais sorte que a maioria. Consegui uma pequena pensão por ter sido ferido, e somando isso e o pouco de dinheiro que eu economizara durante o último ano da guerra (já que me faltavam oportunidades para gastá-lo), saí do Exército com não menos que 350 libras. Vale a pena, acho, mencionar como reagi. Lá estava eu, com dinheiro suficiente para realizar aquilo para o que minha educação me preparara e com o que sonhara durante anos — ou seja, abrir uma loja. Eu tinha bastante capital. Com alguma paciência e mantendo o olho bem aberto seria possível encontrar pequenas lojas atraentes por 350 libras. Ainda assim, acredite, a ideia jamais me ocorreu. Não só não fiz movimento algum no sentido de abrir uma loja, como também apenas vários anos depois, por volta de 1925, na verdade, me passou pela cabeça que eu poderia ter feito isso. O fato é que eu extrapolara por completo a órbita dos lojistas. Era esse o efeito do Exército sobre a gente. Ele nos transformava em um falso cavalheiro e criava em nossa cabeça a ideia fixa de que sempre há de brotar dinheiro de algum lugar. Se me sugerissem em 1919 abrir uma loja — para vender tabaco e doces, digamos, ou um armazém em alguma cidadezinha esquecida —, eu simplesmente daria uma gargalhada. Eu usara dragonas no ombro e o meu padrão social se elevara. Ao mesmo tempo, não partilhava a ilusão, bastante comum entre os ex-oficiais, de que passaria o resto da vida no bem-bom. Sabia que precisava de um emprego. E o emprego, claro, seria "nos negócios" — exatamente que tipo de emprego eu não sabia, mas algo imponente e importante, com um carro e um telefone e, se possível, uma secretária com permanente no cabelo. No último ano da guerra, vários de nós tinham visões desse tipo. O sujeito que teria sido supervisor de loja, via-se agora como representante comercial itinerante, e o sujeito que teria sido representante comercial, via-se como gerente. Esse era o efeito da vida militar, o efeito de usar dragonas e de ter um talão de cheques e chamar a refeição noturna de "jantar" em vez de "lanche". O tempo todo pairava no ar uma ideia — e isso se aplicava tanto às baixas patentes quanto aos oficiais — de que quando saíssemos do Exército haveria empregos com salários no mínimo iguais aos que recebíamos lá nos aguardando. Claro que, se ideias como essa não circulassem, nenhuma guerra seria travada.

Mas não consegui aquele emprego. Aparentemente ninguém estava disposto a me pagar duas mil libras por ano para trabalhar em meio a móveis de escritório de primeira linha e ditar cartas para uma loura platinada. Eu estava descobrindo o que três quartos dos oficiais estavam descobrindo — que do ponto de vista financeiro éramos mais bem-sucedidos no Exército do que jamais seríamos até morrer. De repente, nos transformamos de cavalheiros empenhados numa missão em nome de Sua Majestade em miseráveis desempregados que ninguém queria. Minha expectativa logo minguou de duas mil libras anuais para três ou quatro semanais. Mas até esses empregos não pareciam existir. Todas as vagas de emprego já estavam preenchidas, fosse por homens levemente passados da idade para lutar ou por meninos poucos meses abaixo dela. Os infelizes nascidos entre 1890 e 1900 ficaram a ver navios. Ainda assim jamais me ocorreu voltar ao mercado de gêneros. Provavelmente eu teria conseguido emprego como atendente de mercearia; o velho Grimmet, se ainda estivesse vivo e trabalhando (eu não tinha contato com Lower Binfield e não sabia), me daria boas referências. Mas eu entrara em outra órbita. Ainda que as minhas expectativas sociais não tivessem crescido, eu mal podia conceber, depois do que vira e aprendera, voltar à velha existência segura atrás do balcão. Queria viajar e ganhar muito dinheiro. Meu desejo era, sobretudo, ser um representante comercial itinerante, algo que acreditava se adequar a mim.

Mas não havia emprego de representante comercial itinerante — ou seja, empregos assalariados. O que havia era vagas para vendedores comissionados. Na época, essa atividade estava começando a crescer. Trata-se de um método incrivelmente simples de aumentar as próprias vendas e anunciar as mercadorias sem assumir quaisquer riscos que sempre floresce em tempos difíceis. Você é estimulado a presumir que talvez haja um emprego assalariado dando sopa dali a três meses, e quando bate o desânimo sempre existe algum outro pobre-diabo pronto para assumir a vaga. Naturalmente não demorou para que eu conseguisse um emprego comissionado. Na verdade, tive vários em rápida sucessão. Graças a Deus, jamais precisei descer ao ponto de mascatear aspiradores ou dicionários. Mas viajei vendendo faqueiros, sabão em pó, saca-rolhas, abridores de latas e apetrechos similares e, por fim, material de escritório — clipes, papel-carbono, fitas de máquina de escrever e daí por diante. Não me saí mal também. Sou do tipo CAPAZ de vender mercadorias mediante comissão. Tenho o temperamento e tenho o jeito. Mas nunca cheguei nem perto de ganhar um sustento decente. Não é possível em empregos assim — e, claro, a ideia não é essa.

Passei um ano fazendo isso. Foi uma época estranha. As viagens de ponta a ponta do país, os lugares onde a gente ancorava, subúrbios de cidades no interior das quais jamais se teria ouvido falar em cem anos de uma vida normal. As pensões horríveis onde os lençóis sempre tinham cheiro de sujos e a gema do ovo frito no café da manhã era mais pálida que um limão. E os outros pobres-diabos vendedores que encontrávamos o tempo todo, chefes de família de meia-idade com seus sobretudos comidos por traças e chapéus-cocos, que honestamente acreditavam que, quando menos esperassem, as vendas aumentariam e passariam a ganhar cinco libras semanais. E a procissão de loja em loja, e as conversas com lojistas que não queriam conversar, e o passo atrás para se fazer invisível quando entrava um freguês. Não pense que isso me importunava especialmente. Para alguns, esse tipo de vida é pura tortura. Existem os que sequer conseguem entrar numa loja e abrir suas malas de amostras sem meterem os pés pelas mãos e ficarem histéricos. Mas não sou assim. Sou duro, posso convencer as pessoas a comprar coisas que não querem e, mesmo que batam a porta na minha cara, não me abalo. Vender coisas mediante comissão é, com efeito, o que gosto de fazer, desde que possa ver a possibilidade de ganhar algum dinheiro com isso. Não sei se aprendi muito naquele ano, mas desaprendi um bocado. Isso espantou as baboseiras em que o Exército me fizera acreditar e tornou a plantar na minha mente as noções que eu adquirira durante o ano ocioso que passei lendo romances. Acho que não li um único livro, salvo romances policiais, durante o tempo em que estive na estrada. Eu deixara de ser um erudito. Mergulhei na realidade da vida moderna. E o que são as realidades da vida moderna? Bom, a principal é uma batalha incessante, frenética, para vender coisas. Para a maioria, essa batalha se traduz em vender a si mesmo — ou seja, conseguir um emprego e mantê-lo. Suponho que não tenha se passado um único mês desde a guerra, em qualquer atividade que você se dê ao trabalho de mencionar, sem haver mais homens que empregos, o que deu à vida a uma sensação peculiar e terrível. É como um navio afundando com 19 sobreviventes e 14 salva-vidas. Mas existe algo especialmente moderno nisso?, você perguntaria. Tem a ver com a guerra? Ora, a impressão era essa. A sensação de que não se pode parar de lutar e aplicar golpes, de que jamais se conseguirá coisa alguma, a menos que se tire de outrem, de que sempre haverá alguém atrás do seu emprego, de que no mês seguinte, ou no seguinte a ele, haverá redução de pessoal e será você o demitido — isso, juro, não existia na vida antes da guerra.

    Nesse ínterim, porém, eu não ia mal. Ganhava um pouco e ainda tinha um bocado de dinheiro no banco, quase duzentas libras, e o futuro não me metia medo. Sabia que cedo ou tarde arrumaria um emprego regular. E, com efeito, passado mais ou menos um ano, por um golpe de sorte, isso aconteceu. Falo em golpe de sorte, mas o fato é que eu estava fadado a cair de pé. Não sou do tipo que passa fome. Tenho tanta chance de acabar no abrigo quanto de acabar na Câmara dos Lordes.

Pertenço ao grupo dos medíocres, dos que gravitam, por conta da lei natural, em torno do nível cinco-libras-semanais. Enquanto houver empregos, darei um jeito de me empregar.

    Aconteceu quando eu vendia clipes e fitas para máquina de escrever. Eu acabava de entrar em um imenso prédio de escritórios na Fleet Street, um prédio em que os vendedores eram proibidos de entrar, na verdade, mas eu conseguira dar ao ascensorista a impressão de que minha mala de amostras era apenas uma pasta executiva. Caminhando por um dos corredores, eu procurava o escritório de uma pequena empresa de dentifrícios que haviam me recomendado, quando vi um mandachuva vindo na direção contrária. Percebi, de cara, que era um mandachuva. Você sabe como são esses grandes empresários que parecem ocupar mais espaço e fazer mais barulho para andar do que uma pessoa comum e irradiam uma espécie de cheiro de dinheiro que pode ser sentido a cinquenta metros de distância. Quando o homem se aproximou de mim, vi que era Sir Joseph Cheam. Estava à paisana, claro, mas não tive dificuldade para reconhecê-lo. Suponho que estivesse ali para alguma conferência ou coisa do gênero. Uma dupla de funcionários, ou secretários, o seguia, não exatamente segurando a cauda do seu manto, porque ele não envergava manto, mas de certa forma a sensação que se tinha era essa. Lógico que me afastei para deixá-lo passar. Mas, coisa incrível, ele me reconheceu, embora não me visse há anos. Para minha surpresa, me deteve e falou comigo.

    — Ora, você! Já o vi em algum lugar. Qual é o seu nome? Está na ponta da minha língua.

    — Bowling, senhor. Eu servi no Comando de Abastecimento do Exército.

    — Claro. O rapaz que disse que não era um cavalheiro. O que você faz aqui?

    Eu podia ter dito que estava vendendo fitas para máquina de escrever e talvez tudo acabasse ali mesmo. Mas me bateu uma dessas inspirações repentinas que ocorrem às vezes — uma sensação de que talvez fosse possível extrair algo dali se eu agisse com habilidade. Por isso respondi:

— Ora, na verdade estou procurando um emprego.

— Um emprego? É. Não está fácil no momento.

Ele me olhou de cima a baixo durante um segundo. Os dois lacaios meio que pararam, discretamente, a certa distância. Vi o rosto bonito e maduro, com as espessas sobrancelhas grisalhas e o nariz inteligente, me avaliar e concluí que resolvera me ajudar. É estranho o poder desses ricaços. Ele ia passar por mim em toda a sua pompa e circunstância, com seus lacaios a segui-lo, e então, por mero capricho, fez uma pausa, como um imperador que de repente atira uma moeda para um mendigo.

— Então você quer um emprego? O que você sabe fazer?

Mais uma vez a inspiração. De nada adiantava, com um maioral como aquele, recitar os próprios méritos. Melhor a verdade. Eu disse:

— Nada, meu senhor. Mas eu gostaria de um emprego como representante comercial itinerante.

— Representante comercial? Hã. Não sei se tenho algo para você no momento. Vejamos.

Apertou os lábios. Por um instante, meio minuto talvez, refletiu profundamente. Foi engraçado. Mesmo naquele momento, me dei conta de que era engraçado. Esse velho maioral, que provavelmente valia no mínimo meio milhão, estava pensando no meu interesse. Eu o desviara do seu caminho e gastara no mínimo três minutos do seu tempo, tudo por causa de uma observação casual feita anos antes. Fiquei gravado em sua memória e, em consequência, ele se dispôs a se dar o mínimo trabalho necessário para me arrumar um emprego. Não me surpreenderia que no mesmo dia tivesse demitido vinte funcionários. Por fim, ouvi:

— Que tal trabalhar numa seguradora? É sempre um emprego estável, você sabe. As pessoas precisam de seguro tanto quanto de comida.

Claro que pulei de alegria ante a ideia de trabalhar numa seguradora. Sir Joseph estava "interessado" na Salamandra Voadora. Deus sabe em quantas empresas ele estaria "interessado". Um dos subalternos se adiantou com um bloquinho de notas, e ali mesmo, com a caneta de ouro que tirou do bolso do colete, Sir Joseph escrevinhou um bilhete para algum mandachuva na Salamandra Voadora. Agradeci. Ele continuou andando, e eu escapuli na direção oposta. Nunca mais voltamos a nos ver.

Bem, eu arrumei o emprego e, como já disse, o emprego me arrumou. Estou na Salamandra Voadora há quase 18 anos. Comecei no escritório, mas agora sou o que chamam de inspetor, ou, quando existe motivo para parecer especialmente importante, de representante. Trabalho dois dias por semana na sede e o restante do tempo viajo, entrevistando clientes cujos nomes os agentes locais me mandam, avaliando lojas e outras propriedades e, vez por outra, emitindo apólices por conta própria. Ganho mais ou menos sete libras por semana. E, para ser exato, esse é o fim da minha história.

Quando olho para trás, percebo que a minha vida ativa, se é que algum dia a tive, acabou quando fiz 16 anos. Digamos, porém, que as coisas continuaram a acontecer — a guerra, por exemplo — até eu conseguir meu emprego na Salamandra Voadora. Depois disso — bom, dizem que pessoas felizes não têm histórias, bem como também não as têm os sujeitos que trabalham em seguradoras. Daquele dia em diante, nada houve na minha vida que se possa adequadamente descrever como um acontecimento, salvo que cerca de dois anos e meio mais tarde, no início de 1923, eu me casei.

10

Eu morava numa pensão em Ealing. Os anos passavam, ou se arrastavam. Lower Binfield praticamente já desaparecera da minha memória. Eu era o típico trabalhador urbano comum que corre para pegar o trem de 8h15 para Londres e faz intrigas para conseguir o emprego de um colega. Era bem-visto na empresa e estava de bem com a vida. A embriaguez do sucesso pós-guerra também me contaminara, de certa forma. Você se lembra desse tipo de conversa. Pique, foco, ímpeto, determinação. Pegue logo o bonde ou desça. Há muito espaço no topo. Quem tem valor se destaca. E os anúncios nas revistas mostram o sujeito que recebe do chefe palmadinhas no ombro e o executivo decidido que ganha um dinheirão e atribui o próprio sucesso a um ou outro curso por correspondência. Engraçado é que todos nós engolíamos tais ilusões, até os caras como eu, aos quais elas não se aplicavam em absoluto. Porque não sou nem um cavador de oportunidades nem um fracassado e, por natureza, sou incapaz de ser uma coisa ou outra. Mas era esse o espírito da época. Avante! Tenha sucesso! Se vir um homem caído no chão, trate de pisoteá-lo antes que ele consiga ficar novamente de pé. Claro que isso foi no início da década de 1920, quando alguns dos efeitos da guerra haviam passado e a crise ainda não chegara para pôr fim às nossas ilusões.

Eu tinha uma assinatura "classe A" na biblioteca, frequentava bailes de meia-coroa e era membro do clube de tênis local. Você sabe como são esses clubes de tênis nos bairros residenciais — pequenos pavilhões de madeira e quadras cercadas por altas telas de arame, onde jovens usando calças de flanela branca mal cortadas correm para cima e para baixo, gritando "Quinze quarenta!" e "Vantagem!" em vozes que são uma imitação tolerável da alta-roda. Aprendi a jogar tênis, não dançava muito mal e me dava bem com as garotas. Com quase trinta anos, não era um sujeito feio, com minha cara corada e cabelo cor de manteiga, e naquela época ainda contava a meu favor o fato de ter lutado na guerra. Nunca, nem então nem em qualquer outro momento, consegui parecer um cavalheiro, mas, por outro lado, você provavelmente me veria como o filho de um pequeno lojista de uma cidade do interior. Eu podia manter a pose numa sociedade bem eclética de um lugar como Ealing, onde a classe de funcionários de escritório se funde à dos profissionais medianos. Foi no clube de tênis que conheci Hilda.

Àquela altura, Hilda tinha 24 anos. Era pequena, magra, bem tímida, morena, belos movimentos e — porque tinha olhos muito grandes — se parecia bastante com uma lebre. Era do tipo que jamais fala muito, mas se mantém nas cercanias de qualquer conversa em curso, dando a impressão de ser uma boa ouvinte. Quando dizia algo, era em geral "Ah, sim, também acho", concordando com quem quer que tivesse falado por último. No tênis, se deslocava com muita graça e não jogava mal, mas tinha um jeito desamparado e infantil. Seu sobrenome era Vincent.

Se você é casado, em alguns momentos terá se perguntado "Por que diabos fiz isso?", e Deus sabe que com frequência já me fiz essa pergunta acerca de Hilda. E, de novo, olhando em perspectiva os últimos 15 anos, POR QUE eu me casei com Hilda?

Em parte, claro, porque ela era jovem e, de certa forma, bonita. Afora isso, só posso dizer que foi porque sua origem era muito diferente da minha e eu não conseguia entender como ela era de verdade. Precisei me casar primeiro e descobrir depois, enquanto, se tivesse me casado, digamos, com Elsie Waters, eu saberia com quem estava me casando. Hilda pertencia a uma classe que eu só conhecia por ouvir falar, a da elite sem um tostão. Durante gerações, sua família gerara soldados, marinheiros, sacerdotes, autoridades anglo-indianas e similares. Nunca haviam tido dinheiro, mas, por outro lado, nenhum deles jamais trabalhara na vida. Diga o que quiser, mas há um certo apelo de esnobismo nisso, quando se pertence, como é o meu caso, a uma classe de lojistas tementes a Deus, que não dá tanta importância aos rituais da igreja e que chama o jantar de lanche. Não me causaria impressão alguma atualmente, mas causou na época. Não me interprete mal. Não digo que me casei com Hilda PORQUE ela pertencia à classe à qual no passado eu servira do outro lado do balcão e por entreter alguma noção de ascender na escala social. Foi meramente devido ao fato de não conseguir entendê-la e, portanto, me deixar encantar por ela. E uma coisa que sem dúvida me escapava era que as moças dessas famílias de classe média empobrecida se casavam com qualquer marmanjo apenas para sair de casa.

Não demorou para que Hilda me levasse para conhecer seus pais. Eu não sabia até então que havia uma considerável colônia anglo-indiana em Ealing. Foi a descoberta de um mundo novo! Para mim, uma completa revelação.

Você sabe como são essas famílias anglo-indianas? É quase impossível, quando se põe o pé na casa delas, recordar que estamos na Inglaterra e no século XX. Assim que entramos pela porta da frente, nos sentimos na Índia do século XIX. Você sabe que tipo de atmosfera é essa. A mobília de teca entalhada, as bandejas de bronze, as cabeças de tigre empalhadas e empoeiradas na parede, os charutos Trichinopoly, os picles condimentados, as fotos amareladas de sujeitos usando capacetes de sol, as palavras em hindustâni cujo significado se espera que a gente saiba, as histórias infindáveis sobre caçadas a tigres e o que Smith disse a Jones em Poona em 1887. É uma espécie de mundinho próprio criado por essas pessoas, meio como um cisto. Para mim, claro, era tudo muito novo e de certa forma interessante. O velho Vincent, o pai de Hilda, havia estado não apenas na Índia, mas também em algum lugar ainda mais remoto, Bornéu ou Sarawak, esqueço qual dos dois. Era o tipo característico, totalmente careca, quase invisível atrás do bigode, cheio de histórias sobre najas e hierarquias militares e o que o juiz distrital disse em 1893. A mãe de Hilda era tão descorada que se parecia com as fotografias desbotadas na parede. Havia também um filho, Harold, que exercia alguma função oficial no Ceilão e estava em casa de licença quando conheci Hilda. A família era dona de uma pequena casa escura em uma daquelas vielas escondidas de Ealing. Cheirava perpetuamente a charutos Trichinopoly e tinha tantas lanças, zarabatanas, enfeites de metal e cabeças de animais selvagens empalhadas que mal sobrava espaço para alguém se mexer.

O velho Vincent se aposentara em 1910 e desde então ele e a esposa haviam demonstrado tanta atividade, mental ou física, quanto um par de moluscos. Na época, porém, fiquei vagamente impressionado com uma família que abrigara majores, coronéis e até mesmo um almirante. Minha atitude com os Vincent, e a deles comigo, é um exemplo interessante de como se pode ser idiota quando estamos fora da nossa bolha. Se me puserem no meio de gente de negócios — sejam diretores de empresa ou representantes comerciais — saberei direitinho avaliá-los. Mas me faltava experiência com a classe de oficiais, rentistas e clérigos, e minha tendência era reverenciar aqueles rejeitados decadentes. Eu os encarava como social e intelectualmente superiores a mim, enquanto eles, por sua vez, me tomaram equivocadamente por um jovem empresário em ascensão que em pouco tempo estaria ganhando um dinheirão. Para indivíduos desse tipo, "negócios", quer signifiquem vender seguro marítimo ou amendoins, não passam de um mistério insondável. Tudo que sabem é que se trata de algo bastante vulgar com o qual ganhar dinheiro. O velho Vincent costumava enfatizar o fato de eu estar "nos negócios" — certa vez, me lembro, cometeu um deslize e disse "comércio" — e obviamente não registrava a diferença entre estar nos negócios como empregado e fazer isso por conta própria. Tinha uma vaga noção de que por trabalhar "na" Salamandra Voadora, cedo ou tarde eu ascenderia ao topo, mediante um processo de promoção. Acho que talvez seja possível também que se imaginasse me extorquindo algum trocado em um futuro próximo. Harold decerto já pensara nisso. Dava para ver no seu olhar. Na verdade, com o salário que tenho hoje provavelmente estaria emprestando dinheiro a Harold, caso ele estivesse vivo. Por sorte, meu cunhado morreu poucos anos depois do nosso casamento, de disenteria ou algo assim, e o casal Vincent morreu também.

 Bom, Hilda e eu nos casamos e desde o início nosso casamento foi um fracasso. Por que se casou com ela, então?, você há de perguntar. Mas e você? Por que se casou com quem se casou? Essas coisas acontecem com todo mundo. Dá para acreditar que durante os primeiros dois ou três anos pensei seriamente em matar Hilda? Claro que na prática ninguém faz essas coisas, elas não passam de uma espécie de fantasia que faz com que nos sintamos bem. Além disso, os caras que matam as esposas são sempre pegos. Por mais inteligente que seja um álibi inventado, a polícia sabe direitinho que a culpa é nossa e acaba nos pegando. Quando uma mulher é assassinada, o marido é sempre o principal suspeito — o que já passa uma boa noção sobre o que todos realmente pensam do casamento.

 A gente acaba se acostumando com tudo. Passados um ou dois anos, parei de querer matá-la e comecei a me questionar a seu respeito. Às vezes durante horas, nas tardes de domingo ou à noite depois de chegar do trabalho, eu me deitava na cama, todo vestido, mas sem os sapatos, e pensava nas mulheres: por que são assim, como ficam assim, se acaso fazem isso de propósito. Parece quase assustadora a rapidez com que algumas mulheres desmontam após se casarem. É como se fosse esse o único objetivo a alcançar e, uma vez atingido, elas murcham como uma flor que deixou sua semente. O que realmente me abate é a atitude sinistra em relação à vida que isso acarreta. Se o casamento fosse apenas um engodo ostensivo — se a mulher nos fizesse morder a isca e depois nos dissesse "Muito bem, safado, peguei você e agora você vai trabalhar para mim enquanto eu me divirto!" —, eu até que não me incomodaria tanto. Mas não é nada disso. Elas não querem se divertir, querem tão somente mergulhar na meia-idade tão rápido quanto possível. Encerrada a batalha para levar um homem ao altar, a mulher meio que relaxa, e toda a sua juventude, beleza, energia e alegria de viver desaparecem do dia para a noite. Foi assim com Hilda. Aquela moça bonita, delicada, que me pareceu — e, de fato, quando a conheci, ela ERA — um tipo mais refinado, em apenas três anos, se convertera numa mulher madura desmazelada, deprimida e sem vida. Não nego que parte da culpa foi minha, mas qualquer um com que ela tivesse se casado produziria o mesmo resultado.

O que falta em Hilda — descobri cerca de uma semana depois de nos casarmos — é alegria de viver, o mínimo interesse nas coisas pelo que elas são. Hilda não consegue entender a noção de fazer alguma coisa pelo mero prazer de fazê-la. Foi por intermédio dela que percebi pela primeira vez como são, de fato, essas famílias de classe média decadentes. O essencial a respeito delas é que toda a vitalidade lhes foi drenada pela falta de dinheiro. Em famílias assim, que vivem de pensões e rendas ínfimas — ou seja, de recursos que jamais aumentam e em geral diminuem —, existe mais sensação de pobreza, mais frugalidade e obsessão por contar tostões do que numa família de peões de fazenda, sem falar numa família como a minha. Cansei de ouvir Hilda dizer que praticamente a primeira coisa de que consegue se lembrar é a sensação horrível de jamais haver dinheiro suficiente para coisa alguma. Claro que em famílias como a nossa a falta de dinheiro atinge o auge quando as crianças chegam à idade escolar. Consequentemente elas crescem, sobretudo as meninas, com a ideia fixa não só de que se É pobre, como também de que é um dever sentir-se infeliz por isso.

No início, moramos numa casinha insignificante e era difícil viver com o meu salário. Mais tarde, quando fui transferido para a filial de West Bletchley, tudo melhorou, mas a atitude de Hilda não mudou. Sempre aquele clima pesado em torno de dinheiro! A conta do leite! A conta do carvão! O aluguel! As mensalidades da escola! Passamos toda a nossa vida em comum ao som de "Na semana que vem, estaremos no abrigo para pobres". Não que Hilda seja má, no sentido comum do termo, e menos ainda que seja egoísta. Mesmo quando acontece de haver um pouco de dinheiro sobrando, mal consigo convencê-la a comprar uma roupa decente. Mas ela tem essa sensação de que é PRECISO estar perpetuamente em desespero pela falta de dinheiro, ou seja, criar por obrigação uma atmosfera de tragédia. Não sou desse jeito. Minha atitude em relação a dinheiro é mais proletária. A vida é para ser vivida, e se vamos estar falidos na semana que vem — bom, ainda falta muito para a semana que vem. O que realmente deixa Hilda chocada é o fato de eu não me preocupar. Ela sempre cai em cima de mim por causa disso. "George, parece que você não PERCEBE! Simplesmente não temos dinheiro algum! Isso é muito SÉRIO!" Ela adora entrar em pânico porque isso ou aquilo é "sério". E ultimamente adquiriu aquele tique, quando se lamenta sobre alguma coisa, de encolher os ombros e cruzar os braços sobre o peito. Se alguém listar as observações de Hilda ao longo do dia, há de ver que três delas ocupam o pódio — "Não temos dinheiro para isso", "É uma grande economia" e "Não sei onde vamos arrumar esse dinheiro". Tudo que Hilda faz é por razões negativas. Quando bate um bolo, não pensa no bolo, apenas em economizar manteiga e ovos. Quando estou na cama com ela, só pensa em como não engravidar. Se vai ao cinema, passa o tempo todo indignada com o preço das entradas. Seus métodos de administração doméstica, com toda a ênfase em "aproveitar ao máximo o que tem" e "fazer as coisas renderem", teria causado convulsões em mamãe. Por outro lado, Hilda não tem nadinha de esnobe. Jamais me lançou olhares de superioridade por eu não ser um cavalheiro. Ao contrário, a seu ver sou demasiado nobre em meus hábitos. Jamais fazemos uma refeição numa confeitaria sem uma briga horrorosa aos sussurros porque estou dando à garçonete uma gorjeta exagerada. E é curioso que nos últimos anos ela tenha se tornado muito mais classe média baixa, em atitude e mesmo em aparência, do que eu. Claro que toda essa questão de "economia" jamais levou a lugar algum, não leva nunca. Vivemos tão bem ou tão mal quanto todos os outros moradores da Ellesmere Road. Mas a incessante ladainha sobre a conta do gás, a conta do leite e o absurdo preço da manteiga e dos sapatos das crianças e das mensalidades escolares continua. Com Hilda é uma espécie de jogo.

Nós nos mudamos para West Bletchley em 1929 e no ano seguinte começamos a pagar a casa da Ellesmere Road, um pouco antes do nascimento de Billy. Depois que fui nomeado inspetor, comecei a passar mais tempo longe de casa e a ter mais oportunidades com outras mulheres. Claro que eu era infiel... Não diria o tempo todo, mas sempre que tinha a chance. Curiosamente, Hilda sentia ciúmes. De certa forma, considerando o pouco que esse tipo de coisa significa para ela, eu não imaginava que ela fosse se importar. E, como todas as mulheres ciumentas, ela às vezes se mostrava ardilosa, coisa de que nunca a imaginei capaz. Às vezes a maneira como descobria me fazia quase acreditar em telepatia, não fosse o fato de ela igualmente desconfiar de mim quando por acaso eu era inocente. Estou mais ou menos eternamente sob suspeita, embora Deus saiba que nos últimos anos — nos últimos cinco anos, ao menos — tenho sido inocente como um anjo. Não existe alternativa quando se é gordo como eu.

No geral, suponho que Hilda e eu não nos damos pior do que a média dos casais da Ellesmere Road. Houve momentos em que pensei em separação ou divórcio, mas no nosso ambiente não se fazem essas coisas. Não temos recursos para tanto. E o tempo passa e a gente desiste de lutar. Quando se viveu 15 anos com uma mulher, é difícil imaginar a vida sem ela. Ela faz parte da ordem natural das coisas. Ouso dizer que se pode encontrar defeito no sol e na lua, mas será que realmente queremos mudá-los? Além disso, temos filhos. Filhos são um "elo", como dizem. Ou um "nó". Ou, por que não dizer, uma bola de ferro com correntes.

Nos últimos anos, Hilda fez duas grandes amigas, a sra. Wheeler e a srta. Minns. A sra. Wheeler é viúva, e suponho que tenha ideias bastante amargas sobre o sexo masculino. Posso senti-la estremecer de reprovação caso eu sequer entre na sala. É uma mulherzinha desbotada e passa a curiosa impressão de ter a mesma cor da cabeça aos pés, uma espécie de poeira cinzenta, mas esbanja energia. Exerce uma má influência sobre Hilda, porque tem a mesma paixão por "economizar" e "fazer render", embora de uma forma levemente diferente. No caso dela se trata de pensar que é possível aproveitar um bocado sem ter que pagar. A sra. Wheeler vive farejando promoções e lazeres que não custam dinheiro. Com gente assim não faz a mínima diferença se existe ou não o desejo de ter alguma coisa, é meramente uma questão de saber se dá para consegui-la barato. Quando as grandes lojas liquidam seus estoques, a sra. Wheeler é sempre a primeira da fila e seu maior orgulho é sair, depois de uma batalha insana ao longo do dia para chegar ao balcão, sem uma única compra. A srta. Minns é uma história totalmente diferente. Seu caso é triste, com efeito, coitada. É alta e magra, tem 38 anos, cabelo negro lustroso e um rosto muito BONDOSO, confiável. Vive de algum tipo de renda fixa mínima, uma pensão ou similar, e desconfio que seja remanescente da sociedade tradicional de West Bletchley, na época em que o lugar era uma cidadezinha, antes do crescimento dos subúrbios. Está escrito na sua cara que o pai era um clérigo e que a manteve no cabresto enquanto era vivo. Essas mulheres são um subproduto especial da classe média, mulheres que se transformam em passas murchas antes mesmo de conseguir escapar do lar. Pobrezinha, apesar de todas as rugas, a srta. Minns ainda tem a aparência exata de uma criança. Para ela ainda representa uma tremenda aventura não ir à igreja. Está sempre gorgolejando sobre o "progresso moderno" e "o movimento feminino", e tem um vago desejo de fazer o que ela chama de "aprimorar a mente", embora não saiba por onde começar. Acho que no início ela se juntou a Hilda e à sra. Wheeler por pura solidão, mas agora as duas a levam aonde quer que vão.

E como se divertem aquelas três! Às vezes chego a invejá-las. A sra. Wheeler é a líder. Não dá para citar uma idiotice sequer para a qual ela não tenha arrastado as outras em alguma ocasião, de estudar teosofia a jogar cama de gato, desde que fosse gratuito. Durante meses, desenvolveram uma paixão por dietas malucas. A sra. Wheeler encontrara um exemplar de segunda mão de um livro chamado *Energia radiante*, que provava ser possível viver apenas de alface e outras coisas que não custam dinheiro. Lógico que de imediato o assunto fascinou Hilda, que logo começou a passar fome. Tentou impor a ideia sobre mim e as crianças, mas finquei o pé. Depois, as três tiveram uma experiência com a cura pela fé. Em seguida, flertaram com o pelmanismo, mas após uma vasta correspondência descobriram que os livros não eram gratuitos, como supusera a sra. Wheeler. Depois resolveram aprender a cozinhar em caixas de feno isolantes, ao que se seguiu um troço nojento chamado vinho de abelha, supostamente sem custo algum por ser feito de água. Elas desistiram depois de ler uma matéria no jornal dizendo que vinho de abelha causava câncer. Quase se juntaram a um daqueles clubes femininos que fazem excursões guiadas em fábricas, mas após muitos cálculos a sra. Wheeler concluiu que os lanches gratuitos que as fábricas ofereciam não compensavam o preço da mensalidade. Foi quando a sra. Wheeler travou conhecimento com alguém que distribuía ingressos grátis para peças produzidas por alguma sociedade teatral. Sei que as três ficavam sentadas durante horas assistindo a uma ou outra peça erudita da qual sequer fingiam entender uma única palavra — nem mesmo conseguiam dizer o título depois —, mas convencidas de estar consumindo algo em troca de nada. Uma vez, chegaram mesmo a tentar o espiritismo. A sra. Wheeler esbarrara em algum médium fracassado que de tão desesperado se dispôs a fazer sessões por 18 centavos, de modo que as três pudessem ter um vislumbre do outro mundo por meio-xelim de cada vez. Eu o vi uma vez quando ele veio fazer uma sessão em nossa casa. Era um patife de aparência maltrapilha e obviamente muito abalado pelo *delirium tremens*. Tremia tanto que, ao despir o sobretudo no hall de entrada, teve uma espécie de espasmo e um pedaço de gaze para embrulhar manteiga escorregou pela perna da sua calça. Consegui devolvê-la antes que as mulheres vissem. É com invólucro de musselina para manteiga que se faz ectoplasma, me disseram. Suponho que ele estivesse a caminho de outra sessão depois. Dezoito centavos não produzem aparições. A maior descoberta da sra. Wheeler nos últimos anos foi o Left Book Club. Acho que a notícia do Left Book Club chegou a West Bletchely em 1936. Tornei-me sócio logo depois e, que eu me lembre, foi a única vez que gastei dinheiro sem ouvir Hilda protestar. Ela consegue ver algum sentido em comprar um livro quando ele sai por um terço do preço normal. A atitude dessas mulheres é bem curiosa. A srta. Minns decerto experimentou ler um ou dois desses livros, mas isso sequer ocorreu às outras duas. Jamais tiveram qualquer conexão direta com o Left Book Club ou noção alguma do que se tratava — na verdade, acredito que no início a sra. Wheeler achasse que se tratava de livros que haviam sido esquecidos* em vagões de trem e por isso eram vendidos barato. Mas as três sabem com certeza que o resultado são livros de sete xelins e seis centavos por meia-coroa e por esse motivo vivem repetindo que é "uma ideia ótima". De vez em quando, o Left Book Club do nosso bairro faz reuniões e convida palestrantes, e a sra. Wheeler sempre arrasta as outras duas com ela. Ela é fã de reuniões de qualquer tipo, desde que em lugares fechados e com

---

* Trocadilho com "left" (esquerda) e "left" (particípio do verbo "to leave", que significa deixar, largar). (N. da T.)

ingresso gratuito. As três ficam lá sentadas como pedaços de pão, sem saber o tema do encontro e sem se importar com isso, mas com a vaga sensação, sobretudo a srta. Minns, de que aquilo está lhes aprimorando a mente e sem custo algum.

Bem, essa é Hilda. Já deu para ver como ela é. De modo geral, suponho que não seja pior que eu. Às vezes, no início do nosso casamento, eu sentia vontade de estrangulá-la, mas depois passei a não me importar mais. Então engordei e me assentei. Deve ter sido em 1930 que comecei a engordar. Aconteceu tão de repente que foi como se uma bala de canhão tivesse me atingido e se alojado dentro de mim. Você sabe como é. Um dia a gente vai dormir, ainda se sentindo mais ou menos jovem, interessado em garotas e tal, e na manhã seguinte acorda com a plena consciência de ser apenas um velho gordo sem nenhuma perspectiva de vida, salvo dar sangue, suor e lágrimas para comprar sapatos para os filhos.

E agora estamos em 1938, e em todos os estaleiros do mundo aprontam-se os torpedeiros para mais uma guerra. E um nome que por acaso li numa manchete despertou em mim um monte de lembranças que deviam estar enterradas Deus sabe há quantos anos.

PART

1

Quando cheguei em casa naquela noite, eu ainda tinha dúvidas sobre em que gastar as minhas 17 libras.

Hilda disse que ia à reunião do Left Book Club. Aparentemente, um sujeito vinha de Londres fazer uma palestra, embora, é claro, Hilda desconhecesse o tema. Falei que iria com ela. De maneira geral, não sou muito adepto de palestras, mas as visões da guerra que eu tivera de manhã, começando com o bombardeiro voando acima do trem, haviam me deixado num clima reflexivo. Após a discussão habitual, pusemos as crianças na cama cedo e saímos a tempo de ouvir a palestra, marcada para as oito.

Era uma noite brumosa, e no auditório mal iluminado fazia frio. É um auditório pequeno de madeira com telhado de amianto, propriedade de alguma seita não conformista, e pode ser alugado por dez xelins. O grupo habitual de 15 ou 16 participantes já estava presente. Na frente do estrado havia um cartaz amarelo anunciando que a palestra seria sobre "A ameaça do fascismo", o que não me surpreendeu em absoluto. O sr. Witchett, que faz as vezes de presidente dessas assembleias e na vida privada tem alguma função num escritório de arquitetura, se incumbiu de apresentar o palestrante a todos como o sr. fulano de tal (esqueci o nome), o "renomado antifascista", do mesmíssimo jeito como você apresentaria alguém como o "renomado pianista". O palestrante era um sujeito mirrado, de uns quarenta anos, de terno escuro, com uma careca que ele tentava, sem sucesso, disfarçar com esparsos fios de cabelo.

Reuniões desse tipo nunca começam no horário. Sempre há um período de espera a pretexto de que talvez mais gente apareça. Eram mais ou menos 20h25, quando Witchett bateu na mesa e desempenhou seu papel. Witchett é um sujeito bonachão, com uma cara rosada do tipo bunda de bebê, sempre sorridente. Acredito que ele seja secretário do Partido Liberal local. Também faz parte do Conselho Municipal e atua como mestre de cerimônias nos espetáculos de Lanterna Mágica para a União das Mães. Witchett é o que se pode chamar de orador inato. Quando nos diz como é grande a nossa satisfação de ter o sr. fulano de tal como o palestrante daquela noite, dá para ver que acredita piamente nisso. Nunca consegui olhá-lo sem pensar que ele provavelmente é virgem. O palestrante mirrado tira da pasta um bloco de notas, basicamente recortes de jornal, e os põe na mesa debaixo do copo d'água. Então passa a língua rapidamente pelos lábios antes de começar a falar.

Você costuma frequentar palestras, reuniões públicas e congêneres?

Quando vou a uma delas, sempre há um momento ao longo da noite em que me pego pensando a mesma coisa: Por que diabos fazemos isso? Por que as pessoas vêm aqui numa noite de inverno para esse tipo de coisa? Olhei à volta. Eu estava sentado na última fileira. Sequer me lembro de participar de qualquer tipo de reunião sem me sentar na última fileira sempre que possível. Hilda e as outras tinham se aboletado na frente, como de hábito. Era um auditoriozinho bem sombrio. Você sabe como são esses lugares. Paredes de pinho, telhado de metal corrugado e correntes de ar suficientes para fazer você querer continuar de sobretudo. Nosso pequeno grupo se sentava sob a luz em torno do estrado, com umas trinta fileiras de cadeiras vazias às nossas costas. Os assentos de todas as cadeiras estavam empoeirados. No estrado atrás do palestrante havia uma coisa quadrada enorme coberta por capas de tecido que podia muito bem ser um enorme caixão sob uma mortalha. Na verdade, era um piano.

No início eu não estava realmente ouvindo. O palestrante era um homenzinho com aparência malévola, mas um bom orador. Cara branca, lábios bem velozes e uma voz rascante adquirida por conta de seu uso contínuo. Claro que seu sermão era sobre Hitler e os nazistas. Não me agradava especialmente ouvir o que ele dizia — a mesma coisa aparecia no *News Chronicle* toda manhã —, mas sua voz me chegava como uma espécie de brr-brr-brr, em que vez por outra uma frase se destacava e chamava minha atenção.

"Atrocidades bestiais... Terríveis eclosões de sadismo... Cassetetes de borracha... Campos de concentração... Vergonhosa perseguição de judeus... Retorno da Idade das Trevas... Civilização europeia... Ajam antes que seja tarde demais... Indignação de todos os indivíduos decentes... Aliança das nações democratas... Atitude firme... Defesa da democracia... Democracia... Fascismo... Democracia... Fascismo... Democracia...."

Você conhece essa ladainha. Esses caras podem recitá-la a qualquer hora. Igualzinho a um gramofone. Gire a manivela, aperte o botão e tudo começa. Democracia, Fascismo, Democracia. Mas, sei lá por quê, me interessou observá-lo. Um sujeitinho bastante malévolo, de cara pálida e careca, em cima de um estrado, vomitando slogans. O que ele está fazendo? De forma deliberada e ostensiva, suscitando ódio. Esmerando-se para nos fazer odiar determinados estrangeiros que chamamos de fascistas. É uma coisa estranha, pensei, ser rotulado de "sr. fulano de tal, o renomado antifascista". Uma atividade estranha, o antifascismo. Esse indivíduo, suponho, ganha seu sustento escrevendo livros contra Hitler. Mas o que fazia antes do surgimento de Hitler? E o que fará caso Hitler um dia desapareça? A mesma pergunta se aplica a médicos, detetives, caçadores de ratos e daí por diante, claro. Mas a voz rascante seguia em frente, e outro pensamento me ocorreu. Ele está CONVENCIDO. Não é fingimento, em absoluto — ele sente cada palavra que diz. Está tentando despertar raiva na plateia, mas nada se compara à raiva que ele próprio sente. Cada slogan é uma verdade evangélica para ele. Se o abrirem, tudo que hão de encontrar dentro dele será Democracia-Fascismo-Democracia. Interessante conhecer um cara desses na vida privada. Mas será que ele tem vida privada? Ou apenas vai de estrado em estrado, estimulando o ódio? Talvez até seus sonhos sejam slogans.

Da melhor forma que me foi possível na última fila, dei uma olhada na plateia. Se pararmos para pensar, suponho que nós, gente que se dispõe em noites de inverno a se sentar em auditórios gelados a fim de ouvir palestras do Left Book Club (e me considero parte desse "nós", já que fiz isso nessa ocasião), tenhamos certa relevância. Somos os revolucionários de West Bletchley. Não parece promissor à primeira vista. Enquanto eu observava a plateia me ocorreu que apenas uma meia dúzia dos presentes realmente registrava o que o palestrante dizia, embora a essa altura sua pregação sobre Hitler e os nazistas já durasse mais de meia hora. É sempre o que acontece com esse tipo de reunião. Invariavelmente metade dos ouvintes não tem noção alguma do que se passa. Em sua cadeira ao lado da mesa, Witchett observava o palestrante com um sorriso enlevado e seu rosto lembrava um pequeno gerânio cor-de-rosa. Dava para antecipar o discurso que faria assim que o palestrante se sentasse — o mesmo discurso que costuma fazer no final do espetáculo da Lanterna Mágica para angariar doações para os melanésios: "Expressemos nossos agradecimentos... verbalizando a opinião de todos... Muito interessante... Nos fez pensar bastante... Uma noite estimulante!" Na primeira fila, a srta. Minns se sentava muito ereta, com a cabeça ligeiramente inclinada para o lado, como um passarinho. O palestrante tirara uma folha de papel de sob o copo e agora lia as estatísticas de suicídios na Alemanha. Percebia-se pela postura do pescoço comprido da srta. Minns que ela não estava feliz. Estaria tudo isso aprimorando sua mente ou não? Ao menos se ela pudesse entender do que se tratava! As outras duas estavam imóveis feito pãezinhos. A seu lado, uma mulher franzina de cabelo ruivo tricotava um suéter. Um ponto de meia, um de tricô, deixa cair um e junta dois em meia. O palestrante descrevia a forma como os nazistas cortam a cabeça dos traidores e às vezes o carrasco erra o golpe. Havia outra mulher na plateia, uma moça morena, uma das professoras da escola municipal. Ao contrário da primeira, essa realmente escutava, inclinada para a frente com os grandes olhos redondos fixos no palestrante e a boca entreaberta, absorvendo tudo.

Logo atrás dela, se sentavam dois sujeitos idosos do Partido Trabalhista local. Um tinha cabelo grisalho cortado bem rente, o outro era careca e ostentava um bigode de pontas caídas. Ambos usavam sobretudos. Você conhece o tipo. Membros do Partido Trabalhista desde sempre. Vidas dedicadas ao movimento. Vinte anos na lista negra de empregadores e outros dez pressionando a prefeitura a tomar alguma providência quanto às favelas. De repente, tudo muda, a velha diretriz do Partido Trabalhista já não tem importância. Eles se descobrem atolados em política estrangeira — Hitler, Stalin, bombas, metralhadoras, cassetetes de borracha, eixo Roma-Berlim, Frente Popular, Pacto Anticomintern. Já não dá para entender mais nada. Imediatamente à minha frente sentava-se a representação local do Partido Comunista. Três membros muito jovens. Um deles tem dinheiro e um cargo qualquer na administradora do Conjunto Hesperides. Na verdade, creio que é sobrinho do velho Crum. Outro é funcionário de um banco. De vez em quando me desconta um cheque. Um rapaz de boa aparência, muito jovem, com um rosto redondo e alerta, olhos azuis como os de um bebê e um cabelo tão claro que parece até oxigenado. Aparenta uns 17 anos, embora eu suponha que tenha vinte. Está usando um terno azul-marinho barato e uma gravata azul-clara que combina com o cabelo. Ao lado destes, havia mais um comunista. Este, porém, ao que parece, é um tipo diferente de comunista e não propriamente comunista, por ser o que chamam de trotskista. Os demais o olhavam de banda. O sujeito é ainda mais moço que os companheiros, magro, bem moreno e tem um jeito nervoso. Cara de inteligente. Judeu, claro. Esses quatro vinham assistindo à palestra de forma bem diversa da do restante da plateia. Dava para sentir que iriam se levantar assim que as perguntas começassem. Já se percebia sua inquietude. E o rapazinho trotskista se remexia na cadeira, ansioso para tomar a dianteira.

Eu parara de ouvir as palavras que eram efetivamente ditas. Mas existe mais de uma maneira de ouvir. Fechei os olhos por um instante. O efeito foi curioso. Tive a impressão de enxergar o sujeito melhor quando apenas ouvia sua voz.

Era uma voz que dava a impressão de que podia se estender durante uma quinzena sem parar. Na verdade, é horrível ouvir uma espécie de realejo em forma humana despejando propaganda incessantemente. Repetindo as mesmas coisas. Odeie, odeie, odeie. Vamos todos nos unir e odiar com gosto. Têm-se a sensação de que algo entrou no nosso crânio e está martelando o cérebro. Durante um instante, porém, com os olhos fechados, consegui virar a mesa contra ele. Entrei na cabeça DELE. Foi uma sensação peculiar. Durante mais ou menos um segundo, pode-se quase dizer que eu ERA ele. De todo jeito, senti o que ele estava sentindo.

Vi o que ele estava vendo. E não era em absoluto o tipo de visão de que se possa falar. O que ele DIZ é meramente que Hitler nos persegue e precisamos nos unir e odiar com gosto. Ele não entra em detalhes. Fica tudo muito respeitável. Mas o que ele vê é bem diferente. É a imagem de si próprio espatifando rostos com uma chave inglesa. Rostos fascistas, claro. SEI que é isso o que ele está vendo. Foi o que eu mesmo vi durante os dois segundos que passei dentro dele. Smash! Em cheio na cara! Os ossos se quebram como uma casca de ovo e o que era um rosto no minuto anterior vira uma enorme massa de geleia de morango. Smash! Mais um! É isso que existe em sua mente, seja quando está desperto ou dormindo, e quanto mais pensa nisso, mais ele gosta. E tudo bem, porque os rostos espatifados pertencem a fascistas. Dá para perceber no tom da sua voz.

Mas por quê? A explicação mais provável é que ele esteja apavorado. Qualquer pessoa que raciocine hoje em dia está paralisada pelo medo. Esse não passa de um sujeito suficientemente capaz de prever para se sentir um pouco mais amedrontado que os outros. Hitler quer nos pegar! Rápido! Vamos todos pegar uma chave inglesa e nos unir, e talvez se espatifarmos um número bastante de rostos eles não espatifem os nossos. Formem bandos, escolham um líder. Hitler é preto e Stalin é branco. Mas podia perfeitamente ser o contrário, porque na cabeça do sujeitinho tanto Hitler quanto Stalin são um só. Ambos significam chaves inglesas e rostos espatifados.

Guerra! Comecei a pensar nela de novo. Está para chegar, isso é certo. Mas quem tem medo da guerra? Quer dizer, quem tem medo das bombas e das metralhadoras? "Você tem", será a sua resposta. Sim, tenho, assim como qualquer um que as viu cara a cara. Mas não é a guerra que importa, é o pós-guerra. O mundo em que vamos nos afundar, um mundo de ódio, um mundo de slogans. As camisas coloridas, o arame farpado, os cassetetes de borracha. As celas secretas onde a luz elétrica fica acesa noite e dia, e os detetives vigiam você dormindo. E os desfiles e os cartazes com rostos enormes e as multidões de um milhão de pessoas ovacionando o líder até ensurdecerem a ponto de pensar que realmente o idolatram. E o tempo todo, no fundo, o odeiam tanto que querem vomitar. Tudo isso vai acontecer? Vai mesmo? Tem dias que sei que é impossível, noutros, sei que é inevitável. Naquela noite, ao menos, eu sabia que iria acontecer. Era nítido no som da voz daquele palestrante medíocre.

Portanto, talvez SEJA, afinal, relevante esse grupinho sovina que se reúne numa noite de inverno para ouvir uma palestra desse tipo. Ou ao menos os cinco ou seis capazes de entender do que se trata. Eles não passam de sentinelas avançadas de um imenso exército. São os visionários, os primeiros ratos a notar que o navio está afundando. Rápido, rápido! Os fascistas estão chegando! Chaves inglesas a postos, rapazes! Espatifar para não ser espatifado. De tão aterrorizados com o futuro, mergulhamos de cabeça nele, como um coelho que se mete na goela de uma jiboia.

E o que há de acontecer com caras como eu quando tivermos fascismo na Inglaterra? A verdade é que provavelmente não fará a menor diferença. Quanto ao palestrante e àqueles quatro comunistas na plateia, sim, para eles fará muita diferença. Estarão espatifando rostos ou tendo os próprios rostos espatifados, de acordo com quem estiver vencendo. Mas os sujeitos comuns e medíocres como eu continuarão a levar a vida como de hábito. Ainda assim me assusto... creia que me assusto. E começava a me perguntar por quê, quando o palestrante se calou e se sentou.

Houve o costumeiro som de aplausos, oco e débil, que se ouve quando a plateia não conta com mais de 15 pessoas, e então o velho Witchett fez seu discurso, e antes que alguém pudesse piscar os quatro comunistas ficaram de pé juntos. Entabularam uma boa discussão, que se prolongou por cerca de dez minutos, repleta de citações que ninguém mais entendeu, como materialismo dialético e o destino do proletariado e o que Lenin disse em 1918. Então o palestrante, que tomara um gole d'água, ficou de pé e fez um resumo que levou o trotskista a se contorcer na cadeira, mas agradou os outros três, e a discussão prosseguiu extraoficialmente durante um tempinho. Ninguém mais abriu a boca. Hilda e as outras haviam saído assim que a palestra terminou, provavelmente temerosas de que viessem coletar dinheiro para pagar o aluguel do auditório. A mulherzinha do cabelo ruivo ficara para terminar uma carreira de pontos. Dava para vê-la contá-los num sussurro enquanto os outros discutiam. E Witchett, sentado, anuía enfaticamente com quem quer que estivesse falando e dava para vê-lo pensar como era tudo tão interessante e tomar notas mentalmente, e a moça morena olhava de um para outro com a boca ligeiramente entreaberta, e o velho do Partido Trabalhista, que lembrava muito uma foca com seu bigode de pontas caídas e a gola do sobretudo erguida até as orelhas, observava os debatedores, se perguntava do que estariam falando. Finalmente me levantei e vesti meu sobretudo.

A discussão se transformara numa briga particular entre o franzino trotskista e o rapaz lourinho. Os dois discutiam sobre se o alistamento era ou não uma obrigação, caso a guerra eclodisse. Enquanto eu me esgueirava ao longo da fileira para sair, o louro apelou para mim.

— Sr. Bowling! Por favor. Se a guerra eclodisse e tivéssemos a oportunidade de espatifar o fascismo de uma vez por todas, o senhor não lutaria? Se fosse jovem, quer dizer.

Suponho que ele ache que tenho sessenta anos.

— Pode apostar que não — respondi. — Já tive a minha cota na última vez.

— Mas nem para espatifar o fascismo?

— Que se dane o fascismo! Já se espatifou coisa demais para o meu gosto.

O trotskista franzino interveio falando de social-patriotismo e traição aos operários, mas os outros o interromperam:

— Você está pensando em 1914. Aquela foi apenas uma guerra imperialista comum. Desta vez é diferente. Olhe aqui. Quando se ouve sobre o que está acontecendo na Alemanha, os campos de concentração e os nazistas batendo nas pessoas com cassetetes de borracha e fazendo os judeus cuspirem nas caras uns dos outros... Isso não faz o seu sangue ferver?

Estão sempre falando de sangue fervendo. Exatamente o que falavam durante a guerra, me lembro.

— Meu sangue esfriou em 1916 — respondi. — E você há de fazer o mesmo quando sentir o fedor de uma trincheira.

Então, de repente, foi como se eu o visse. Como se até aquele momento não o tivesse visto de verdade.

Um rosto ansioso muito jovem, que já devia ter pertencido a um menino bonito, com olhos azuis e cabelo cor de estopa, o olhar fixo no meu, e durante um instante seus olhos realmente marejaram! Como o emocionavam os judeus alemães! Mas, com efeito, eu sabia direitinho como ele se sentia. Ele é robusto, provavelmente joga rúgbi no time do banco. Inteligente, também. E ali estava aquele funcionário da filial suburbana de um banco, sentado detrás do vidro fosco do caixa, anotando cifras num livro contábil, contando pilhas de notas, puxando o saco do gerente. Sentindo o desperdício da própria juventude. E enquanto isso em toda a Europa coisas importantes acontecem. Granadas explodem junto às trincheiras e a infantaria ataca em meio às nuvens de fumaça. Talvez alguns colegas seus estejam lutando na Espanha. Claro que ele anseia por uma guerra. Como culpá-lo? Durante um instante, tive a peculiar sensação de que ele era meu filho, o que em termos de idade seria possível. E me lembrei daquele dia escaldante em agosto quando o jornaleiro ergueu a manchete INGLATERRA DECLARA GUERRA À ALEMANHA e todos saímos correndo para a rua com nossos aventais brancos e comemoramos.

— Ouça, filho — falei. — Você entendeu tudo errado. Em 1914, NÓS achamos que seria uma coisa gloriosa. Bom, não foi. Foi apenas um massacre sangrento. Se acontecer de novo, fique fora disso. Por que deixaria seu corpo ser crivado de chumbo? Guarde-o para uma garota. Vocês acham que a guerra é só heroísmo e medalhas, mas eu garanto que não é nada disso. Não existem mais ataques a baioneta hoje em dia e quando eles acontecem não são como vocês imaginam. A gente não se sente um herói. Tudo que sabemos é que ficamos três dias sem dormir, fedemos como um gambá, molhamos as calças de medo e de tão gélidas nossas mãos não conseguem segurar um rifle. Mas isso também não importa. O que importa é o que vem depois.

Ninguém se impressionou, claro. Acharam apenas que eu estava ultrapassado. Foi como se eu tivesse falado com uma parede.

A plateia começava a se dispersar. Witchett ia levar o palestrante em casa. Os três comunistas e o judeuzinho saíram juntos, voltando a discutir a solidariedade proletária, dialética da dialética e o que Trotski disse em 1817. São todos iguais, com efeito. Era uma noite muito escura, úmida e silenciosa. Os postes de luz pareciam pendurados na escuridão como estrelas e não iluminavam a rua. A distância, ouviam-se os veículos trafegando na High Street. Tive vontade de beber alguma coisa, mas eram quase dez da noite e o pub mais próximo ficava a quase um quilômetro dali. Além disso, eu queria alguém com quem falar, do jeito que não se pode falar num pub. Engraçado como o meu cérebro estivera acelerado o dia todo. Parte em consequência de não ter trabalhado, claro, e parte por conta da nova dentadura que de certa forma havia me rejuvenescido. Eu passara o dia todo visitando o futuro e o passado. Queria conversar sobre os maus tempos que viriam ou não, sobre os slogans e as camisas coloridas e os exércitos treinados da Europa Oriental que viriam acabar com a velha e ridícula Inglaterra. Nem pensar em tentar conversar com Hilda. De repente, me ocorreu ir procurar Porteous, um amigo meu que dorme tarde.

Porteous é um professor de escola pública aposentado. Aluga parte de uma casa que, felizmente, fica no andar de baixo, na parte velha da cidade, perto da igreja. É um solteirão, claro. Não dá para imaginar um tipo assim casado. Mora sozinho com seus livros e o cachimbo e tem uma mulher que limpa sua casa. É um sujeito letrado, entende de grego e latim, poesias e coisas do gênero. Suponho que se a filial local do Left Book Club representa o progresso, o velho Porteous simboliza a cultura. Nem um nem outro faz muito sucesso em West Bletchley.

A luz estava acesa na salinha em que o velho Porteous fica sentado lendo até altas horas. Quando bati na porta da frente, lá veio ele abri-la com seu habitual andar tranquilo, o cachimbo preso entre os dentes e os dedos marcando a página do livro. Sua aparência chama a atenção, ele é muito alto e tem cabelo grisalho ondulado e um rosto fino e sonhador um pouco descorado, mas que poderia quase pertencer a um menino, embora Porteous deva ter quase sessenta anos. É engraçado como esses professores de escolas públicas e universidades conseguem parecer meninos até morrerem. É algo em seus movimentos. O velho Porteous tem um jeito de andar despreocupado, com sua bela cabeça coroada de cachos grisalhos ligeiramente inclinada para trás, o que leva você a crer que ele esteja o tempo sonhando com esse ou aquele poema, sem consciência do que ocorre à sua volta. Não é possível olhar para ele sem ver seu estilo de vida estampado na cara. Escola pública, depois Oxford e depois de volta à velha escola como professor. A vida toda passada num ambiente de latim, grego e críquete. Ele tem todos os maneirismos. Sempre veste um velho paletó de tweed e calças largas de flanela que gosta que você chame de "infames", fuma cachimbo e deprecia cigarros e embora passe metade da noite acordado, toma banho frio toda manhã. Suponho que do ponto de vista de Porteous, eu seja moralmente repreensível. Não frequentei a escola pública, não sei latim nem sequer quero saber. Ele me diz às vezes que é uma pena eu ser "insensível à beleza", o que encaro como uma forma educada de dizer que não tenho instrução. De todo jeito, gosto dele. É muito hospitaleiro, sempre disposto a receber uma pessoa e conversar a qualquer hora, e sempre tem bebida à mão. Quando se mora numa casa como a minha, mais ou menos infestada por mulheres e crianças, faz bem sair às vezes e entrar num ambiente de solteiro, uma espécie de clima livros-cachimbo-lareira. E a sensação refinada oxfordiana de que nada importa salvo livros e poesia e estátuas gregas e de que nada que valha a pena mencionar aconteceu depois que os godos saquearam Roma... Às vezes isso também é reconfortante.

    Ele me fez sentar na velha poltrona de couro ao lado da lareira e me serviu uísque com água. Nunca vi sua sala sem que estivesse envolta numa nuvem de fumaça de cachimbo. O teto é quase preto. É um aposento pequeno e, salvo pela porta, pela janela e pelo espaço acima da lareira, as paredes são cheias de livros do teto ao chão. Sobre a lareira está tudo que seria de se esperar. Uma fileira de velhos cachimbos de madeira, todos imundos, algumas moedas gregas de prata, um pote de tabaco com o emblema da sua universidade gravado, e um pequeno abajur de barro que segundo ele foi achado numa escavação de alguma montanha na Sicília. Na parede acima, há fotos de estátuas gregas, sendo que a do meio, grande, mostra uma mulher com asas e sem cabeça que parece estar prestes a pegar um ônibus. Lembro como Porteous ficou chocado na primeira vez que a vi, quando, na minha ignorância, lhe perguntei por que não lhe haviam posto uma cabeça.

Porteous tornou a encher o cachimbo com o tabaco do pote sobre a lareira.

— Aquela mulher intolerável do andar de cima comprou um aparelho de rádio — falou. — E eu que esperava passar o resto da vida sem ouvir o som dessas coisas! Suponho que não haja nada a fazer, certo? Por acaso você tem alguma ideia do ponto de vista jurídico?

Eu confirmei que nada podia ser feito. Gosto bastante do seu jeito oxfordiano de dizer "intolerável", e me diverte encontrar, em 1938, alguém que se opõe a ter um rádio em casa. Porteous andava para lá e para cá com seu usual estilo sonhador, com as mãos enfiadas nos bolsos do paletó e o cachimbo entre os dentes e quase instantaneamente se pôs a falar de alguma lei aprovada em Atenas na época de Péricles contra instrumentos musicais. É sempre assim com o velho Porteous. Toda a sua conversa gira em torno de coisas ocorridas séculos antes. Não importa qual seja o ponto de partida, ela sempre retorna a estátuas, poesia e os gregos e romanos. Se você mencionar a Rainha Mary, ele há de trazer à tona as trirremes fenícias. Porteous jamais lê um livro moderno, recusa-se a saber seus títulos, nunca passa os olhos num jornal, com exceção do *The Times*, e se orgulha de dizer que jamais entrou num cinema. Afora um punhado de poetas como Keats e Wordsworth, ele acha que o mundo moderno — e, do seu ponto de vista, o mundo moderno abrange os últimos dois mil anos — simplesmente não deveria ter acontecido.

Faço, eu mesmo, parte do mundo moderno, mas gosto de ouvi-lo falar. Ele se aproxima das prateleiras e pega primeiro um livro e depois outro e de vez em quando lê um trecho entre baforadas de fumaça, em geral precisando traduzi-lo do latim. Tudo é meio sereno, suave. Tudo nele lembra um pouco um professor, mas mesmo assim é confortante, de um jeito ou de outro. Enquanto escutamos, não compartilhamos o mesmo mundo dos trens, das contas de gás e de seguradoras. Tudo diz respeito a templos e oliveiras, e pavões e elefantes, e sujeitos na arena com suas redes e tridentes, e leões alados e eunucos e galés e catapultas, e generais em armaduras de bronze galopando em seus cavalos de encontro aos escudos dos soldados. Engraçado que ele tenha ficado amigo de alguém como eu. Mas uma das vantagens de ser gordo é a possibilidade de se adequar a quase qualquer grupo social. Ademais, temos em comum o gosto por histórias picantes. Elas são uma modernidade que lhe apraz, embora, como ele vive me recordando, elas não sejam modernas. Porteous é um bocado pudico a esse respeito, sempre conta uma história de forma um tanto velada. Às vezes, pega um poeta latino e traduz um verso indecente, deixando boa parte a cargo da imaginação do ouvinte ou então solta indiscrições sobre a vida privada dos imperadores romanos e as coisas que aconteciam nos templos de Astarote. Esses gregos e romanos eram da pá virada, ao que parece. O velho Porteous tem fotografias de pinturas em paredes de algum lugar na Itália que fazem a gente corar.

Quando estou farto do trabalho e da vida doméstica, quase sempre me faz muito bem conversar com Porteous. Mas naquela noite não foi assim. Minha mente ainda ruminava as mesmas coisas que passara o dia ruminando. Da mesma forma como acontecera com o palestrante do Left Book Club, eu não ouvia realmente o que Porteous estava dizendo, tão somente o som da sua voz. Enquanto, porém, a voz do palestrante penetrara em mim, com a do velho Porteous não se deu o mesmo. Ela era por demais serena, oxfordiana. Por fim, no meio de algo que o meu amigo estava dizendo, intervim e disse:

— Diga, Porteous, o que você acha de Hitler?

O velho Porteous se apoiava, com seu jeito gracioso, nos cotovelos pousados sobre o parapeito da lareira e tinha um pé na grade de ferro. Ficou tão surpreso com a pergunta que quase tirou o cachimbo da boca.

— Hitler? Aquele homenzinho alemão? Meu caro amigo! Eu NÃO penso nele.

— Mas o problema é que sem um pingo de dúvida esse filho da mãe vai nos fazer pensar nele antes de terminar seus feitos.

O velho Porteous se abespinha de leve ao ouvir "filho da mãe", expressão que não lhe agrada, embora, é claro, seja parte da sua postura jamais se mostrar chocado. Volta a andar de um lado para o outro, soltando baforadas de fumaça.

— Não vejo motivo para prestar atenção nele. Um mero aventureiro. Essa gente vem e vai. É efêmero, puramente efêmero.

Não sei ao certo o que a palavra "efêmero" significa, mas insisto:

— Acho que você entendeu errado. Hitler é diferente. Assim como Joe Stalin. Eles não são como aqueles caras no passado que crucificavam gente e cortavam cabeças e daí por diante só por diversão. Eles estão atrás de algo novo... algo de que nunca se ouviu falar.

— Meu caro amigo! Não há nada de novo sob o sol.

Claro que essa é uma das frases prediletas do velho Porteous, que não quer saber da existência de nada novo. Assim que você lhe conta alguma coisa que esteja acontecendo hoje em dia, ele diz que exatamente o mesmo aconteceu no governo do rei sicrano. Mesmo que você aborde coisas como aeroplanos, ele afirma que provavelmente já existiam em Creta, ou Micenas, ou outro lugar qualquer. Tentei lhe explicar o que eu sentira enquanto o sujeitinho dava sua palestra e o tipo de visão que eu tivera do flagelo que se aproximava, mas Porteous não me deu ouvidos, apenas repetia que não havia nada de novo sob o sol. Finalmente, pega um livro na prateleira e lê para mim uma passagem sobre algum tirano grego da era antes de Cristo que decerto devia ter sido o irmão gêmeo de Hitler.

A discussão se estendeu um pouco. O dia todo eu passara querendo falar com alguém sobre essa história. É engraçado. Não sou idiota, mas também não sou um intelectual, e Deus sabe que em épocas normais não nutro muitos interesses além dos que se espera de um cara de meia-idade com dois filhos e que ganha sete libras por semana. Ainda assim, tenho sensibilidade suficiente para ver que a antiga vida a que estamos habituados está sendo ceifada pela raiz. Dá para sentir isso acontecendo. Posso ver a guerra que se aproxima e o pós-guerra, as filas para comprar comida, e a polícia secreta, e os alto-falantes nos dizendo o que pensar. E sequer sou excepcional nesse aspecto. Existem milhões como eu. Gente comum que encontro por todo lado, sujeitos nos quais esbarro em pubs e vendedores itinerantes de ferragens têm noção de que o mundo descarrilou. Podem sentir tudo rachando e desmoronando sob os próprios pés. Mesmo assim, aqui está esse sujeito instruído, que passou a vida cercado de livros e se empapou de história até que lhe saísse pelos poros, mas que não consegue ver que as coisas estão mudando. Que não acha Hitler relevante. Que se recusa a crer que outra guerra se aproxima. De todo jeito, como ele não lutou na última guerra, isso não lhe passa muito pela cabeça — na sua opinião, não passa de um show barato em comparação ao sítio de Troia. E não vê por que alguém se preocuparia com os slogans e os alto-falantes e as camisas coloridas. Que pessoa inteligente haveria de dar atenção a coisas desse tipo?, diz sempre. Hitler e Stalin passarão, mas uma coisa que o velho Porteous chama de "verdades eternas" não passará. Isso, claro, não é senão uma outra maneira de dizer que tudo há sempre de continuar do jeito como ele conhece. Para todo o sempre, os sujeitos eruditos de Oxford andarão para lá e para cá em salas cheias de livros, fazendo citações em latim e fumando tabaco de qualidade guardado em potes com brasões impressos. Com efeito, era inútil falar com ele. Eu teria obtido mais sucesso com o rapaz de cabelo cor de estopa. Aos poucos a conversa se desvia, como sempre acontece, para coisas ocorridas antes de Cristo. Depois tomou o rumo da poesia. Finalmente, o velho Porteous pega outro livro na prateleira e começa a ler "Ode a um Rouxinol" (ou talvez fosse a um sabiá, não sei), de Keats.

 No que me diz respeito, poesia precisa ser em pequenas doses. Mas o curioso é que eu sempre aprecio ouvir Porteous recitá-la. Não há dúvida de que ele lê bem. Tem o hábito, claro — costumava ler para turmas de meninos. Reclina-se de encontro a alguma coisa em seu estilo lânguido, com o cachimbo entre os dentes, soltando breves baforadas de fumaça, e sua voz fica meio solene e sobe e desce com os versos. Dá para ver que ele se emociona. Não sei o que é a poesia nem o que ela supostamente faz. Imagino que cause um efeito emocional em alguns, como a música provoca em outros. Quando ele lê, eu não ouço de fato, ou seja, não registro as palavras, mas às vezes o som delas me traz uma sensação de serenidade. Normalmente eu gosto. Mas naquela noite, por algum motivo, não funcionou. Foi como se uma corrente de ar tivesse invadido a sala. Senti que tudo aquilo não passava de conversa fiada. Poesia! O que é isso? Apenas uma voz, uma ligeira contracorrente no ar. E Deus do céu! Que utilidade teria contra metralhadoras?

Observei-o encostado à estante. São engraçados esses sujeitos de escola pública. Garotos a vida toda. Toda a vida girando em torno da antiga escola e seus fragmentos de latim e grego e poesia. E, de repente, lembrei-me de que numa das primeiras vezes em que estive ali, Porteous me lera exatamente o mesmo poema. Lera precisamente do mesmo jeito, e a voz falseou quando chegou à mesma passagem — a passagem que fala de janelas mágicas ou algo do gênero. E uma ideia curiosa me assaltou. ELE ESTÁ MORTO. É um fantasma. Todos que são assim estão mortos.

Ocorreu-me que talvez um monte de gente que vemos andando por aí esteja morta. Declaramos que alguém morreu quando seu coração para, nunca antes. Parece meio arbitrário. Afinal, algumas partes do corpo não param de funcionar — o cabelo continua crescendo durante anos, por exemplo. Talvez alguém realmente morra quando o cérebro para, quando se perde o poder de absorver uma nova ideia. O velho Porteous é assim. Instrução maravilhosa, bom gosto maravilhoso — mas ele não é capaz de mudar. Simplesmente diz as mesmas coisas e tem os mesmos pensamentos vez após vez. Existe um monte de gente assim. Mentes mortas, que não funcionam mais. Continuam andando para trás e para a frente no mesmo trilhozinho, cada vez mais incorpóreas, como fantasmas.

A mente do velho Porteous, pensei, provavelmente parou de funcionar na época da guerra russo-japonesa. E é uma coisa terrível que quase todas as pessoas decentes, aquelas que NÃO querem sair por aí espatifando rostos com chaves inglesas, sejam assim. São decentes, mas suas mentes pararam de funcionar. Não podem se defender contra o que vai se abater sobre elas porque não podem vê-lo, ainda que esteja debaixo de seus narizes. Acham que a Inglaterra jamais irá mudar e que a Inglaterra é o mundo todo. Não conseguem entender que ela não passa de um nada, um cantinho que por acaso as bombas pouparam. Mas e quanto ao novo tipo de gente da Europa oriental, os homens treinados que pensam em slogans e falam com balas? Eles estão em nosso encalço. Não falta muito para nos alcançarem. As regras do marquês de Queensbury não valem para esses rapazes. E todas as pessoas decentes estão paralisadas. Homens mortos e gorilas vivos. Aparentemente não existe nada no meio.

Fui embora cerca de meia hora depois, tendo sido totalmente incapaz de convencer o velho Porteous de que Hitler é relevante. Continuava a ter os mesmos pensamentos enquanto caminhava de volta para casa pelas ruas geladas. Os trens já tinham parado. A casa estava toda no escuro e Hilda dormia. Pus minha dentadura no copo d'água no banheiro, vesti o pijama e empurrei Hilda para o outro lado da cama. Ela rolou sem acordar e a pequena corcunda entre seus ombros ficou virada para mim. É curiosa a tremenda angústia que às vezes nos assalta às altas horas da noite. Naquele momento o destino da Europa me pareceu mais importante do que o aluguel, a mensalidade escolar e o trabalho que eu precisaria fazer no dia seguinte. Para quem precisa ganhar o próprio sustento, tais ideias são basicamente uma rematada tolice. Mas elas não saíam da minha cabeça. Sempre a visão das camisas coloridas e das metralhadoras cuspindo fogo. A última coisa de que me lembro de pensar antes de adormecer foi por que diabos um cara como eu se importaria com isso.

2

As prímulas floresciam. Suponho que fosse março.

Eu atravessara Westerham e me dirigia para Pudley. Precisava fazer uma avaliação de uma loja de ferragens e depois, se pudesse encontrá-lo, entrevistar um interessado num seguro de vida que vinha se mostrando indeciso. Seu nome havia sido enviado pelo nosso representante local, mas no último segundo o sujeito dera para trás e começara a ter dúvidas sobre se conseguiria pagar. Sou muito persuasivo. O fato de eu ser gordo ajuda. Deixa os interlocutores num humor festivo e eles sentem que assinar um cheque chega a ser quase um prazer. Com alguns, é melhor pôr toda ênfase nos bônus, com outros pode-se sugerir de forma sutil o que acontecerá com suas esposas se perderem um marido que não esteja segurado.

O carro velho chacoalhava para cima e para baixo nos morrinhos ondulados. E, meu Deus, que dia! Sabe aquele tipo de dia que em geral acontece no mês de março quando o inverno parece ter entregado os pontos? Vínhamos tendo aquele tempo bestial que chamam de "lavado", quando o céu fica de um azul gélido e o vento é cortante como uma navalha cega. Então de repente o vento se foi e o sol teve uma chance. Você sabe como é esse tipo de dia. Sol amarelo pálido, nenhuma folha se mexendo, uma leve bruma ao longe, onde as ovelhas se espalham nos morros como pedaços de giz. E nos vales, fogueiras acesas e a fumaça subindo lentamente em espiral e se fundindo à bruma. A estrada era só minha. Estava tão quente que quase dava para tirar a roupa.

Cheguei a um lugar onde a grama ao longo da estrada estava coalhada de prímulas. Um trecho de terreno argiloso, talvez. Vinte metros adiante, reduzi a velocidade e parei. O dia estava bonito demais para ser desperdiçado. Senti que precisava descer e sentir o perfume do ar primaveril e talvez até mesmo colher algumas prímulas se pudesse fazê-lo sem ser visto. Tive até uma vaga intenção de colher um buquê para levar para Hilda.

Desliguei o motor e desci. Jamais deixo o carro ligado em ponto morto, fico sempre com certo medo de que a vibração faça cair os pa-ra-lamas ou algo assim. É um carro de 1927 que já rodou um bocado. Quando se levanta o capô e se olha o motor, vem à lembrança o Império Austríaco, todo amarrado com pedaços de barbante, mas de alguma forma andando. É inacreditável que alguma máquina consiga vibrar em tantas direções ao mesmo tempo. Parece o movimento da Terra, que tem 22 diferentes tipos de oscilação, pelo que me lembro de ter lido. Olhá-lo de trás quando ele está em marcha regular é como contemplar uma daquelas havaianas dançando hula-hula.

Havia uma porteira com cinco traves de madeira ao lado da estrada. Caminhei até lá e me apoiei nela. Ninguém à vista. Inclinei um pouco meu chapéu para trás a fim de sentir na testa o ar agradável. A grama sob a cerca estava salpicada de prímulas. Logo atrás do portão um sem-teto ou outra pessoa qualquer havia deixado os resquícios de uma fogueira. Uma pequena pilha de brasas brancas ainda fumegava ligeiramente. Mais à frente havia uma pequena lagoa, coberta de lentilhas-d'água. A plantação era de trigo de inverno. O terreno tinha uma subida acentuada e depois um declive de calcário com um pequeno bosque de faias. Dava para sentir o frescor das folhas novas crescendo nas árvores. E tudo em total silêncio e imobilidade. Não havia nem mesmo vento suficiente para agitar as cinzas da fogueira. Uma cotovia cantava em algum lugar. Afora isso, nem um som, nem mesmo um aeroplano.

Fiquei ali um tempinho, apoiado no portão. Estava sozinho, totalmente sozinho. Olhava para o campo e o campo, para mim. Senti... Me pergunto se você há de entender...

O que senti foi algo tão raro hoje em dia que descrevê-lo me parece tolice. Senti FELICIDADE. Senti que embora não fosse viver para sempre, eu estaria pronto para tanto. Você pode dizer que me senti assim apenas por ser o primeiro dia de primavera. O efeito sazonal nas glândulas sexuais, ou algo do gênero. Mas foi mais que isso. Curiosamente, a coisa que de repente me convenceu de que a vida merecia ser vivida, mais do que as prímulas ou os botões novinhos na sebe, foi aquele resto de fogueira próximo ao portão. Você sabe como é a aparência de uma fogueira num dia sem brisa. Os gravetos tinham se transformado em cinzas brancas, mas ainda conservavam a forma de gravetos, e debaixo das cinzas havia brasas vermelho-vivas. É curioso como uma brasa vermelha parece mais viva, nos dá mais a sensação de vida, do que qualquer coisa viva. Tem algo ali, uma intensidade, uma vibração... Não consigo atinar com a palavra exata, mas ela nos faz saber que estamos vivos. É o ponto no quadro que nos faz perceber todo o resto.

Me inclinei para colher uma prímula. Não consegui... A barriga não permitiu. Agachei-me e peguei um raminho. Felizmente não fui visto. As folhas farfalhavam e tinham o formado de orelhas de coelho. Fiquei de pé e pus meu buquê de prímulas em cima da porteira. Então, num impulso, tirei minha dentadura da boca e a examinei.

Se tivesse um espelho, me examinaria de corpo inteiro, embora, na verdade, estivesse ciente da minha aparência. Um gordo de 45 anos, vestindo um terno de espinha de peixe cinza meio gasto e usando chapéu-coco. Esposa, dois filhos e uma casa nos subúrbios era a legenda na minha testa. Cara avermelhada e olhos azuis desbotados. Sei disso, não preciso que me digam. Mas o que me calou fundo, enquanto dava a última olhada na dentadura antes de devolvê-la à boca, foi que ISSO NÃO IMPORTAVA. Nem os dentes falsos importavam. Sou gordo — sim. Pareço o irmão fracassado de um corretor de apostas — sim. Nenhuma mulher jamais irá para a cama comigo a menos que seja paga para isso. Estou ciente de tudo isso. Mas lhe digo que não me importo. Não quero mulheres nem mesmo quero ser jovem de novo. Só quero estar vivo. E eu estava vivo naquele momento em que fiquei olhando as prímulas e as brasas vermelhas perto da cerca. É uma sensação que vem de dentro, uma sensação serena, e ainda assim é como uma chama.

Além da cerca a lagoa estava coberta de lentilhas-d'água, lembrando tanto um tapete que quem não conhecesse as lentilhas-d'água podia achar que fossem sólidas e pisar em cima. Eu me pergunto por que somos todos tão tolos. Por que as pessoas, em lugar das idiotices em que gastam seu tempo, simplesmente não dão uma volta OLHANDO as coisas? Aquela lagoa, por exemplo — tudo que havia nela. Salamandras, cobras-d'água, besouros aquáticos, moscas d'água, sanguessugas e deus sabe quantas outras coisas que só podem ser enxergadas com um microscópio. O mistério de suas vidas, debaixo da água. Dava para passar a vida observando, dez vidas, e mesmo assim não veríamos tudo nem mesmo daquela única lagoa. E todo o tempo aquela sensação de encantamento, a chama peculiar dentro da gente. É a única coisa que vale a pena ter, e nós não a queremos.

Mas eu quero. Ao menos foi o que achei naquele momento. E não me interprete mal. Para começar, ao contrário da maioria dos *cockneys*, não sou piegas quanto ao "campo". Fui criado perto demais dele para isso. Não quero impedir que se more em cidades ou em subúrbios, aliás. Que morem onde quiserem. E não estou sugerindo que o conjunto da humanidade possa passar a vida toda perambulando e colhendo prímulas. Sei muito bem que precisamos trabalhar. Apenas porque há sujeitos tossindo espasmodicamente nas minas e moças batucando em máquinas de escrever é que outros podem se dar ao luxo de colher uma flor. Além disso, quem tem a barriga cheia e uma casa quentinha não há de querer colher flores. Mas não é essa a questão. Ali estava a sensação que eu tinha às vezes — não com muita frequência, admito, mas de vez em quando. Sei que é uma sensação boa. Aliás, todo mundo sabe, ou quase todo mundo. Ela está ali o tempo todo, é só virar a esquina que todos sabemos que vamos encontrá-la. Pare de atirar com metralhadoras! Pare de perseguir seja o que for que você esteja perseguindo! Acalme-se, recupere o fôlego, deixe um pouco de paz penetrar em seus ossos. Não adianta. Não fazemos isso. Apenas seguimos em frente com as mesmas malfadadas idiotices.

E a próxima guerra surge no horizonte. Será em 1941, dizem. Mais três voltas ao redor do Sol, e ela se abaterá sobre nós. As bombas sendo despejadas como charutos negros e as metralhadoras Bren vomitando balas aerodinâmicas. Não que isso me aflija especialmente. Sou velho demais para lutar. Haverá ataques aéreos, claro, mas eles não atingirão todo mundo. Além disso, ainda que exista, esse tipo de perigo não entra na nossa cabeça antes do tempo. Como já disse várias vezes, não tenho medo da guerra, só do pós-guerra. E acho até isso não há de me afetar pessoalmente. Porque quem iria se incomodar com um cara como eu? Sou gordo demais para que me considerem politicamente suspeito. Ninguém iria me matar ou me bater com um cassetete de borracha. Sou do tipo medíocre que obedece quando a polícia manda. Quanto a Hilda e às crianças, eles provavelmente jamais perceberão a diferença. E mesmo assim me amedronto. O arame farpado! Os slogans! Os rostos enormes! Os porões revestidos de cortiça onde prisioneiros recebem choques elétricos. Aliás, outros caras muito mais medíocres intelectualmente do que eu se amedrontam. Mas por quê? Porque isso significa dizer adeus a essa coisa que descrevi para você, essa sensação especial dentro da gente. Chame de paz se quiser. Mas, quando digo paz, não quero dizer ausência de guerra, mas paz, uma sensação nas entranhas. E ela terá sumido para sempre se os donos dos cassetetes de borracha nos pegarem.

Aproximo o ramo de prímulas do nariz e dou uma boa cheirada. Estava pensando em Lower Binfield. Engraçado como durante os dois últimos meses essa lembrança tem ido e voltado na minha cabeça o tempo todo, depois de vinte anos durante os quais eu praticamente a esquecera. E justo naquele momento, ouço o barulho de um carro subindo a estrada.

Tomo o susto de quem leva um choque. De repente, me dei conta do que estava fazendo — perambulando à toa e colhendo prímulas quando deveria estar inventariando o estoque da loja de ferragens em Pudley. O pior é que de repente tive consciência de como os ocupantes do carro me veriam. Um gordo usando chapéu-coco segurando um buquê de prímulas! Não seria uma visão adequada. Gordos não devem colher prímulas, ao menos não em público. Só tive tempo de jogá-las por cima da cerca antes que o carro surgisse. Foi ótimo ter feito isso. O carro estava cheio de jovens tolos de vinte e poucos anos. Como teriam rido se me vissem! Todos olhavam para mim — você sabe como os ocupantes de um carro que vem na sua direção olham para você —, e me ocorreu a ideia de que mesmo agora talvez pudessem adivinhar o que eu andara fazendo. Melhor deixá-los pensar que era outra coisa. Por que um sujeito desce do carro à beira de uma estrada de interior? Óbvio! Quando o carro passou por mim fingi abotoar a braguilha.

Acionei o motor do carro manualmente (a autoignição não funciona mais) e entrei. O curioso é que no exato momento em que eu abotoava a braguilha, quando três quartos da minha mente se ocupavam com os jovens tolos no outro carro, uma ideia maravilhosa me ocorrera.

Voltar para Lower Binfield!

Por que não?, pensei, enquanto passava a primeira marcha. Por que não voltar? O que me impedia? E por que diabos não pensara nisso antes? Umas férias tranquilas em Lower Binfield: era precisamente isso que eu queria.

Não pense que me ocorreu a ideia de voltar a MORAR em Lower Binfield. Não estava nos meus planos abandonar Hilda e as crianças e recomeçar a vida com um nome diferente. Esse tipo de coisa só acontece nos livros. Mas o que me impedia de dar uma passadinha em Lower Binfield e tirar uma semana só para mim?

Aparentemente já estava tudo programado na minha cabeça. Eu não teria problemas com relação a dinheiro. Ainda sobravam 12 libras naquela minha pilha secreta, e pode-se passar confortavelmente uma semana com 12 libras. Tenho 15 dias de férias por ano, geralmente em agosto ou setembro. Mas, se eu inventasse uma história convincente — um parente morrendo de uma doença incurável ou algo do gênero —, provavelmente conseguiria que a empresa me desse férias parceladas em dois períodos. Eu teria então uma semana só para mim antes que Hilda se desse conta de alguma coisa. Uma semana em Lower Binfield, sem Hilda, sem as crianças, sem a Salamandra Voadora, sem a Ellesmere Road, sem as ladainhas sobre as prestações da casa, sem o barulho de tráfego capaz de enlouquecer um santo — uma semana à toa, ouvindo o silêncio.

Mas por que voltar a Lower Binfield?, indagaria você. Por que Lower Binfield em particular? O que eu pretendia fazer quando chegasse lá?

Eu não pretendia fazer coisa alguma. Parte da ideia era essa. Eu queria paz e sossego. Paz! Nós a tínhamos no passado, em Lower Binfield. Contei um pouco sobre a nossa antiga vida lá, antes da guerra. Não vou fingir que fosse perfeita. Ouso dizer que era uma vida tediosa, borocoxô, vegetativa. Pode-se dizer que éramos como nabos. Mas nabos não vivem com medo do chefe, não ficam acordados à noite pensando na próxima derrocada e na próxima guerra. Tínhamos paz interior. Claro que sei que mesmo em Lower Binfield a vida teria mudado. Mas o lugar em si, não. Haveria ainda os bosques de faias em torno da Binfield House, e o passeio da orla de Burford Weir, e o bebedouro de cavalos na praça do mercado. Eu queria voltar lá, apenas por uma semana, e me deixar empapar dessa sensação, meio como aqueles sábios orientais que se retiravam para o deserto. E eu diria que, do jeito como vão as coisas, haverá muita gente boa se retirando para o deserto nos próximos anos. Há de ser como naquela época na Roma Antiga em que, segundo me disse o velho Porteous, havia tantos ermitãos que cada caverna tinha uma lista de espera.

Mas não é que eu quisesse olhar para meu próprio umbigo. Meu único desejo era recuperar as energias antes do início dos maus tempos. Afinal, será que alguém que não esteja morto do pescoço para cima duvida que eles se aproximam? Nem sequer sabemos como será, e mesmo assim sabemos que estão próximos. Talvez uma guerra, talvez uma crise — não dá para saber, salvo que há de ser algo ruim. Qualquer que seja o nosso rumo, será ladeira abaixo. Para a cova, para o esgoto — não dá para saber. E não se pode enfrentar esse tipo de coisa, a menos que se desfrute interiormente da sensação certa. Algo deixou de existir dentro de nós nesses vinte anos desde a guerra. Uma espécie de fluido vital que fizemos jorrar até não sobrar sequer uma gota. Toda essa pressa para lá e para cá! A luta eterna por um pouco de dinheiro. O ruído incessante de ônibus, bombas, rádios, campainhas de telefone. Os nervos em frangalhos, espaços ocos em nossos ossos onde deveria haver tutano.

Pisei fundo no acelerador. A mera ideia de voltar a Lower Binfield já me fizera bem. Você sabe a sensação que tive. Um pouco de ar para respirar! Como as grandes tartarugas-marinhas que vem à tona nadando, põem o nariz de fora e enchem os pulmões com uma grande talagada antes de afundarem de novo entre as algas e os polvos. Estamos todos sufocando no fundo de uma lixeira, mas descobri como subir à superfície. Voltar a Lower Binfield! Mantive o pé no acelerador até levar o carro velho ao limite máximo de quase sessenta quilômetros por hora. Ele chacoalhava como uma bandeja de metal cheia de porcelana, e sob a proteção do ruído quase comecei a cantar.

Claro que a mosca na sopa era Hilda. Esse pensamento me deu uma freada. Reduzi a velocidade para uns quarenta quilômetros por hora para refletir.

Não havia dúvida de que Hilda descobriria mais cedo ou mais tarde. Quanto a conseguir apenas uma semana de férias em agosto, eu talvez pudesse ter sucesso. Eu lhe diria que a empresa estava me dando apenas uma semana este ano. Provavelmente, ela faria demasiadas perguntas a esse respeito, porque ficaria eufórica ante a oportunidade de cortar as despesas das férias. As crianças, de todo modo, sempre passam um mês no litoral. A dificuldade residia em inventar um álibi para aquela semana em maio. Eu não podia simplesmente sumir sem aviso. O melhor, pensei, seria lhe contar com bastante antecedência que estavam me mandando numa missão especial para Nottingham, ou Derby, ou Bristol, ou qualquer outro lugar bem distante. Se a avisasse com dois meses de antecedência pareceria que eu nada tinha a esconder.

Mas claro que ela descobriria mais cedo ou mais tarde. Com Hilda não tem erro! Ela começaria fingindo acreditar e depois, naquele seu estilo obstinado, descobria que eu jamais estivera em Nottingham ou Derby ou Bristol ou aonde quer que fosse. É espantoso como ela faz isso. Que perseverança! Finge-se de morta até descobrir todos os pontos fracos no nosso álibi e aí, de repente, quando a gente pisa em falso com alguma observação descuidada, ela ataca. E traz à tona todo o dossiê do caso.

"Onde você passou a noite de sábado? Mentira! Você se encontrou com uma mulher. Olhe esses cabelos que achei quando estava escovando seu colete. Olhe bem para eles! Por acaso são da cor do meu?"

E então a diversão começa. Deus sabe quantas vezes isso aconteceu. Já houve ocasiões em que ela estava certa sobre a mulher. Em outras estava errada, mas os pós-efeitos são sempre os mesmos. Reclamações durante semanas e mais semanas! Jamais uma refeição sem briga — e as crianças não entendem do que se trata. Seria de todo inútil dizer a ela onde eu passara essa semana e por quê. Mesmo explicando até o dia do Juízo Final, ela jamais acreditaria.

Mas que diabos!, pensei, *por que me preocupar?* Faltava muito tempo. Você sabe como essas coisas parecem diferentes antes e depois. Pisei fundo no acelerador de novo. Então a melhor das ideias surgiu na minha cabeça e por muito pouco não derrapei para fora da estrada.

Eu iria pescar aquelas carpas grandonas na lagoa da Binfield House!

E mais uma vez, por que não? Não é estranho o jeito como passamos pela vida, sempre pensando que as coisas que queremos fazer são aquelas que não podem ser feitas? Por que eu não podia ir pescar aquelas carpas? E ainda assim, logo que a ideia é mencionada, não é que soa como algo impossível, algo simplesmente inviável? Foi o que me pareceu, mesmo naquele momento. Uma espécie de sonho fantástico, como aqueles em que dormimos com atrizes de cinema e vencemos o campeonato de pesos pesados. No entanto, não era de forma alguma impossível, nem mesmo improvável. É normal pagar aluguel para pescar, por exemplo. Quem quer que fosse o proprietário da Binfield House hoje em dia com certeza alugaria a lagoa pelo valor certo. E, caramba!, eu pagaria com prazer cinco libras por um dia inteiro de pescaria naquela lagoa. Aliás, também era bastante provável que a casa continuasse vazia e ninguém sequer soubesse da existência da lagoa.

Pensei naquele lugar escuro entre as árvores me esperando durante todos esses anos. E os enormes peixes negros deslizando sob a superfície. Jesus! Se eram desse tamanho trinta anos antes, como estariam agora?

3

Era 17 de junho, uma sexta-feira, o segundo dia da temporada de pesca.

Eu não tivera problema algum para acertar as coisas com a empresa. Quanto a Hilda, eu lhe oferecera uma história coerente e irretocável. Decidi-me por Birmingham no quesito álibi, e no último instante até disse a ela o nome do hotel em que me hospedaria, Rowbottom. Por acaso, sabia o endereço porque ficara lá alguns anos antes. Ao mesmo tempo, eu não queria que ela escrevesse para mim durante a estadia, o que talvez acontecesse, já que eu ficaria por lá uma semana. Depois de refletir, resolvi confiar parcialmente no jovem Saunders, que viaja como representante das Ceras Glisso. Ele por acaso mencionara que passaria por Birmingham no dia 18 de junho, e o fiz prometer que poria uma carta de lá para Hilda, com o endereço do Hotel Rowbottom. A carta diria que eu talvez fosse chamado de volta e seria melhor que ela não escrevesse. Saunders entendeu ou achou ter entendido. Piscou para mim e disse que eu estava ótimo para a minha idade. Assim, o problema Hilda foi solucionado. Ela não fizera pergunta alguma, e, mesmo se viesse a desconfiar mais tarde, um álibi como aquele seria difícil de desmontar.

Cruzei Westerham de carro. Era uma manhã maravilhosa de junho. Soprava uma brisa ligeira e os topos dos olmos balançavam ao sol, enquanto pequenas nuvens brancas se deslocavam no céu como um rebanho de ovelhas, e as sombras perseguiam umas às outras nos campos. Na entrada de Westerham, um rapaz da Sorveteria Walls, com as bochechas da cor de maçãs, veio correndo na minha direção em sua bicicleta, assoviando tão alto que o som penetrava no cérebro de quem ouvia. De repente me lembrei da época em que eu era um entregador (embora naquele tempo não tivéssemos bicicletas de roda livre) e por pouco não o detive para comprar um sorvete. Haviam cortado feno, mas ainda não o tinham carregado. Estava ali secando, em longas fileiras brilhantes, e o aroma se espalhava pela estrada, misturado ao da gasolina.

Eu dirigia a pouco mais de trinta quilômetros por hora. A manhã passava uma sensação serena, sonhadora. Os patos flutuavam nos lagos como se estivessem demasiado saciados para comer. Em Nettlefield, a cidade seguinte à Westerham, um homenzinho de avental branco, cabelo grisalho e um enorme bigode grisalho veio correndo do gramado, plantou-se no meio da estrada e começou a balançar freneticamente os braços para atrair minha atenção. Meu carro conhece bem aquela estrada, claro. Estacionei. Era só o sr. Weaver, que toca o armazém geral da cidade. Não, ele não queria um seguro de vida, nem pretendia fazer o seguro da loja. Simplesmente ficara sem troco e queria saber se por acaso eu tinha uma libra em "moedas". O pessoal nunca tem troco em Nettlefield, nem mesmo no pub.

Segui viagem. O trigo no campo chegava até a altura da cintura. Ondulava acima e abaixo dos morros como um imenso tapete verde, com o vento a agitá-lo um pouco, parecendo espesso e sedoso. *Lembra uma mulher*, pensei. Faz a gente querer se esbaldar ali. E um pouco adiante vi a placa de sinalização onde a estrada se bifurca: à direita para Pudley e à esquerda para Oxford.

Eu continuava em meu circuito usual, dentro do meu próprio "território", como define a empresa. O natural, já que eu estava indo para o oeste, teria sido sair de Londres pela Uxbridge Road. Impelido por uma espécie de instinto, porém, eu seguira meu caminho habitual. O fato é que eu me sentia culpado quanto à coisa toda. Queria me afastar bastante antes de pegar o rumo de Oxfordshire. E a despeito de ter organizado tudo tão bem com Hilda e a empresa, a despeito das 12 libras na carteira e da mala no banco de trás do carro, quando me aproximei do entroncamento, efetivamente tive uma tentação — sabia que não sucumbiria a ela, mas mesmo assim foi uma tentação — de jogar o plano todo para o alto. Sentia que, desde que continuasse dirigindo dentro do meu circuito usual, eu estaria dentro da lei. *Não é tarde demais*, pensei. Ainda há tempo para tomar a decisão respeitável. Eu podia, por exemplo, entrar em Pudley, procurar o gerente do Banco Barclay's (que nos representa em Pudley) e descobrir se algum novo negócio surgira. Na verdade, eu podia até girar nos calcanhares, voltar para casa e contar tudo para Hilda.

Diminuí a velocidade quando cheguei à esquina. Sim ou não? Por um segundo fiquei realmente tentado. Mas não! Toquei a buzina e virei para o oeste, pegando a estrada para Oxford.

Bem, estava feito. Agora eu trafegava em território proibido. Verdade que dali a uns oito quilômetros, se quisesse, eu podia virar novamente à esquerda e voltar para Westerham. No momento, contudo, eu dirigia para oeste. Estritamente falando, fugia. E o curioso é que assim que entrei na estrada para Oxford tive absoluta certeza de que ELES sabiam de tudo. Quando digo ELES, falo daqueles que não aprovariam uma viagem desse tipo e que teriam me impedido se pudessem — o que, suponho, incluía basicamente todo mundo.

Mais que isso, eu de fato senti que eles já estavam atrás de mim. Todos, sem exceção! Todos aqueles incapazes de entender por que um homem de meia-idade com uma dentadura haveria de querer fugir para passar uma semana tranquila no lugar onde viveu sua infância. E todos os canalhas que PODIAM entender até bem demais e que moveriam deus e o mundo para impedir. Todos eles estavam nos meus calcanhares. Era como se um imenso exército ocupasse a estrada às minhas costas. Quase dava para vê-lo. Hilda vinha na frente, claro, com as crianças logo atrás dela, e a sra. Wheeler a instigava a prosseguir, com uma expressão sinistra, vingativa, e a srta. Minns se apressava na retaguarda, com o pincenê escorregando do nariz e um olhar ansioso, como a galinha que é deixada para trás quando as outras conseguiram achar comida. E sir Herbert Crum e os mandachuvas da Salamandra Voadora em seus Rolls-Royces e modelos luxuosos da Hispano-Suiza. E todos os sujeitos do escritório e todos os infelizes barnabés oprimidos da Ellesmere Road e de outras ruas semelhantes, alguns empurrando carrinhos de bebê e aparadores de grama e aplainadoras de concreto, outros acompanhando a procissão em diminutos Austin Sevens. E todos os salvadores de almas e intrometidos, gente que você nunca viu, mas que mesmo assim rege o seu destino, o Ministério do Interior, a Scotland Yard, a Liga da Temperança, o Banco da Inglaterra, lorde Beaverbrook, Hitler e Stalin numa bicicleta tandem, o episcopado, Mussolini, o Papa — todos eles estavam atrás de mim. Dava quase para ouvi-los gritar:

— Aquele cara ali acha que vai escapar! Aquele cara que diz que não vai obedecer! Está voltando para Lower Binfield! Atrás dele! Precisamos detê-lo!

É estranho. A impressão foi tão forte que, com efeito, dei uma olhada pelo para-brisa traseiro para me assegurar de não estar sendo seguido. Consciência pesada, suponho. Mas não havia ninguém, apenas a estrada empoeirada e a longa fileira de olmos que a margeavam.

Pisei no acelerador e o carrinho velho chegou aos sessenta chacoalhando. Poucos minutos depois, eu já passara do retorno para Westerham. Estava feito. Eu queimara as pontes. Essa era a ideia, que, de um jeito indefinido, começara a tomar forma na minha cabeça no dia em que peguei minha dentadura nova.

PART

Cheguei a Lower Binfield passando por Chamford Hill. Existem quatro estradas que vão dar em Lower Binfield e seria mais rápido atravessar Walton. Mas eu quis chegar via Chamford Hill, como costumávamos fazer quando voltávamos de bicicleta das pescarias no rio Tâmisa. Assim que se passa o topo do morro, as árvores se abrem e é possível ver Lower Binfield esparramada no vale lá embaixo.

É uma experiência estranha voltar a um local campestre que não vemos há vinte anos. Nós nos lembramos do lugar nos mínimos detalhes, mas todas as lembranças estão erradas. As distâncias são diferentes e os pontos de referência parecem ter mudado de lugar. A gente não para de pensar que decerto aquele morro era um bocado mais íngreme... claro que aquele retorno ficava do outro lado da estrada, certo? E, por outro lado, há lembranças absolutamente precisas, mas que pertencem a uma ocasião específica. A gente se lembra, por exemplo, do canto de um campo num dia de chuva no inverno, com a grama tão verde que era quase azul e uma porteira podre coberta de líquen e uma vaca pastando na grama nos encarando. E voltamos lá depois de vinte anos e nos surpreendemos porque a vaca não está parada no mesmo lugar, olhando para a gente com a mesma expressão.

    Conforme eu dirigia morro acima, percebi que a minha lembrança era quase totalmente imaginária. Mas era fato que algumas coisas haviam mudado. A estrada tinha sido asfaltada, enquanto nos velhos tempos era de macadame (lembrei-me da sensação de sacolejo da bicicleta nos trechos acidentados), e dava a impressão de ser um bocado mais larga. E havia muito menos árvores. Nos velhos tempos enormes faias cresciam entre as cercas vivas e em alguns lugares seus ramos se encontravam acima da estrada, formando uma espécie de arco. Agora todas haviam sumido. Eu já estava praticamente no topo quando esbarrei em algo que sem dúvida era novo. À direita da estrada vi um monte de casas de aparência artificialmente pitoresca, com beirais proeminentes e pérgulas cor-de-rosa. Você sabe como são essas casas que têm categoria demais para ficar lado a lado com outras e por isso se espalham como numa espécie de colônia, com estradinhas particulares levando a cada uma delas. E na entrada de uma dessas estradinhas uma enorme placa branca dizia:

CANIS

FILHOTES DE RAÇA SEALYHAM TERRIER

HOSPEDAGEM PARA CÃES

    Com certeza ISSO não existia antes, certo?

    Pensei um instante. Então lembrei! No lugar dessas casas costumava existir uma pequena plantação de carvalhos, e as árvores ficavam demasiado próximas, de modo que eram muito altas e finas e na primavera o solo abaixo delas se enchia de anêmonas. Sem dúvida nunca houvera casa alguma tão distante da cidade.

    Cheguei ao topo do morro. Mais um minuto e Lower Binfield surgiria à vista. Lower Binfield! Por que eu haveria de fingir não estar excitado? Só de pensar em vê-la de novo uma sensação extraordinária se expandiu das minhas entranhas e provocou alguma coisa em meu coração. Cinco segundos mais e eu a veria. Sim, ali estávamos! Debreei, pisei no freio e... Jesus!

Ah, sim! Sei que você sabe o que aconteceria a seguir. Mas eu não sabia. Diga que fui um perfeito idiota em não prever isso. Fui mesmo. Mas sequer me ocorrera.

A primeira pergunta: onde ESTAVA Lower Binfield?

Não que a tivessem demolido. Havia meramente sido engolida. Aquilo que eu contemplava de cima era uma cidade industrial de porte considerável. Eu me lembro — meu Deus, como me lembro!, e nesse caso não creio que a minha memória tenha falhado — da aparência de Lower Binfield vista do topo de Chamford Hill. Suponho que a High Street tivesse uns quinhentos metros de comprimento e, salvo por algumas casas cercando a cidade, seu formato era mais ou menos o de uma cruz. Os principais pontos de referência eram a torre da igreja e a chaminé da cervejaria. Nesse momento eu não conseguia identificar nem uma nem outra. Tudo que dava para ver era um enorme rio de casas novinhas em folha que fluía ao longo do vale em ambas as direções e subia até a metade dos morros de um e outro lado. À direita vi o que me pareceram vários hectares de reluzentes telhados vermelhos, todos iguaizinhos. Um grande conjunto habitacional municipal, pelo visto.

Mas e Lower Binfield? Onde estava a cidade que eu conhecera? Devia estar em algum lugar. Tudo que eu sabia era que provavelmente se encontrava no meio daquele mar de tijolos. Das cinco ou seis chaminés de fábrica visíveis, eu sequer poderia adivinhar qual pertencia à cervejaria. Em direção ao extremo leste da cidade havia duas enormes fábricas de vidro e concreto. *Isso explica o crescimento da cidade*, pensei, enquanto começava a absorver aquela visão. Ocorreu-me que a população desse lugar (que chegava a umas duas mil almas nos velhos tempos) devia ser de 25 mil, no mínimo. A única coisa que aparentemente não mudara era a Binfield House. Não mais que um pontinho a distância, mas passível de identificar no morro em frente, com as faias a cercá-la, e a cidade não subira até tão alto. Enquanto eu observava, uma frota de bombardeiros negros sobrevoou o morro e atravessou ruidosamente a cidade.

Engatei a primeira e comecei a descida. As casas haviam subido até a metade do morro. Você sabe como são essas casinhas bem baratas que sobem um morro num correr contínuo, com os telhados se erguendo um acima do outro como os degraus de uma escada, todos iguaizinhos. Mas, pouco antes de chegar às casas, parei novamente. À esquerda da estrada notei outra coisa que era bem recente. O cemitério. Parei em frente ao tradicional portão de entrada de um cemitério inglês para dar uma olhada.

Era enorme, uns oito hectares, calculei. Há sempre uma espécie de aparência inóspita em um cemitério novo, com suas aleias áridas de cascalho e tufos de relva e os anjos de mármore feitos em série que lembram adornos de um bolo de noiva. Mas o que mais causou impacto naquele momento foi que nos velhos tempos aquele lugar não existia. Não havia, então, um cemitério separado, apenas o cemitério da igreja. Vagamente me lembrei do fazendeiro a que esses campos pertenciam — Blackett, chamava-se ele, que criava vacas. E por algum motivo o aspecto frio do lugar me obrigou a registrar como tudo havia mudado. Não era só que a cidade crescera tanto que agora precisava de oito hectares para enterrar seus cadáveres, mas o fato de situar o cemitério ali, nas fímbrias do perímetro urbano. Você já reparou que hoje em dia é sempre assim? Toda cidade nova põe seu cemitério na periferia. Empurre-o para longe — mantenha-o fora do alcance da vista! Ninguém aguenta mais ser lembrado da morte. Até as lápides reforçam essa ideia. Jamais dizem que o sujeito ali debaixo "morreu", é sempre "faleceu" ou "repousou". Não era assim antigamente. Tínhamos o cemitério da igreja no meio da cidade, passávamos por ele diariamente, víamos o lugar onde nosso avô estava enterrado e onde algum dia iríamos ser enterrados também. Não nos importávamos de olhar os mortos. Quando fazia calor, admito, também éramos obrigados a sentir seu cheiro, porque alguns dos túmulos de família não eram muito bem lacrados.

Deixei o carro descer o morro devagar. Estranho! Você nem imagina quão estranho! Durante todo o percurso da descida eu via fantasmas, sobretudo os fantasmas de cercas e árvores e vacas. Era como se estivesse contemplando dois mundos ao mesmo tempo, uma espécie de bolha fininha de tudo que havia sido, com o que efetivamente existia brilhando através. Lá está o campo em que um touro perseguiu Ginger Rodgers! E aquele é o lugar onde brotavam os cogumelos selvagens! Mas não existia campo algum nem touro algum nem cogumelo algum. Só casas, casas por todos os lados, casinhas vermelhas com suas cortinas encardidas nas janelas e seus simulacros de jardins em que nada cresce, salvo alguns tufos de grama fedida ou um punhado de esporas que disputam espaço com o mato. Os homens todos andando de um lado para o outro e as mulheres sacudindo capachos e crianças remelentas brincando na rua. Todos desconhecidos! Haviam chegado aos magotes quando virei as costas. E, no entanto, eram eles que me encaravam como forasteiro, não sabiam coisa alguma a respeito da velha Lower Binfield, jamais ouviram falar de Shooter e Wetherall ou do sr. Grimmett e do tio Ezequiel, e pouco se importavam, com certeza.

É curiosa a rapidez com que a gente se adapta. Suponho que fazia cinco minutos que eu tinha parado no topo do morro, na verdade meio sem fôlego ante a ideia de rever Lower Binfield, e já me habituara à ideia de que Lower Binfield havia sido engolida e enterrada como as cidades perdidas do Peru. Eu me preparei e enfrentei. Afinal, o que mais há de se esperar? As cidades precisam crescer, as pessoas têm que morar em algum lugar. Além disso, a velha cidade não fora aniquilada. Num ou noutro canto ela ainda existia, embora cercada de casas em vez de campos. Em poucos minutos eu a veria de novo, a igreja e a chaminé da cervejaria e a vitrine da loja do meu pai e o bebedouro de cavalos na praça do mercado. Cheguei ao sopé do morro onde a estrada se bifurcava. Peguei a da esquerda e um minuto depois me perdi.

Não me lembrava de coisa alguma. Sequer conseguia recordar se era naquele ponto que a cidade antes começava. Sabia apenas que nos velhos tempos aquela rua não existia. Dirigi durante uma centena de metros — uma rua desagradável, meio decadente, com casas à beira da calçada e aqui e acolá uma mercearia de esquina ou um pequeno pub nojento —, imaginando aonde diabos ela levaria. Por fim, parei ao lado de uma mulher usando um avental sujo e sem chapéu, que caminhava pela calçada. Pus a cabeça para fora da janela.

— Desculpe, poderia me dizer como eu chego à praça do mercado?

Ela "não sabia". Respondeu com um sotaque que se podia cortar com uma faca. Lancashire. Havia muitos oriundos de lá no sul da Inglaterra agora. Gente fugida de áreas devastadas. Então vi um sujeito de macacão com uma bolsa de ferramentas vindo em minha direção e tentei de novo. Dessa vez, a resposta veio em *cockney*, mas só depois de alguns segundos de reflexão.

— Praça do mercado? Praça do mercado? Hum... Ah! Quer dizer o VELHO mercado, né?

Confirmei que sim.

— Ah, bom... Pega a direita e vira...

Foi um longo caminho. Quilômetros, me pareceu, embora sequer chegasse a um quilômetro. Casas, lojas, cinemas, capelas, campos de futebol... Tudo novo. Mais uma vez tive aquela sensação de que uma invasão inimiga ocorrera à minha revelia. Toda aquela gente acorrendo de Lancashire e dos subúrbios de Londres, plantando-se ali nesse caos bestial, sem ao menos se dar ao trabalho de conhecer pelo nome os principais pontos de referência da cidade. Mas acabei registrando que o que chamávamos de praça do mercado era agora conhecido como Velho Mercado. Havia uma praça grande, embora não se pudesse propriamente chamá-la de praça, já que não tinha formato específico, no meio da nova cidade, com sinais luminosos e uma enorme estátua de bronze de um leão com uma águia entre as garras — o memorial da guerra, supus. Tudo tão novo! A aparência inóspita, desagradável. Você sabe como são as cidades novas que de repente brotaram como balões nos últimos anos, como Hayes, Slough, Dagenham e outras? Aquela frigidez, tijolos vermelhos por todo lado, a aparência temporária das vitrines cheias de chocolates em promoção e componentes de rádio. Lower Binfield estava exatamente assim. Mas subitamente entrei numa rua de casas mais velhas. Deus! A High Street!

Afinal, minha memória não me pregara uma peça. Reconheci cada centímetro dela. Mais alguns metros e chegaria à praça do mercado. A velha loja ficava no outro extremo da High Street. Eu iria até lá depois do almoço — pretendia me hospedar no George. E a cada centímetro uma lembrança! Eu conhecia todas as lojas, embora os nomes tivessem mudado, e a mercadoria à venda, em sua maioria, também. A do Lovegrove! E a do Todd! E uma grande e escura com vigas e águas-furtadas. Ali ficava a Lilywhite's, de tecidos, onde Elsie trabalhava. E a do Grimmett! Aparentemente, continuava a ser uma mercearia. Agora eu ia ver o bebedouro de cavalos. Havia outro carro na minha frente me atrapalhando a visão.

O carro se afastou para o outro lado quando chegamos à praça do mercado. O bebedouro sumira.

Havia um agente da Associação Automobilística controlando o tráfego onde antes ficava o bebedouro. Deu uma olhada no carro, viu que não tinha um distintivo da associação e resolveu não acenar.

Virei a esquina e segui até o George. O sumiço do bebedouro me abalara de tal forma que nem procurei descobrir se a chaminé da cervejaria ainda estava de pé. O George também mudara, à exceção do nome. A frente tinha sido incrementada até parecer um daqueles hotéis litorâneos e a placa também era outra. O curioso é que até aquele momento eu não pensara nele sequer uma vez em vinte anos e de repente descobri que era capaz de recordar cada detalhe da velha placa que se balançara ali desde quando eu me dava por gente. Era uma pintura muito tosca, com são Jorge em cima de um cavalo muito magro pisando em um dragão bem gordo e, no canto, embora lascada e desbotada, podia-se ler a modesta assinatura "William Sandford, pintor & marceneiro". A nova placa tinha pretensões artísticas. Percebia-se que fora pintada por um artista de verdade. São Jorge tinha um jeito efeminado. O pátio de paralelepípedo, onde os fazendeiros deixavam suas carroças e os bêbados costumavam vomitar nas noites de sábado, fora aumentado para três vezes o tamanho original e pavimentado, com garagens à volta. Entrei de ré numa das garagens e desci do carro.

Uma coisa que já notei com relação à mente humana é que ela funciona em soluços. Não há emoção que dure muito. Ao longo dos últimos 15 minutos eu tivera o que poderia ser perfeitamente chamado de choque. Levara quase um soco no estômago quando parei no topo do Chamford Hill e de repente me dei conta de que Lower Binfield sumira e senti mais uma estocada ao ver que o bebedouro de cavalos já não existia. Dirigira pelas ruas com uma sensação pesada, que poderia ser descrita tomando de empréstimo o nome de Icabode.* Mas, quando desci do carro e enfiei o chapéu na cabeça, percebi que isso não tinha a mínima importância. O dia estava ensolarado, o pátio do hotel exalava um clima estival, com as flores em potes verdes e tudo o mais. Ademais, eu estava faminto e ansioso para almoçar.

Entrei no hotel com a postura de alguém importante, seguido pelo carregador, que se apressara a sair para me receber, trazendo a mala. Eu me sentia bastante próspero e provavelmente dava tal impressão. Um empresário de peso, você diria, desde que não tivesse visto o carro. Fiquei feliz por ter vestido meu terno novo — de flanela azul com uma lista fina branca, que me vai muito bem, por produzir o que o alfaiate chama de "efeito redutor". E diga o que quiser, mas é muitíssimo agradável num dia de junho, com o sol brilhando nos gerânios cor-de-rosa nas floreiras da janela, entrar num bom hotel campestre com a perspectiva de saborear um cordeiro com molho de menta. Não que me seduza especialmente a hospedagem em hotéis. Deus sabe que já tive a minha cota deles, que em 99% das vezes são aqueles famigerados

---

* Icabode, personagem bíblico do livro de Samuel, cujo nome significa "inglório". (N. da T.)

estabelecimentos "de lazer e negócios", como o Rowbottom, onde supostamente eu deveria estar alojado naquele momento, o tipo de lugar onde se paga cinco libras por quarto com café da manhã incluído e onde os lençóis estão sempre úmidos e as torneiras da banheira jamais funcionam. O George ficara tão chique que eu não o reconheceria. Nos velhos tempos, não era um hotel, mas apenas um pub, embora tivesse um ou dois quartos para alugar e costumasse oferecer um almoço para fazendeiros (rosbife e pudim Yorkshire, sonhos salgados e queijo Stilton) nos dias de feira. Tudo parecia diferente, salvo o bar, do qual tive um vislumbre ao passar, que continuava igualzinho. Atravessei um corredor com carpete macio e gravuras de caçadas, além de panelas de cobre e cacarecos similares pendurados nas paredes. Vagamente me lembrei do corredor como ele era no passado, com as pedras ocas do chão e o cheiro de gesso misturado ao de cerveja. Uma jovem elegante, com cabelo ondulado e vestido preto, que supus ser a recepcionista ou algo assim, pediu meu nome no balcão.

— O senhor deseja um quarto? Claro, senhor. Pode me dar seu nome, por favor?

Fiz uma pausa. Afinal, esse era meu grande momento. Naturalmente ela conhecia meu sobrenome. Ele não é comum, e há muitos de nós no cemitério da igreja. Somos uma das famílias tradicionais de Lower Binfield, os Bowling de Lower Binfield. E, embora de certa forma incomode ser reconhecido, eu vinha ansiando por isso.

— Bowling — disse, com certa distinção. — Sr. George Bowling.

— Bowling. B-O-A... Ah! B-O-W? Muito bem. E o senhor veio de Londres?

Nenhuma reação. Nadinha. Ela jamais ouvira falar de mim. Jamais ouvira falar de George Bowling, filho de Samuel Bowling — Samuel Bowling, que, caramba!, tomara sua cerveja naquele pub todos os sábados ao longo de trinta anos.

2

O restaurante mudara também.

Eu me lembrava do antigo, embora jamais tivesse feito uma refeição ali, com sua lareira marrom, o papel de parede cor de bronze amarelado — nunca atinei se a cor era para ser aquela mesma ou se ficara assim devido ao uso e à fumaça — e o quadro a óleo, também de autoria de William Sandford, pintor & marceneiro, da batalha de Tel-el-Kebir. Agora, a reforma dera ao local um ar medieval. Lareira de tijolos com chaminé, uma enorme viga atravessando o teto, revestimento de madeira nas paredes, e cada pedacinho uma falsificação passível de ser descoberta a cinquenta metros de distância. A viga era de carvalho genuíno, tirada de algum velho barco à vela, provavelmente, mas não lhe cabia função alguma, e desconfiei do revestimento assim que botei os olhos nele. Quando me sentei e o jovem garçom elegante se aproximou brincando com seu guardanapo, bati na madeira atrás de mim. Sim! Eu sabia! Sequer era madeira! Forjam o troço com algum material barato e depois pintam por cima.

Mas o almoço não estava ruim. Comi meu cordeiro com molho de menta e tomei uma garrafa de vinho branco com um nome francês, que me fez arrotar um pouco, mas me deixou feliz. Havia outra pessoa almoçando, uma mulher de uns trinta anos com cabelo louro, parecendo ser viúva. Eu me perguntei se estaria hospedada no George e fiz vagos planos de me dar bem com ela. É engraçado como os nossos sentimentos se embaralham. Metade do tempo eu via fantasmas. O passado se intrometia no presente: dia de feira, e os fazendeiros corpulentos esparramados nas cadeiras com as pernas esticadas debaixo da mesa comprida, as esporas arranhado o chão de pedra, e comendo uma quantidade de carne e acompanhamento difícil de crer que um corpo humano pudesse digerir. E agora as mesinhas com suas toalhas alvas brilhantes e taças de vinho e guardanapos dobrados e a decoração artificial e o clima de prosperidade apagava de novo essa imagem. E eu pensava "Tenho 12 libras e um terno novo. Quem diria que um dia o garoto Georgie Bowling voltaria a Lower Binfield dirigindo o próprio carro?", e então o vinho me aqueceu as entranhas e olhei de soslaio para a mulher de cabelo louro e mentalmente a despi.

Aconteceu o mesmo à tarde, enquanto eu estava no saguão — mais uma vez falso medieval, mas com poltronas aerodinâmicas de couro e mesas de tampo de vidro — tomando conhaque e fumando um charuto. Eu via fantasmas, sim, mas, de maneira geral, estava aproveitando. Na verdade, me sentia um pouco ébrio e torcia para que a mulher loura entrasse, de modo a podermos nos apresentar um ao outro. Ela não apareceu, porém. Por volta da hora do chá, me levantei e saí.

Andei até a praça do mercado e virei à esquerda. A loja! Foi engraçado. Vinte e um anos antes, no dia do enterro de mamãe, eu passara por ela no cabriolé da estação e a vira toda fechada com a placa queimada por um maçarico sem dar a mínima. E agora, quando já ampliara em muito a distância no tempo, quando já havia detalhes sobre o interior da casa de que eu não mais me lembrava, a ideia de vê-la de novo mexeu com meu coração e com minhas entranhas. Passei pela barbearia. Continuava a ser uma barbearia, embora com outro nome. Um odor suave, cálido, amendoado, vinha lá de dentro. Não tão bom quanto o velho odor de rum e fumo de cachimbo. A loja — a nossa loja — ficava vinte metros adiante. Ah!

Uma placa com aparência artística — pintada pelo mesmo sujeito que fizera a do George, o que não me surpreendeu — pendia acima da porta:

CONFEITARIA DA WENDY
CAFÉ DA MANHÃ
BOLOS CASEIROS

Uma confeitaria!

Suponho que, se fosse um açougue ou uma loja de ferragens ou qualquer outra coisa que não uma loja de grãos, a minha reação fosse igualmente de choque. É absurdo que o fato de ter nascido numa determinada casa faça você se achar detentor de direitos sobre ela pelo resto da vida, mas a verdade é essa. O lugar fazia jus ao nome, sem dúvida. Cortinas azuis na vitrine e um ou dois bolos em exposição, o tipo de bolo coberto de chocolate e com uma única noz plantada no meio. Entrei. Na verdade, eu não queria comer nada, mas precisava ver a loja por dentro.

Evidentemente haviam transformado não apenas a loja, mas o que costumava ser a sala de estar em confeitaria. Quanto ao pátio dos fundos, onde ficava a lixeira e onde costumava crescer a hortinha do papai, o terreno havia sido cimentado e mobiliado com mesas rústicas e hortênsias. Entrei na sala de estar. Mais fantasmas! O piano e os textos na parede e as duas velhas poltronas vermelhas encaroçadas em que papai e mamãe se sentavam de frente para a lareira, lendo a *People* e o *News of the World* nas tardes de domingo! O lugar havia sido reformado num estilo ainda mais antigo do que o do George com mesinhas e um candelabro de ferro batido e pratos de estanho pendurados na parede. Você já notou como eles conseguem tornar escuras essas confeitarias sofisticadas? Suponho que seja parte da atmosfera antiquada. E em lugar de uma garçonete comum, havia uma jovem usando uma espécie de guarda-pó estampado que me recebeu com expressão azeda. Pedi-lhe um chá, que ela levou dez minutos para trazer. Você sabe como é esse tipo de chá — chá chinês, tão fraco que parece água até botarmos o leite. Eu estava sentado quase exatamente onde a poltrona do meu pai ficava. Por pouco não dava para ouvir sua voz, lendo em voz alta uma "matéria", como ele chamava, da *People*, sobre as novas máquinas voadoras ou sobre o sujeito que tinha sido engolido por uma baleia, ou algo parecido. Foi uma sensação extremamente peculiar estar ali sob falsos pretextos e poder ser expulso se descobrissem quem eu era. Ao mesmo tempo, senti certa vontade de contar a alguém que eu nascera ali, que pertencia àquela casa, ou melhor (o que eu sentia realmente) que a casa pertencia a mim. Ninguém mais estava tomando chá. A moça de guarda-pó estampado não saía de perto da janela, e pude ver que, se não fosse pela minha presença, ela estaria palitando os dentes. Mordi uma das fatias de bolo que ela trouxera. Bolos caseiros uma ova! Desde quando bolos caseiros usam margarina e essência de ovo? Mas no final não resisti e disse:

— Você mora há muito tempo em Lower Binfield?

Ela levou um susto, pareceu surpresa e não respondeu. Tentei de novo:

— Eu já morei em Lower Binfield, muito tempo atrás.

De novo nenhuma resposta, ou apenas algo que não consegui ouvir. Ela me lançou um olhar gélido e depois voltou a olhar pela janela. Eu entendi. Demasiado bem-nascida para entabular conversa com fregueses. Além disso, provavelmente achou que eu estava flertando. De que adiantava eu lhe dizer que nascera na casa? Mesmo se ela acreditasse, não lhe interessaria. Jamais ouvira falar em Samuel Bowling, comerciante de milho e grãos. Paguei a conta e fui embora.

Caminhei até a igreja. Uma coisa que eu temia um pouco e quanto à qual nutria alguma expectativa era ser reconhecido por gente que eu conhecia. Mas tal preocupação se revelou infundada: não vi um único rosto conhecido nas ruas. Era como se a cidade toda tivesse uma nova população.

Quando cheguei à igreja, vi por que havia sido necessário um novo cemitério. O da igreja estava cheio até o limite, e metade das sepulturas ostentava nomes desconhecidos. Mas os nomes que eu conhecia foram bem fáceis de achar. Circulei entre os túmulos. O sacristão acabara de cortar a grama e havia um odor de verão até ali. Estavam todos sozinhos, todos os adultos da minha infância. Gravitt, o açougueiro, e Winkle, o outro comerciante de grãos, e Trew, o antigo administrador do George, e a sra. Wheeler da loja de doces... todos jaziam ali. Shooter e Wetherall estavam um de frente para o outro de cada lado da aleia, como se ainda cantassem na igreja. Então Wetherall não chegara aos cem anos, afinal. Nascido em 1843 e "levado desta vida" em 1928. Mas ganhara de Shooter, como sempre. Shooter morrera em 1926. Como o velho Wetherall devia ter aproveitado aqueles últimos dois anos sem ninguém para concorrer com ele na cantoria! E o velho Grimmett, sob um enorme troço de mármore com o formato de uma torta de vitela e presunto e uma grade de ferro em volta, e num canto, toda uma fornada de Simmons debaixo de cruzinhas baratas. Todos de volta ao pó. O velho Hodges com seus dentes amarelados de tabaco, e Lovegrove com a basta barba marrom, e lady Rampling com o cocheiro e o lacaio, e a tia de Harry Barnes, que tinha um olho de vidro, e Brewer, da Fazenda do Moinho, com sua velha cara de mau como se tivesse sido esculpida numa casca de noz — nada restara de nenhum deles, salvo uma placa de pedra e Deus sabe o que mais debaixo da terra.

Encontrei o túmulo de mamãe e, ao lado, o de papai. Ambos em ótimo estado de conservação. O sacristão havia mantido a grama cortada. Tio Ezekiel estava a uma pequena distância. Várias sepulturas antigas tinham sido aplainadas, e os antigos adornos de madeira, aqueles que antes pareciam arremates de cabeceiras de cama, haviam sido removidos. O que se sente ao ver os túmulos dos nossos pais depois de vinte anos? Não sei o que se deve sentir, mas vou dizer o que eu senti, ou seja, nada. Papai e mamãe jamais desapareceram da minha cabeça, como se existissem em algum lugar numa espécie de eternidade, mamãe atrás do bule marrom, papai com sua careca meio farinhenta e os óculos e o bigode grisalho, paralisados para sempre como as pessoas nas fotos, e mesmo assim, de alguma forma, vivos. Aquelas caixas de ossos ali na terra não me pareciam ter coisa alguma a ver com eles. Enquanto fiquei de pé ali, comecei a me perguntar o que sentimos quando somos nós debaixo da terra, se nos importamos muito e quando paramos de nos importar. Então, uma sombra pesada me abarcou e levei um susto.

Olhei por cima do ombro. Era apenas um bombardeiro que se interpusera entre mim e o sol. O lugar parecia fervilhar com eles, que abundavam na cidade.

Entrei na igreja. Pela primeira vez desde a minha volta a Lower Binfield, não tive a sensação fantasmagórica, ou melhor, a tive de um jeito diferente. Porque nada havia mudado. Nada, salvo que todos haviam sumido. Até os genuflexórios estavam iguais. O mesmo cheiro poeirento e adocicado de cadáver. E Deus do céu! O mesmo buraco na janela, embora, por ser de noitinha e o sol estar do outro lado, o facho de luz não penetrasse na nave. Ainda havia bancos — não tinham sido trocados por cadeiras. Lá estava o nosso, e o que ficava na frente, de onde Wetherall bramia contra Shooter. Siom, rei dos amorreus, e Ogue, rei de Basã! E as pedras gastas no corredor onde ainda era quase possível ler os epitáfios dos sujeitos que jaziam debaixo elas. Eu me agachei para dar uma olhada na que ficava em frente ao nosso banco. Ainda sabia de cor os pedaços legíveis. Até o padrão que formavam parecia ter ficado gravado na minha memória. Deus sabe com que frequência eu lia aquilo durante o sermão.

```
Aqui ................... filho de...............
nesta paroq ............................ justo &
exemplar ................................................
A suas ....... muitas bênçãos pessoais
```

acrescentou uma diligente ....
....
.... amada esposa
Amelia, por .... sete filhas ....

Lembrei como os longos S me confundiam na infância. Quando menino, eu me perguntava se nos velhos tempos pronunciavam os S como F e, se assim o faziam, por quê.

Ouvi o som de passos atrás de mim. Ergui o olhar. Um sujeito usando uma sotaina estava ao meu lado. Era o vigário.

Eu quis dizer O vigário! O velho Betterton, que já era vigário nos velhos tempos — não desde a minha mais tenra infância, mas a partir de 1904 ou por aí. Eu o reconheci de imediato, embora seu cabelo estivesse branco.

Ele não me reconheceu. Eu não passava de um viajante gordo vestindo um terno azul e fazendo turismo na cidade. Deu boa-noite e logo engatou a conversa costumeira — que se eu gostasse de arquitetura aquele era um notável prédio antigo, as fundações remontavam à era saxônica e coisa e tal. Não demorou a assumir a função de guia, me mostrando o que havia para ver — o arco normando que levava à sacristia, a efígie de bronze de sir Roderick Bone, morto na Batalha de Newbury. E eu o segui com aquele tipo de expressão de cachorro magro que os empresários de meia-idade sempre ostentam quando alguém lhes mostra uma igreja ou uma galeria de arte. Por acaso eu lhe disse que era Georgie Bowling, filho de Samuel Bowling — ele se lembraria do meu pai ainda que não de mim —, e que eu não só ouvira seus sermões durante dez anos e frequentara suas aulas de Crisma, mas até mesmo pertencera ao Círculo de Leitura de Lower Binfield e lera trechos de *Sesame and Lilies* só para agradá-lo? Não, eu não disse. Simplesmente o segui, fazendo o tipo de observações de praxe quando alguém lhe diz que isso ou aquilo tem quinhentos anos e você não tem ideia do que responder, salvo "Quem diria!". Do momento em que lhe pus os olhos, resolvi deixá-lo pensar que eu era um desconhecido. Assim que considerei educadamente possível, deixei uma moeda de seis centavos cair na caixinha de coleta para as despesas da paróquia e me escafedi.

Mas por quê? Por que não fazer contato, já que finalmente eu encontrara alguém conhecido?

Porque a mudança em sua aparência após vinte anos realmente me aterrorizara. Suponho que você ache que ele me pareceu mais velho. Mas não! Ele me pareceu MAIS JOVEM. E de repente isso me ensinou uma coisa a respeito da passagem do tempo.

Imagino que o velho Betterton tenha uns 65 anos, o que significa que quando o vi por último ele devia ter uns 45 — minha idade atual. Seu cabelo está branco agora, e no dia em que enterrou mamãe era grisalho, como um pincel de barba. No entanto, assim que o vi a primeira coisa que me ocorreu foi que ele parecia mais novo. Eu o imaginava como um velho bem velho e afinal ele não estava tão velho assim. Na infância, me lembrei, todos que tinham mais de quarenta me pareciam anciãos decrépitos, tão velhos que praticamente não se distinguiam uns dos outros. Um homem de 45 anos me parecera mais velho do que o velho cambaleante de 65 me parecia agora. Cristo! Eu mesmo estava com 45 anos. Fiquei assustado.

Quer dizer que essa é a minha aparência para sujeitos de vinte anos, pensei, enquanto saía por entre as sepulturas. Uma pobre carcaça velha. Um sujeito acabado. Era curioso. Via de regra, não dou a mínima para a minha idade. Por que deveria? Sou gordo, mas forte e saudável. Posso fazer tudo que quiser. Uma rosa tem o mesmo aroma que tinha para mim aos vinte anos. Mas será que eu tenho o mesmo aroma para a rosa? Como em resposta, uma garota de uns 18 anos vinha subindo o pátio do cemitério. Precisava passar a um ou dois metros de mim. Vi o olhar que me lançou, não mais que um rápido olhar momentâneo. Não, não foi um olhar amedrontado nem hostil. Apenas meio selvagem, distante, como o de um animal selvagem que fitamos nos olhos. Ela nascera e crescera nesses vinte anos em que estive longe de Lower

Binfield. Todas as minhas lembranças soariam sem sentido para ela. Vivia num mundo diferente do meu, como um animal.

Voltei ao George. Queria uma bebida, mas o bar só abriria dali a meia hora. Estava no saguão, lendo um *Sporting and Dramatic* do ano anterior, quando a loura que eu achava ser viúva entrou. Senti um desejo repentino e ansioso de cortejá-la. Quis mostrar a mim mesmo que ainda havia vida nesta carcaça velha, mesmo que precise de dentes falsos. Afinal, pensei, se ela tem trinta anos e eu, 45, não há nada de inadequado. Eu estava de costas para a lareira fingindo aquecer o meu traseiro, do jeito como se faz num dia de verão. Com meu terno azul, minha aparência não era ruim. Meio gordo, sem dúvida, mas distinto. Um homem do mundo. Podia ser confundido com um corretor de ações. Adotei meu melhor sotaque e comentei casualmente:

— Que mês de junho maravilhoso este...

Uma observação bastante inofensiva, certo? Nada a ver com "Por acaso não nos conhecemos de algum lugar?".

Porém, não fez sucesso. Ela não respondeu, meramente baixou por meio segundo o jornal que lia e me lançou um olhar capaz de trincar uma vidraça. Foi horrível. Tinha aqueles olhos azuis que penetram na gente como uma bala. Naquele milésimo de segundo, percebi o quanto eu me equivocara na sua avaliação. Ela não era o tipo de viúva de cabelo tingido que gosta de ser levada para dançar. Pertencia à classe média-alta, provavelmente era filha de um almirante e frequentara uma dessas escolas de elite onde se joga hóquei. E eu me avaliara equivocadamente também. Com ou sem terno novo, eu não PODERIA passar por um corretor de ações. Parecia meramente um representante comercial itinerante que por acaso ganhou uma grana extra. Escapuli para o bar a fim de tomar uma ou duas cervejas antes do jantar.

A cerveja não era a mesma. Eu me lembro da de antigamente, a boa cerveja do Vale do Tâmisa que costumava ter algum sabor porque era feita de água calcária. Perguntei à atendente do bar:

— Os Bessemer ainda são donos da cervejaria?

— Bessemer? Não, não! Eles se mudaram faz anos... Muito antes de virmos para cá.

Era do tipo amistoso, o que chamo de atendente de bar irmã mais velha, com uns 35 anos, um rosto simpático e os braços musculosos que resultam de manejar a alavanca da máquina de cerveja. Ela me forneceu o nome do grupo comercial que assumira a cervejaria. Dava para adivinhar pelo sabor, na verdade. Os três bares diferentes eram dispostos num círculo com divisórias. No lado oposto, que era aberto ao público, dois sujeitos jogavam dardos e no Jug and Bottle um outro cliente, que eu não conseguia ver, de vez em quando fazia uma observação num tom sepulcral. A atendente do bar apoiou os braços gordos no balcão e puxou conversa comigo. Listei os nomes das pessoas que eu conhecia, e ela jamais ouvira falar de nenhuma delas. Disse que tinha se mudado para Lower Binfield cinco anos antes. Sequer ouvira falar do velho Trew, que era dono do George nos velhos tempos.

— Eu morei em Lower Binfield — falei. — Faz um bocado de tempo, antes da guerra.

— Antes da guerra! Ora, ora! Você não parece tão velho.

— Deve ter visto muitas mudanças, imagino — disse o sujeito no Jug and Bottle.

— A cidade cresceu — falei. — São as fábricas, suponho.

— Claro que a maioria trabalha nas fábricas. Tem a de gramofones e a Truefitt, de meias. Mas é óbvio que no momento estão fabricando bombas.

Não entendi por que seria tão óbvio, mas ela começou a me contar sobre um jovem que trabalhava na fábrica Truefitt e às vezes ia ao George que lhe dissera que estavam fabricando bombas e meias, já que as duas coisas, por algum motivo que me escapou, eram fáceis de combinar. Depois, ela me falou sobre o grande aeródromo militar perto de Walton — o que explicava os bombardeiros que eu via a toda hora — e no instante seguinte começamos a falar da guerra, como de hábito. Engraçado. Era precisamente para escapar dos pensamentos de guerra que eu estava ali. Mas como escapar? Está no ar que respiramos.

Eu disse que a guerra viria em 1941. O sujeito no Jug and Bottle falou que considerava um mau negócio. A atendente do bar disse que a ideia a deixava arrepiada:

— Não parece haver remédio, no final das contas, certo? Às vezes, fico acordada à noite e escuto um daqueles monstrengos passar lá em cima e penso: "Ora, suponhamos que ele jogasse uma bomba neste instante em cima de mim!" E toda essa conversa de Defesa Passiva, e a srta. Todgers, que é a mandachuva, dizendo que não tem problema se a gente ficar calmo e cobrir as janelas com jornal e todos dizem que vão construir um abrigo antiaéreo debaixo da prefeitura. Mas, quando penso direito, me pergunto: "Como se bota uma máscara de gás num bebê?"

O sujeito no Jug and Bottle disse que lera no jornal que bastava entrar num banho quente até estar tudo acabado. Os caras no bar público escutaram e houve um pouco de discussão sobre o número de pessoas que poderia entrar no mesmo banho e ambos perguntaram à atendente do bar se podiam partilhar com ela a mesma banheira. Ela retrucou que os dois deixassem de ser engraçadinhos e foi até o outro extremo do bar e lhes pôs na frente mais algumas canecas de cerveja. Tomei um gole da minha. Era um bocado ruim. *Bitter*, é como chamam. E era amarga mesmo, com certeza, demasiado amarga, com certo gosto de enxofre. Produtos químicos. Dizem que não botam mais lúpulo inglês na cerveja hoje em dia, que todo ele vira produto químico. Os produtos químicos, por sua vez, viram cerveja. Eu me peguei pensando no tio Ezekiel, o que ele diria sobre cervejas assim e o que teria a dizer sobre Defesa Passiva e os baldes de areia que supostamente apagam as bombas incendiárias. Quando a atendente voltou para o meu lado do balcão, perguntei:

— Por falar nisso, quem é o proprietário da Mansão atualmente?

Sempre nos referíamos ao lugar como a Mansão, embora o nome fosse Binfield House. De imediato, ela não entendeu.

— A Mansão?

— Ele está falando da Binfield House — explicou o sujeito no Jug and Bottle.

— Ah, a Binfield House! Achei que queria saber do Memorial. O dr. Merrall é o atual proprietário da Binfield House.

— Dr. Merrall?

— Sim, senhor. Ele tem mais de sessenta pacientes lá, dizem.

— Pacientes? Transformaram a mansão num hospital?

— Bom... Não é propriamente um hospital comum. É mais um sanatório. São doentes mentais, na verdade. O que chamam de asilo psiquiátrico.

Um hospício!

Mas afinal o que mais seria de se esperar?

3

Eu me levantei da cama com um gosto ruim na boca e os ossos estalando.

O fato é que, com uma garrafa de vinho no almoço e outra no jantar e várias cervejas no meio, eu bebera demais na véspera. Durante um bocado de tempo, fiquei ali plantado no tapete, olhando para o nada e demasiado zonzo para fazer algum movimento. Você sabe como é aquela sensação horrorosa que a gente às vezes tem logo cedo de manhã. Ela afeta basicamente as pernas, mas nos diz mais claramente que quaisquer palavras: "Por que diabos você continua insistindo? Anda, cara, vamos meu velho! Enfia a cabeça no forno a gás!"

Então enfiei a dentadura e me aproximei da janela. Novamente um lindo dia de junho, e o sol começava a se erguer acima dos telhados e iluminar a frente das casas do outro lado da rua. Os gerânios cor-de-rosa nas floreiras tinham certo charme. Embora fosse apenas oito e meia e essa não passasse de uma rua lateral à praça do mercado, havia uma boa quantidade de gente indo e vindo. Uma procissão de sujeitos com aspecto de auxiliares de escritório vestindo ternos escuros e carregando pastas de documentos andava apressada na mesma direção, como se esse fosse um subúrbio londrino e todos se dirigissem para o metrô. A garotada da escola seguia para a praça do mercado em pares e trios. Tive a mesma impressão que tivera na véspera quando vi a selva de casinhas vermelhas que engolira Chamford Hill. Malditos intrusos! Vinte mil invasores que sequer sabiam meu nome. E ali estava toda essa nova vida formigando, e ali estava eu, um pobre coitado gordo com dentes falsos, observando-os de uma janela e resmungando coisas que ninguém queria ouvir sobre fatos ocorridos trinta ou quarenta anos antes. Cristo!, pensei, eu errei ao achar que estava vendo fantasmas. Eu sou o fantasma. Morri e eles estão vivos.

Mas depois do café da manhã — hadoque, fígado grelhado, torrada e geleia e um bule de café —, comecei a me sentir melhor. A loura cheia de pose não estava tomando café no restaurante, havia um ameno clima estival no ar e eu não conseguia me livrar da sensação de que naquele meu terno azul eu parecia um tantinho distinto. Pelo amor de Deus!, pensei, se sou um fantasma, hei de SER um fantasma. Vou caminhar, vou assombrar aqueles velhos locais. E talvez possa lançar magia negra sobre esses canalhas que afanaram minha terra natal.

Saí, mas não havia passado da praça do mercado quando fui surpreendido por algo que não esperara ver. Uma fila de uns cinquenta estudantes marchava pela rua em colunas de quatro — quase um desfile militar — com uma mulher de expressão fechada marchando ao lado como um sargento. Os quatro primeiros carregavam um cartaz com uma moldura em vermelho, branco e azul e a legenda PREPAREM-SE, BRITÂNICOS escrita em letras enormes. O barbeiro da esquina chegara até a porta da loja para observar. Falei com ele. Era um cara de cabelo preto brilhante e um rosto sem expressão.

— O que esses garotos estão fazendo?

— É um ensaio de ataque aéreo — respondeu ele, vagamente. — Defesa Passiva. Tipo um treinamento. Aquela ali é a srta. Todgers.

Eu devia ter adivinhado que era a srta. Todgers. Dava para ver no seu olhar. Você sabe como é esse tipo de demônio velho com cabelo grisalho e uma cara defumada que é sempre encarregada de comandar destacamentos de meninas escoteiras, albergues da juventude e congêneres. Ela vestia um paletó e uma saia que se assemelhavam a um uniforme e passavam a nítida impressão de que estava usando um cinto Sam Browne,* embora, na verdade, não estivesse. Conheço esse tipo. Foi do Corpo Militar Auxiliar Feminino na guerra e desde então jamais teve qualquer diversão. Essa Defesa Passiva lhe caía como uma luva. Quando as crianças passaram, eu a ouvi comandá-las com um grito de sargento: "Mônica! Levante o pé do chão!", e vi que os últimos quatro levavam outro cartaz com a moldura em vermelho, branco e azul, em que se lia no meio:

ESTAMOS PRONTOS. E VOCÊ?

— Para que eles ficam marchando para cima e para baixo? — indaguei ao barbeiro.
— Sei lá. Acho que deve ser uma espécie de propaganda.
Eu sabia, claro. Mobilize as crianças em relação à guerra. Deem a todos nós a impressão de que não há como escapar dela, os bombardeiros estão chegando com a infalibilidade do Natal, então já para o porão sem discutir. Dois dos grandes aviões negros de Walton zumbiam acima, no extremo leste da cidade. Cristo!, pensei, quando começar, não haveremos de nos surpreender mais do que com uma chuvarada. Já estamos de ouvido atento à primeira bomba. O barbeiro prosseguiu dizendo que, graças ao esforço da srta. Todgers, os estudantes já haviam recebido suas máscaras de gás.

---

* Cinto de couro com uma alça que passa sobre o ombro direito, usado por soldados e policiais. (N. da T.)

Bom, comecei a explorar a cidade. Passei dois dias apenas perambulando em torno dos velhos pontos de referência, aqueles que pude identificar. E durante todo esse tempo jamais cruzei com uma alma que me conhecesse. Eu era um fantasma, e ainda que não fosse efetivamente invisível, era assim que me sentia.

Foi estranho, mais estranho do que sou capaz de descrever. Você já leu um conto de H. G. Wells sobre um cara que estava em dois lugares ao mesmo tempo — ou seja, na verdade estava em casa, mas tinha uma espécie de alucinação em que ali era o fundo do mar? Andava pela sala, mas, em lugar das mesas e cadeiras, via as algas ondulando e os grandes caranguejos e lulas tentando pegá-lo. Durante horas eu vagara por um mundo que não estava lá. Contava meus passos na calçada e pensava: "Sim, aqui é onde começa o pasto de fulano. A cerca atravessa a rua e atravessa aquela casa. A bomba de gasolina na verdade é um olmo. E esta é a cerca dos lotes. E esta rua (uma pequena e lúgubre fileira de casas geminadas chamada de Cumberlegde Road, me lembro) era o caminho que a gente costumava fazer com Katie Simmons, e em ambos os lados cresciam nogueiras." Sem dúvida, eu estava errado quanto às distâncias, mas basicamente as direções eram as certas. Não creio que alguém que não tivesse nascido ali acreditaria que essas ruas eram campos há vinte anos apenas. Parecia que o interior fora enterrado por uma erupção vulcânica vinda da periferia. Quase tudo que antes era a propriedade do velho Brewer havia sido engolido pelo conjunto habitacional municipal. A fazenda do moinho sumira, o lago para gado onde pesquei meu primeiro peixe tinha sido drenado, aterrado e estava cheio de construções, de modo que nem dava para saber exatamente onde ficava no passado. Existiam somente casas e mais casas, pequenos cubos vermelhos todos iguais com cercas vivas e caminhos de asfalto até a porta da frente. Para além do conjunto habitacional, a cidade encolhia um pouco, mas os construtores de moradias baratas vinham se esforçando. E também havia pequenos núcleos de casas salpicados aqui e acolá, onde quer que alguém tivesse conseguido comprar um terreno, estradas improvisadas que levavam às casas e lotes vazios com placas de construtores e pedaços de campos abandonados cobertos de mato e latas descartadas.

No centro da cidade velha, por outro lado, as coisas não haviam mudado muito, no que tange aos prédios. Boa parte das lojas ainda comercializava os mesmos produtos, embora os nomes fossem diferentes. A Lilywhite's continuava a ser uma loja de tecidos, mas não parecia muito próspera. A que antes pertencia a Gravitt, o açougueiro, agora vendia componentes de rádio. A pequena vitrine da sra. Wheeler tinha sido fechada com tijolos. A Grimmett ainda era uma mercearia, mas pertencia agora ao grupo International. Isso dá uma ideia do poder desses grandes conglomerados, capazes de engolir até mesmo um velho pão-duro como Grimmett. Mas pelo que conheço dele — sem falar naquela lápide chamativa no cemitério da igreja — aposto que saltou fora enquanto ia bem e levou para o céu com ele entre dez e 15 mil libras. A única loja que continuava nas mesmas mãos era o Sarazins', o pessoal que arruinou meu pai. Adquirira proporções enormes e contava com uma imensa filial na parte nova da cidade, mas partira para uma espécie de armazém geral e vendia móveis, remédios, cutelaria e ferragens, bem como utensílios de jardinagem.

Durante dois dias quase inteiros, perambulei pela cidade, sem gemer nem arrastar correntes, mas às vezes tentado a fazê-lo. Também estava bebendo mais do que seria saudável para mim. Praticamente assim que cheguei a Lower Binfield comecei a encher a cara, e depois disso os pubs quase nunca pareciam abrir cedo demais. Minha língua já estava seca meia hora antes do horário de abertura.

Veja bem, meu humor não era o mesmo o tempo todo. Às vezes eu tinha a impressão de não dar a mínima para o fato de Lower Binfield ter sido obliterada. Afinal, para que eu fora até lá, salvo para me afastar da família? Não havia motivo para deixar de fazer as coisas que eu queria, inclusive pescar se me desse vontade. Na tarde de sábado, fui até a loja de equipamento de pesca na High Street e comprei uma vara de bambu (sempre desejei uma dessas quando era menino — custam um pouco mais que as de coração-verde) e anzóis, iscas e todo o resto. A atmosfera da loja me animou. Tudo pode mudar, mas equipamentos de pesca não mudam — porque, claro, os peixes também não mudam. E o lojista não viu nada de mais num gordo de meia-idade comprar uma vara de pesca. Ao contrário, tivemos uma conversinha sobre a pesca no rio Tâmisa e o baita ciprinídeo que alguém pegara no ano anterior com uma pasta feita de pão preto, mel e picadinho de coelho cozido. Cheguei mesmo — embora sem lhe dizer para o que o queria, já que até para mim era difícil admiti-lo — a comprar a linha de pesca mais resistente para salmões, bem como alguns anzóis nº 5, de olho naquelas carpas grandonas da Binfield House, caso ainda estivessem por lá.

Passei boa parte da manhã de domingo debatendo mentalmente: devia ou não ir pescar? Num momento eu pensava "por que não?". E no momento seguinte me parecia ser apenas uma daquelas coisas com que sonhamos e jamais fazemos. Mas à tarde peguei o carro e fui até Burford Weir. Achei que daria apenas uma olhada no rio e no dia seguinte, se o tempo estivesse bom, talvez levasse minha nova vara de pesca e vestisse o velho paletó e a calça cinza de flanela que estavam na mala para aproveitar um bom dia de pescaria. Ou três ou quatro, se me aprouvesse.

Dirigi até Chamford Hill. No sopé do morro, a estrada faz um desvio e corre paralela ao passeio da orla. Desci do carro e caminhei. Ah! Um aglomerado de pequenos bangalôs vermelhos e brancos brotara ao lado da estrada. Deveria ter previsto, claro. E parecia haver um monte de carros estacionados. Quando me aproximei do rio ouvi o som — sim, aquele som! — de gramofones.

Fiz a curva e me deparei com o passeio da orla. Cristo! Mais um choque. O lugar estava coalhado de gente. E onde antes ficava a várzea haviam brotado confeitarias, máquinas caça-níqueis, quiosques de doces e sujeitos vendendo sorvete Walls. Era como estar em Margate.*

---

* Cidade litorânea no sudeste da Inglaterra. (N. da T.)

Eu me lembro do velho passeio da orla. Dava para caminhar ali por quilômetros e, com exceção dos vigias nas comportas e vez por outra um barqueiro caminhando devagar atrás do seu cavalo, jamais se via vivalma. Quando íamos pescar, sempre tínhamos o lugar só para nós. Em várias ocasiões fiquei sentado lá uma tarde inteira, e uma garça podia permanecer na parte rasa, a cinquenta metros da margem, pois durante três ou quatro horas seguidas não aparecia pessoa alguma para espantá-la. Mas de onde tirei a ideia de que homens adultos não pescam? Por todo lado nas margens, tanto quanto eu conseguia ver em ambas as direções, havia uma corrente contínua de pescadores, postados a cinco metros uns dos outros. Perguntei-me como teriam todos chegado lá, até me dar conta de que deveria haver algum clube de pesca ou algo do gênero por ali. E o rio estava cheio de barcos — barcos a remo, canoas, botes, lanchas a motor — cheios de jovens idiotas praticamente pelados, todos gritando e fazendo algazarra, a maioria carregando um gramofone a bordo também. As boias dos infelizes que tentavam pescar oscilavam para cima e para baixo ao sabor das marolas dos barcos a motor.

    Caminhei um pouco. A água estava barrenta e agitada, a despeito do dia bonito. Ninguém pescava coisa alguma, nem mesmo vairões. Perguntei-me se nutriam alguma expectativa quanto a isso. Uma multidão como aquela bastaria para assustar qualquer peixe criado por Deus. Na verdade, porém, enquanto observava as boias balançarem entre os copinhos de sorvete e os sacos de papel, tive dúvidas sobre se haveria peixes para serem pescados. Ainda existem peixes no rio Tâmisa? Suponho que sim. Mesmo assim, juro que a água do Tâmisa não é mais como a de antigamente. A cor é bem diferente. Claro que você vai pensar que não passa de imaginação da minha parte, mas garanto que não é isso. Sei que a água mudou. Lembro como a água do Tâmisa era antes, de um verde luminoso que nos deixava ver as profundezas e cardumes de escalos que deslizavam sob a superfície. Não era possível ver dois palmos abaixo da água agora. Tudo marrom e sujo, com uma camada de óleo deixada pelos barcos a motor, sem falar nas guimbas de cigarro e nos sacos de papel.

Passado um tempo, dei meia-volta. Não suportei mais o barulho dos gramofones. *Claro, era sábado*, pensei. Talvez não fosse tão ruim num dia de semana. Mas, afinal, eu sabia que jamais poria os pés novamente lá. Que apodreçam no inferno, que fiquem com a droga do rio. Onde quer que eu vá pescar não será no rio Tâmisa.

A multidão me atropelava. Uma multidão de malditos forasteiros e quase todos jovens. Rapazes e moças circulavam alegremente em duplas. Um bando de garotas passou por mim, usando calças boca de sino e quepes brancos como os da Marinha americana, com slogans pintados. Uma delas, devia ter uns 17 anos, estampava no seu POR FAVOR, ME BEIJE. Eu não me recusaria. Num impulso, de repente me virei e me apoiei numa das máquinas que leem a sorte. Ouvi um clique lá dentro — você sabe como elas funcionam: leem a sua sorte e dizem o seu peso — e dela saiu um cartão datilografado.

"Você é dono de talentos excepcionais", li, "mas devido à modéstia excessiva jamais recebeu sua recompensa. Os que o cercam subestimam sua capacidade. Você aprecia em demasia ficar à margem e deixar que outros levem o crédito pelo que você fez. É sensível, afetuoso e sempre leal com seus amigos. Você exerce uma profunda atração sobre o sexo oposto. Seu maior defeito é a generosidade. Persevere, pois você vai longe!

"Peso: 88 quilos e novecentos gramas."

Eu ganhara um quilo e meio nos últimos três dias, notei. Provavelmente por causa da cerveja.

4

Dirigi de volta ao George, larguei o carro na garagem e tomei uma tardia xícara de chá. Como era domingo, o bar levaria mais uma ou duas horas para abrir. Na temperatura fresca do finzinho do dia, saí e caminhei em direção à igreja.

Eu atravessava a praça do mercado quando notei que uma mulher andava um pouquinho adiante de mim. Assim que pus os olhos nela, tive a peculiar impressão de já tê-la visto em algum lugar. Você conhece essa sensação. Não conseguia ver seu rosto, claro, e com o acesso restrito às suas costas, nada havia que me possibilitasse identificá-la. Mesmo assim, eu podia jurar que a conhecia.

Ela subiu a High Street e entrou numa das ruas laterais à direita, a rua onde ficava a loja de tio Ezequiel. Eu a segui. Não sei exatamente por quê — em parte por curiosidade, talvez, e em parte por precaução. Meu primeiro pensamento foi que ali estava, finalmente, alguém que eu conhecera nos velhos tempos de Lower Binfield, mas quase no mesmo instante me ocorreu que era igualmente provável que fosse uma pessoa de West Bletchley. Nesse caso, eu precisaria tomar cuidado, porque se a mulher descobrisse que eu estava ali, possivelmente a informação chegaria até Hilda. Por isso, eu a segui com cautela, mantendo uma distância segura e examinando-a pelas costas tanto quando podia. Nada havia que chamasse a atenção. Tratava-se de uma mulher meio alta, meio gorda, com quarenta ou cinquenta anos, usando um vestido preto surrado. Não usava chapéu, como se tivesse dado uma saidinha rápida de casa, e a maneira como andava passava a impressão de que os sapatos estavam com os saltos gastos. No todo, dera a leve impressão de ser uma mulher da vida. Ainda assim, não havia coisa alguma para identificar, salvo um quê que me pareceu familiar. Talvez fosse algo em seus movimentos. A mulher entrou numa pequena papelaria que também vendia balas, o tipo de lojinha que sempre fica aberta aos domingos. A proprietária estava de pé na entrada, mexendo no mostruário de cartões-postais. A mulher que eu seguia parou para jogar conversa fora.

Parei também, assim que consegui encontrar uma vitrine que eu pudesse fingir examinar. Era de material de banheiro e decoração em geral, e várias amostras de papel de parede e torneiras estavam expostas. A essa altura, eu estava a 15 metros das duas. Podia ouvir suas vozes trocando frases numa dessas conversas fiadas que as mulheres têm quando estão apenas passando o tempo. "Sim, é isso mesmo. É lá mesmo. Eu mesma disse a ele: 'Ora, você esperava o quê?' Não parece direito, parece? Mas não adianta. É como falar com uma parede. Uma vergonha!", e daí em diante a mesma lenga-lenga. Comecei a entender melhor. Obviamente a mulher que eu seguira era esposa de um pequeno lojista, como a outra. Eu estava justamente me perguntando se ela não seria uma das pessoas que eu conhecera em Lower Binfield, quando ela se virou quase que para mim e vi três quartos do seu rosto. E meu Deus! Era Elsie!

Sim, era Elsie. Sem chance de erro. Elsie! Aquela bruaca gorda!

Levei tamanho choque — não, veja bem, por tê-la reconhecido, mas por ver que ela ficara daquele jeito — que durante um momento minha visão oscilou. As torneiras de bronze e as pias de porcelana e o resto me pareceram desaparecer aos poucos, de modo que eu as via e não as via ao mesmo tempo. Igualmente por um instante, senti um medo mortal de que ela me reconhecesse. Mas olhando diretamente para mim, não mostrou sinal algum de reconhecimento. Mais um instante, ela se virou e seguiu em frente. Mais uma vez, eu a segui. Era perigoso, ela podia me flagrar seguindo-a e começar a se perguntar quem eu era, mas eu precisava dar outra olhada. O fato é que senti um terrível fascínio. De certa forma, eu a observara antes, mas agora eu a observava com olhos bem diferentes.

Era horrível, e ainda assim senti uma espécie de interesse científico em estudar suas costas. É assustador o que 24 anos podem fazer a uma mulher. Vinte e quatro anos apenas, e a moça que a gente conheceu, com a pele alva como leite, a boca vermelha e o cabelo quase dourado, se transformara nessa bruaca de ombros largos, tropeçando com seus sapatos de saltos desgastados. Fiquei muito feliz por ser homem. Nenhum homem decai tão completamente assim. Sou gordo, tudo bem. Não estou em boa forma, você pode dizer. Mas pelo menos TENHO forma. Elsie sequer estava especialmente gorda, mas simplesmente não tinha forma. Coisas horrendas haviam acontecido com seus quadris. Quanto à cintura, sumira. Ela não passava de um cilindro irregular, como uma saca de farinha.

Eu a segui durante um bom tempo, para fora da cidade velha e através de um monte de ruazinhas feias que me eram desconhecidas. Por fim, ela entrou numa outra loja. Pela maneira como entrou, obviamente a loja era sua. Parei um instante em frente à vitrine. "G. Cookson, Doces e Tabaco". Elsie era a sra. Cookson. A lojinha suja e mal-ajambrada se parecia muito com a outra em que ela parara antes, só que menor e em condições bem piores. Parecia não vender nada além de tabaco e do tipo mais barato de doces. Imaginei o que eu poderia comprar que levasse um ou dois minutos. Então, vi alguns cachimbos baratos na vitrine e entrei. Precisei acalmar um pouco os nervos antes, porque seria preciso mentir bastante, se por acaso ela me reconhecesse.

Elsie desaparecera no cômodo atrás da loja, mas voltou quando bati no balcão. Ficamos cara a cara. Ah!, nenhum sinal. Ela não me reconheceu. Apenas me olhou como eles olham para qualquer freguês. Você conhece o jeito como esses pequenos lojistas olham para a gente — com total falta de interesse.

Era a primeira vez que via por completo seu rosto, e embora eu mais ou menos esperasse o que vi, levei um choque quase tão grande quanto o que senti no momento em que a reconheci. Suponho que, quando olhamos o rosto de alguém jovem, até mesmo de uma criança, sejamos capazes de antecipar qual será a sua aparência ao envelhecer. É tudo uma questão de estrutura óssea. Mas, se tivessem me perguntado, quando eu tinha vinte anos e ela, 22, como seria Elsie aos 47, nunca imaginaria que ela um dia pudesse ficar ASSIM. O rosto todo despencara, como se tivesse sido puxado para baixo. Sabe aquele tipo de mulher de meia-idade cujo rosto lembra a cara de um buldogue? Mandíbulas salientes, a boca curvada nos cantos, olhos encovados com bolsas embaixo. Exatamente como um buldogue. E ainda assim era o mesmo rosto, eu o reconheceria em meio a um milhão. O cabelo não estava de todo grisalho, tinha uma cor suja e escasseara bastante. Para ela, eu era um desconhecido. Não passava de um freguês, um estranho, um gordo desinteressante. É curioso o que um ou dois dedos de gordura podem fazer. Me pergunto se mudei ainda mais que ela, ou se foi apenas porque ela não esperava me ver, ou se — sendo essa a explicação mais provável — ela simplesmente se esquecera da minha existência.

— 'Noite — disse ela, naquele tom apático comum a esses comerciantes.

— Eu queria um cachimbo — falei num tom monocórdio. — Um cachimbo de madeira.

— Um cachimbo. Hum... Sei que temos cachimbos em algum lugar. Onde foi que eu... Ah! Aqui estão.

Pegou uma caixa de papelão cheia de cachimbos que estava sob o balcão. Como seu jeito de falar piorara! Ou talvez fosse apenas imaginação minha, já que o meu padrão melhorara. Não, ela costumava ser tão "superior", todas as moças da Lilywhite eram tão "superiores", e fazia parte do Círculo de Leitura do vigário. Juro que não costumava falar assim. É estranho como essas mulheres desabam quando se casam. Remexi um instante na caixa e fingi examinar os cachimbos. Finalmente disse que queria um com boquilha de âmbar.

— Âmbar? Acho que não temos nenhum... — respondeu, virando-se para os fundos da loja e gritando: — George!

Então, o nome do outro também era George. Um ruído que soou como "Hã?" veio dos fundos da loja.

— George! Onde você botou a outra caixa de cachimbos?

George apareceu. Era um sujeito baixo e atarracado, em mangas de camisa, careca e com um bigode basto e ruivo. O queixo se mexia de um jeito ruminante. Obviamente havia sido interrompido enquanto jantava. Os dois começaram a revirar tudo em busca da outra caixa de cachimbos. Demoraram cinco minutos para encontrá-la atrás de alguns potes de balas. É incrível a quantidade de lixo que eles conseguem acumular nessas lojinhas mequetrefes em que o estoque inteiro não vale mais que cinquenta libras.

Observei enquanto Elsie remexia no lixo e resmungava para si mesma. Você sabe como são aqueles movimentos letárgicos, com os ombros encurvados, de uma velha que perdeu alguma coisa. Não adianta tentar descrever o que senti. Uma desolação mortal. Não é possível imaginá-la sem jamais tê-la sentido. Tudo que posso dizer é que, se algum dia houve uma moça de quem você gostou 25 anos atrás, volte lá e dê uma olhada nela. Talvez então você entenda a que me refiro.

Com efeito, porém, o principal pensamento que ocupava minha mente era como as coisas acabam sendo tão diferentes do esperado. Como eu me esbaldara com Elsie! As noites de julho sob os castanheiros! Não seria de supor que isso deixasse um certo pós-efeito na memória? Quem haveria de imaginar que chegaria o dia em que não restasse qualquer resquício de sentimento entre nós? Ali estava eu e ali estava ela, nossos corpos a um metro de distância talvez, e éramos tão estranhos um para o outro quanto se jamais tivéssemos nos conhecido. Ela nem ao menos me reconheceu. Se eu lhe dissesse quem sou, muito provavelmente Elsie não se lembraria. E, caso se lembrasse, o que sentiria? Nada. Provavelmente se zangaria porque eu agira mal com ela. Foi como se a coisa toda jamais tivesse acontecido.

E, por outro lado, quem haveria de prever que Elsie terminaria assim? Ela parecia o tipo de garota destinada a se perder na vida. Sei que houve no mínimo um outro homem antes que eu a conhecesse, e é seguro apostar na existência de outros entre mim e o segundo George. Não me causaria surpresa descobrir que ao todo tenha havido uma dúzia. Eu a tratei mal, sem dúvida, e muitas vezes esse pensamento me incomodou por uma meia hora. Ela acabaria nas ruas, eu costumava pensar, ou poria a cabeça dentro do forno a gás. E às vezes eu me sentia meio canalha, embora em outras refletisse (o que era a pura verdade) que se não fosse eu teria sido outro em meu lugar. Mas a gente sabe como as coisas acontecem, a forma como costumam não fazer qualquer sentido. Quantas mulheres efetivamente acabam nas ruas? Um número bem maior acaba no rolo compressor da rotina. Ela não se desviara, mas também não acertara o caminho. Apenas terminara como todo mundo, uma velha gorda tocando uma lojinha mequetrefe com aquele George do bigode ruivo para chamar de marido. Provavelmente tinha um monte de filhos. Sra. George Cookson. Viveu dignamente e deixou saudade ao morrer — e talvez morresse sem falir, caso desse sorte.

Os dois encontraram a caixa de cachimbos. Claro que não havia nela nenhum com boquilha de âmbar.

— Lamento, mas acho que não temos nenhum com âmbar no momento. Âmbar, não. Mas temos alguns bem bonitos de ebonite.

— Eu queria com âmbar — falei.

— Temos cachimbos bem bons — disse ela, tirando um deles da caixa. — Esse é um cachimbo bonito, olhe. Custa meia coroa.

Peguei o cachimbo. Nossos dedos se tocaram. Nenhum clique, nenhuma reação. O corpo não se lembra. E suponho que você ache que comprei o cachimbo, em honra aos velhos tempos, a fim de pôr meia coroa no bolso de Elsie. Nada disso. Eu não queria aquele troço. Não fumo cachimbo. Minha intenção fora tão somente arrumar um pretexto para entrar na loja. Examinei-o um instante entre os dedos e depois o pousei no balcão.

— Não faz mal, obrigado. Por favor, um maço pequeno de Players.

Precisava comprar alguma coisa, depois de todo aquele incômodo. George II, ou talvez George III ou IV, pegou um maço de Players, ainda ruminando atrás do bigode. Dava para ver seu mau humor por ter sido interrompido à toa enquanto jantava. Mas me pareceu demasiado idiota desperdiçar meia coroa. Saí da loja, e aquela foi a última vez que vi Elsie.

Voltei para o George e jantei. Depois saí com uma vaga intenção de ir ao cinema, se algum estivesse aberto, mas em vez disso acabei em um dos pubs grandes e barulhentos na parte nova da cidade. Lá esbarrei numa dupla de sujeitos de Staffordshire que viajava representando um fabricante de talheres e conversamos sobre a situação do comércio, jogamos dardos e bebemos Guinness. Na hora de fechar o pub, os dois estavam tão bêbados que precisei levá-los para casa de táxi. Eu também estava um pouco alto e na manhã seguinte acordei com uma baita ressaca.

5

Mas eu precisava ver a lagoa na Binfield House.

Eu realmente estava mal naquela manhã. A verdade é que desde o momento em que ancorara em Lower Binfield eu vinha bebendo quase continuamente da hora da abertura até a do fechamento dos pubs. O motivo, embora não tivesse me ocorrido até aquele minuto, era que nada havia para fazer ali além de beber. Esse era o resumo da minha viagem até então — três dias enchendo a cara.

Como acontecera na manhã anterior, me arrastei até a janela e observei os chapéus-coco e bonés de escola indo e vindo lá embaixo. *Meus inimigos*, pensei. O exército conquistador que saqueou a cidade e cobriu as ruínas com guimbas de cigarro e sacos de papel. Eu me perguntei por que me importava. Você deve achar, me atrevo a dizer, que se levei um choque ao ver Lower Binfield inchada a ponto de parecer uma espécie de Dagenham foi porque não me agrada ver o mundo ficar mais populoso e o campo ser transformado em cidade. Mas não é absolutamente isso. Não me incomoda o crescimento das cidades, desde que elas cresçam e não meramente se espalhem como gordura numa toalha de mesa. Sei que as pessoas precisam ter onde morar e que se uma fábrica não se instalar num lugar haverá de se instalar noutro. Quanto à aparência pitoresca, os ambientes falsamente rústicos, os revestimentos de madeira, os pratos de estanho, as panelas de cobre e o restante, tudo que sinto é vontade de vomitar. O que quer que tenhamos sido nos velhos tempos, não éramos pitorescos. Mamãe jamais veria qualquer sentido nas antiguidades com que Wendy enchera a nossa casa. Ela não gostava de mesas *gateleg* — dizia que "prendiam as pernas da gente". Quanto ao estanho, não admitia que entrasse em casa. "Uma coisa gordurosa horrível", rotulava. No entanto, digam o que disserem, tínhamos algo naquela época que não temos hoje, algo que provavelmente não se pode ter numa lanchonete moderna com o rádio ligado. Eu voltara em busca disso e não encontrara. Mesmo assim, de certa forma eu meio que acreditava em sua existência mesmo agora, quando ainda não pusera a dentadura e meu estômago ansiava por uma aspirina e uma xícara de chá.

E isso me levou a pensar novamente na lagoa da Binfield House. Depois de ver o que haviam feito à cidade, fui tomado pela sensação que só pode ser descrita como medo de ir verificar se a lagoa ainda existia. No entanto, quem sabe? Não dava para adivinhar. A cidade estava esmagada sob tijolos vermelhos, nossa casa, cheia de Wendy e seus cacarecos, o rio Tâmisa, contaminado por óleo de motor e sacos de papel. Mas talvez a lagoa ainda estivesse lá, com os grandes peixes negros ainda circulando sob a água. Talvez até continuasse escondida no mato e daquele dia até agora ninguém houvesse descoberto sua existência. Era bastante possível, visto que o mato era denso, cheio de amoreiras e mato podre (as faias cediam espaço aos olmos naquele lugar, o que tornava a vegetação rasteira mais espessa), o que desestimulava a maioria das pessoas a se aventurar ali. Coisas mais estranhas acontecem.

Só fui sair lá pelo final da tarde. Devia ser umas quatro e meia quando tirei o carro da garagem e peguei a estrada para Upper Binfield. A meio caminho do topo do morro, as casas ficavam mais esparsas e cessavam de todo onde as faias começavam. A estrada se bifurca por ali e tomei a direita, com a intenção de fazer um retorno e voltar até a Binfield House pela estrada. Mas logo parei para dar uma olhada no bosque através do qual eu passava. As faias estavam iguaizinhas. Nossa, pareciam as mesmas! Encostei o carro sobre um pedaço de grama ao lado da estrada, sob uma pequena pedreira de cascalho, desci e caminhei. Tudo igual. A mesma quietude, os mesmos tapetes de folhas secas que aparentemente enfrentavam anos e anos sem apodrecer. Não havia sinal de criatura alguma, salvo os passarinhos no topo das árvores onde não podiam ser vistos. Não era fácil acreditar que a enorme barafunda ruidosa de uma cidade estava a menos cinco quilômetros de distância. Comecei a abrir caminho em meio ao pequeno bosque, em direção à Binfield House. Eu me lembrava vagamente do rumo das trilhas. Meu Deus! Sim! O mesmo buraco de calcário que vi quando lá estiva com a Mão Negra e atiramos com estilingues e Sid Lovegrove nos contou como nasciam os bebês no dia em que pesquei meu primeiro peixe, quase quarenta anos atrás!

Conforme as árvores escasseavam novamente, era possível ver a outra estrada e o muro da Binfield House. A velha cerca de madeira podre sumira, claro, e estavam erguendo um muro alto de tijolos com travas no topo, como se espera ver cercando um hospício. Eu refletira durante algum tempo sobre como fazer para entrar na Binfield House até que finalmente decidi que diria apenas que a minha esposa estava louca e eu, em busca de um lugar para interná-la. Depois disso, o pessoal decerto se disporia a me mostrar a propriedade. Em meu novo terno, eu provavelmente parecia próspero o bastante para internar a esposa em uma clínica psiquiátrica particular. Só quando eu já estava efetivamente no portão me ocorreu pensar se a lagoa ainda se encontrava dentro da propriedade.

O velho terreno da Binfield House media uns vinte hectares, suponho, e a parte que abrigava o hospício provavelmente não tinha mais que três ou quatro. Eles não haveriam de querer uma imensa piscina para os malucos se afogarem. O bangalô, onde o velho Hodges morava, continuava o mesmo, mas o muro de tijolos amarelos e os grandes portões de ferro eram novos. Pela olhadela que dei através das grades, eu não reconheceria o lugar. Caminhos de cascalho, floreiras, gramados e alguns sujeitos de olhar vago perambulando — loucos, suponho. Subi a estrada em direção à direita. A lagoa — a lagoa grande, onde eu costumava pescar — ficava a uns cem ou duzentos metros além da casa. Devo ter andado uns cem até chegar à esquina do muro, o que me levou a deduzir que a outra lagoa não pertencia ao terreno. As árvores pareciam ter encolhido bastante. Ouvi vozes de crianças. E, Deus do céu! Lá estava a lagoa.

Parei um instante, matutando sobre o que acontecera com ela. Então vi: todas as árvores haviam sumido do entorno. Tudo parecia descampado e diferente, na verdade incrivelmente parecido com o lago em Kensington Gardens. Crianças brincavam em volta, com barquinhos a vela e a remo, e um punhado de outras, mais velhas, circulavam em pequenas canoas que se pode manejar girando uma manivela. À esquerda, onde antes ficava a casa de barcos meio apodrecida em meio aos bambus, vi uma espécie de pavilhão com um quiosque de doces e uma enorme placa branca com os dizeres: CLUBE DE MODELISMO NÁUTICO DE UPPER BINFIELD.

Olhei para a direita. Casas, casas e mais casas. Dava a impressão de se tratar de um subúrbio abastado distante do centro da cidade. Toda a mata que antes existia além da lagoa e era tão densa que parecia uma selva tropical fora derrubada. Apenas uns grupos de árvores ainda continuavam de pé em torno das casas, que tinham aparência sofisticada, formando mais uma daquelas colônias Tudor de imitação como a que eu vira no primeiro dia do alto de Chamford Hill, só que mais elaborada. Que idiota eu fui de imaginar que esses bosques continuariam os mesmos. Entendi a situação. Havia não mais que um pedacinho de bosque, dois hectares talvez, que não fora ceifado, e por mera casualidade eu o atravessara para chegar até ali. Upper Binfield, que não passava de um nome nos velhos tempos, crescera e se tornara uma cidade de porte decente. Na verdade, era agora um bairro afastado de Lower Binfield.

Me aproximei da beira da lagoa. As crianças espadanavam água e faziam uma algazarra dos diabos. Tive a impressão de ver enxames delas. A água era meio morta. Nenhum peixe nadava ali agora. Um sujeito vigiava as crianças. Era meio velhusco, careca, com uns tufos de cabelo branco, usava um pincenê e tinha um rosto bronzeado. Havia algo vagamente estranho em sua aparência. Usava short e sandálias e uma daquelas camisas de acetato sem colarinho, notei, mas o que me impressionou de verdade foi a expressão em seus olhos. Ele tinha olhos muito azuis, do tipo que cintila através dos óculos. Dava para perceber que era um daqueles velhos que jamais se tornam adultos. Ou são fanáticos por comida saudável ou têm algo a ver com os escoteiros — de um ou de outro jeito, são adeptos da natureza e de atividades ao ar livre. Olhava para mim como se estivesse com vontade de conversar.

— Upper Binfield cresceu um bocado — falei.

Seu olhar cintilou na minha direção.

— Cresceu? Meu caro senhor, jamais permitiremos que Upper Binfield cresça. Temos orgulho de ser um grupo excepcional aqui em cima, acredite. Uma pequena colônia só nossa, exclusiva. Não há intrusos!

— Eu quis dizer em comparação ao pré-guerra — insisti. — Morei aqui na infância.

— Ah! Sem dúvida. Isso foi antes da minha época, claro, mas a Sociedade Empreendedora Upper Binfield é especial em termos de construção de propriedades. Somos praticamente um mundo particular. Tudo foi planejado pelo jovem Edward Watkin, o arquiteto. Naturalmente, o senhor já ouviu falar dele. Moramos no meio da natureza aqui em cima. Não temos contato com a cidade lá embaixo — explicou, estendendo o braço na direção de Lower Binfield —, os sinistros moinhos satânicos!*

---

* Alusão ao poema *Jerusalem*, de William Blake, em que, segundo a interpretação mais comum, o poeta infere que uma visita de Jesus à Inglaterra instalaria por breve período o paraíso no país, em contraste com "os sinistros moinhos satânicos" da Revolução Industrial. (N. da T.)

Ele tinha uma risadinha benevolente e um jeito de enrugar o rosto que lembrava um coelho. Imediatamente, como se eu lhe tivesse perguntado, começou a me contar tudo sobre o Conjunto Upper Binfield e o jovem Edward Watkin, o arquiteto, que tinha um imenso apreço pelo estilo Tudor e era um sujeito ótimo para encontrar vigas genuinamente elizabetanas em velhas fazendas e comprá-las por preços módicos. E um jovem assim tão interessante era a alegria das festas nudistas. Repetiu várias vezes que os moradores de Upper Binfield eram gente excepcional, bem diferente dos habitantes de Lower Binfield, e se interessava pelo aprimoramento do campo em lugar de degradá-lo (uso precisamente o termo que ele empregou), e não havia um único pub no Conjunto.

— Falam das Cidades Jardins deles, mas chamamos Upper Binfield de Cidade Bosque! Natureza! — Apontou para o que sobrara das árvores. — A floresta virgem vicejante à nossa volta. Nossos jovens crescem em meio a um cenário de beleza natural. Somos quase todos indivíduos esclarecidos, claro. Dá para acreditar que três quartos de nós são vegetarianos? Os açougueiros locais não são nossos fãs, é claro! E tem gente muito importante morando aqui. A srta. Helena Thurloe, a romancista, o senhor já ouviu falar dela, claro. E o professor Woad, o pesquisador da paranormalidade. Que criatura poética! Ele se embrenha na mata e a família não consegue encontrá-lo na hora das refeições. Diz que passeia com as fadas. O senhor acredita em fadas? Devo admitir que sou um pouquinho cético. Mas as fotografias dele são convincentes.

Comecei a me perguntar se o sujeito não seria um fugitivo da Binfield House. Mas não, o cara era são, à sua maneira. Eu conhecia o tipo: vegetariano, amante da vida simples, da poesia, adorador da natureza, adepto de rolar na grama orvalhada antes do café da manhã. Eu encontrara alguns deles anos antes em Ealing. Resolveu, então, me mostrar o lugar. Nada sobrara dos bosques. Só havia casas e mais casas — e que casas! Sabe essas casas em falso estilo Tudor com os telhados ondulados e pilares que não servem de suporte para coisa alguma e os jardins de pedra com bebedouros de pássaros de concreto e os anõezinhos vermelhos de gesso que podem ser comprados no florista? Dava para ver mentalmente uma gangue terrível de fanáticos por comida saudável, caçadores de gnomos e amantes da vida simples com renda de mil libras por ano que moravam ali. Até as calçadas eram esquisitas. Não me deixei levar muito longe. Algumas daquelas casas me fizeram desejar ter uma granada no bolso. Tentei diminuir seu entusiasmo perguntando se os moradores não se incomodavam de viver tão perto da clínica psiquiátrica, mas não surtiu muito efeito. Por fim, parei e disse:

— Antigamente havia outra lagoa, além da grande. Não deve ficar longe daqui.

— Outra lagoa? Decerto que não. Acho que nunca houve outra.

— Talvez tenha sido drenada — falei. — Era bem funda. Deixaria uma baita cratera.

Pela primeira vez, ele pareceu pouco à vontade. Coçou o nariz.

— Bom, claro que o senhor deve entender que a nossa vida aqui em cima é, sob certos aspectos, primitiva. A vida simples, sabe? Preferimos assim. Mas estar tão longe da cidade tem suas inconveniências, claro. Alguns dos nossos arranjos sanitários não são totalmente satisfatórios. O carro do lixo só passa uma vez por mês, acho.

— Quer dizer que vocês transformaram a lagoa num lixão?

— Bom, na verdade EXISTE algo em termos de um... — ele hesitou ante a palavra lixão. — Precisamos descartar latas e congêneres, claro. Logo ali, atrás daquele aglomerado de árvores.

Fomos até lá. Algumas árvores haviam sido deixadas para esconder o buraco. Mas, sim, ali estava ela. Era a minha lagoa, sem dúvida. A água fora drenada. Ficara um enorme buraco redondo, semelhante a um imenso poço, com vinte ou trinta pés de profundidade. Já estava pela metade de latas.

Fiquei parado olhando as latas.

— É uma pena ter sido drenada — falei. — Antigamente havia peixes enormes nessa lagoa.

— Peixes? Ah, eu nunca ouvi falar disso. Claro que não seria possível manter uma lagoa aqui no meio das casas. Os mosquitos, sabe? Mas isso foi antes do meu tempo.

— Suponho que essas casas tenham sido construídas há bastante tempo, não? — indaguei.

— Há uns dez ou 15 anos, acho.

— Conheci este lugar antes da guerra — esclareci. — Na época era tudo mato. Não havia casas, salvo a Binfield House. Mas aquele pedacinho de bosque ali daquele lado não mudou. Vim a pé por ele até aqui.

— Ah, aquilo! É sacrossanto. Decidimos jamais construir ali. É sagrado para os jovens. Natureza, o senhor sabe. — Ele piscou para mim, num olhar meio maroto, como se estivesse me contando um segredinho. — Nós o chamamos de Cantinho dos Duendes.

Cantinho dos Duendes. Livrei-me dele, voltei para o carro e desci para Lower Binfield. Cantinho dos Duendes. E tinham enchido a minha lagoa com latas. Que apodreçam e sejam postos para correr! Diga o que quiser — chame de tolice, infantilidade, o que for —, mas às vezes não lhe dá vontade de vomitar ao ver o que estão fazendo com a Inglaterra, com seus bebedouros de pássaros e gnomos de gesso e seus duendes e latas onde no passado ficavam os bosques?

Você me acha sentimental? Antissocial? Que eu não devia preferir árvores a homens? Pois eu digo que depende de que árvores e de que homens. Não que eu possa fazer algo a respeito, salvo desejar a eles um bom nó nas tripas.

Enquanto eu dirigia morro abaixo, pensei: chega dessa coisa de volta ao passado. De que adianta tentar revisitar os cenários da infância? Eles não existem. Um pouco de ar, por favor! Mas não existe ar nenhum. O lixão dentro do qual estamos chega até a estratosfera. De todo jeito, eu não me importava de verdade. Afinal, pensei, ainda tinha três dias. Vou aproveitar um pouco de paz e sossego e parar de me aborrecer com o que fizeram a Lower Binfield. Quando à ideia da pescaria — estava encerrada, claro. Pescar, imagine! Na minha idade! Hilda tinha razão.

Larguei o carro na garagem do George e entrei no saguão. Eram seis da tarde. Alguém ligara o rádio e o noticiário estava começando. Passei pela porta justo a tempo de ouvir as últimas palavras de um S.O.S. Isso me causou um choque, admito. Porque as palavras que ouvi foram:

"... onde sua esposa, Hilda Bowling, está gravemente enferma."

No instante seguinte, a voz pasteurizada prosseguiu: "Mais um S.O.S. Will Percival Chute, de quem se ouviu falar pela última vez..." Mas não esperei para ouvir mais nada. Apenas segui em frente. O que me fazia sentir bastante orgulho, quando pensava nisso depois, era que ao ouvir aquelas palavras saírem do alto-falante não bati uma pestana. Nem sequer diminuí o passo para deixar que alguém soubesse que eu era George Bowling, cuja esposa, Hilda Bowling, estava gravemente enferma.

A esposa do proprietário se encontrava no saguão e ela sabia que meu nome era Bowling, ou pelo menos se inteirara disso no registro da recepção. De resto, não havia pessoa alguma ali, salvo uma dupla de hóspedes do George, dupla essa que não fazia ideia de quem eu era. Mas mantive a calma. Não demonstrei qualquer nervosismo. Simplesmente entrei no bar privativo, que acabara de abrir, e pedi minha cerveja habitual.

Eu precisava refletir. Depois de tomar metade da minha cerveja, comecei a registrar a situação. Em primeiro lugar, Hilda não estava doente, com ou sem gravidade. Eu sabia disso. Ela estava perfeitamente bem quando eu partira, e não era a época do ano em que apareciam as viroses ou coisas do gênero. Aquilo era uma invenção. Mas por quê?

Provavelmente não passava de mais um de suas artimanhas. Entendi tudo. Ela descobrira de algum jeito — nunca subestime Hilda! — que eu não estava de fato em Birmingham, e esse era exatamente o meio de me fazer voltar para casa. Não aguentava imaginar que eu passaria mais tempo com outra. Porque, claro, ela tinha certeza de que eu estava com outra mulher. Não podia conceber algum outro motivo.

E naturalmente presumiu que eu voltaria correndo para casa assim que soubesse da sua doença.

Mas é aí que você se engana, pensei comigo mesmo enquanto terminava a cerveja. Sou demasiado esperto para ser pego desprevenido. Lembrei-me das artimanhas que Hilda já utilizara e do trabalho extraordinário a que se daria para me desmascarar. Houve mesmo uma ocasião, quando embarquei em alguma viagem sobre a qual ela teve suspeitas, que ela chegou a checar tudo com um guia dos horários de trem e um mapa rodoviário, apenas para saber se eu estava dizendo a verdade sobre os meus movimentos. E depois teve a vez em que ela me seguiu até Colchester e de repente me encurralou no Temperance Hotel. E daquela vez, infelizmente, ela acertara — ao menos existiam circunstâncias que levaram a crer nisso, embora não houvesse nada suspeito. Não desconfiei por um segundo que ela estivesse doente. Na verdade, eu sabia que ela não estava, embora não pudesse dizer exatamente como sabia disso.

Tomei outra cerveja e as coisas me pareceram melhores. Claro que haveria uma briga me aguardando em casa, mas a briga ocorreria de qualquer maneira. Eu ainda tinha três dias, pensei. Curiosamente, agora que tudo que eu fora procurar se revelara inexistente, a ideia de tirar umas férias me atraía ainda mais. Ficar longe de casa — isso era o melhor. Paz absoluta com os entes queridos distantes, como diz a canção. E de repente resolvi que IRIA dormir com uma mulher se quisesse. Seria bem feito para Hilda por ter a mente tão suja e, além do mais, qual o sentido de ser suspeito se a suspeita for infundada?

Mas, conforme a segunda cerveja fazia efeito, a situação começou a me divertir. Perguntei-me como ela dera conta do S.O.S. Não faço ideia de como funciona o processo. É preciso ter um atestado médico ou basta enviar o nome? Tive certeza de que aquela tal da Wheeler fora a mentora da coisa toda. Havia ali um toque dela.

Mas, de todo jeito, que audácia! O trabalho que as mulheres se dão! Às vezes não se pode evitar admirá-las.

6

Depois do café da manhã, caminhei até a praça do mercado. Era uma linda manhã, fresca e tranquila, com uma claridade pálida como vinho branco iluminando tudo. O aroma fresco da manhã se misturava ao cheiro do meu charuto. Mas de por detrás das casas vinha um zumbido, e de repente uma esquadrilha de grandes bombardeiros negros passou chispando no céu.

No instante seguinte, ouvi alguma coisa. E no mesmo instante, se por acaso estivesse lá, você teria uma situação interessante do que eu acredito se chame reflexo condicionado. Porque o que eu ouvi — sem qualquer possibilidade de erro — foi o zumbido de uma bomba. Fazia vinte anos que eu não ouvia uma coisa assim, mas ninguém precisaria me dizer o que era aquilo. E sem pensar racionalmente fiz a coisa certa. Eu me atirei no chão.

Aliás, fico feliz por você não ter me visto. Acredito que eu não fosse uma visão digna, esparramado na calçada como um rato quando se esgueira por baixo de uma porta. Ninguém mais havia reagido com metade da minha rapidez. Agi tão depressa que no átimo de segundo enquanto a bomba zumbia até cair cheguei a ter tempo de sentir medo de que tudo não passasse de um equívoco e eu fosse parecer um palhaço à toa.

Mas no momento seguinte... Ah!

BUMMM-BRRRR!

Um barulho como o Juízo Final, e depois o ruído como o de uma tonelada de carvão caindo sobre uma folha de alumínio. Eram tijolos caindo. Eu meio que me derreti na calçada. *Começou*, pensei. *Eu sabia! O velho Hitler não esperou. Simplesmente mandou seus bombardeiros sem aviso.*

No entanto, eis uma coisa peculiar: mesmo no eco daquele terrível e ensurdecedor ruído, que me congelou da cabeça aos pés, tive tempo de pensar que existe alguma imponência na explosão de um grande projétil. Qual é o som que se ouve? É difícil dizer, pois o que escutamos está misturado ao que tememos. Basicamente, a visão é de metal explodindo. É como se víssemos folhas de ferro se abrindo. Mas é peculiar a sensação que se tem de ser atirado de repente contra a realidade. Como ser despertado por alguém que despeja um balde d'água em cima da gente. Somos repentinamente arrancados dos nossos sonhos pelo estrépito de metal se rompendo, e é terrível, e é real.

Houve gritos e urros e também freadas súbitas de carros. A segunda bomba que eu estava esperando não caiu. Ergui um pouco a cabeça. Por todo lado parecia haver gente correndo e gritando. Um carro derrapava na diagonal, e ouvi a voz de uma mulher gritando, histérica: "Os alemães! Os alemães!" À direita, tive a vaga impressão de ver um rosto redondo e pálido, que me lembrou um saco de papel amassado, olhando de cima para mim. O dono do rosto indagou num tom vacilante:

— O que é isso? O que houve? O que estão fazendo?

— Começou — respondi. — Isso foi uma bomba. Deite no chão.

Mas a segunda bomba não caiu. Mais 15 segundos, mais ou menos, e ergui de novo a cabeça. Algumas pessoas continuavam a correr, outras estavam de pé como se grudadas ao solo. De algum lugar detrás das casas uma imensa neblina de poeira se ergueu e em meio a ela subia uma fumaça negra. Então, tive uma visão extraordinária. No outro extremo da praça do mercado, a High Street tem uma leve ladeira. E um rebanho de porcos vinha descendo essa pequena ladeira, numa espécie de enchente gigantesca de focinhos de porco. No instante seguinte, claro, percebi do que se tratava. Não eram porcos, definitivamente, mas a garotada da escola usando máscaras de gás. Suponho que corressem para algum porão onde lhes tivessem dito para se abrigarem em caso de bombardeios aéreos. Na retaguarda, cheguei a notar um porco mais alto que provavelmente era a srta. Todgers. Mas garanto a você que por um instante todos eles pareceram direitinho com um rebanho de porcos.

Ah, sim, você tem razão, claro. Não era, afinal, um avião alemão. A guerra não eclodira. Fora apenas um acidente. Os aviões estavam fazendo treinamento com bombas — ao menos levavam bombas — e alguém acionara por engano a alavanca errada. Faço votos de que tenha levado uma bela reprimenda. Quando o chefe dos Correios ligou para Londres para saber se começara a guerra e lhe responderam que não, todos entenderam que havia sido um acidente. Houve, porém, um intervalo de tempo, algo entre um e cinco minutos, em que vários milhares de pessoas acreditaram que estivéssemos em guerra. Ainda bem que não durou mais tempo. Mais 15 minutos e estaríamos linchando nosso primeiro espião.

Segui a multidão. A bomba caíra numa ruazinha lateral da High Street, a rua onde ficava, no passado, a loja do tio Ezekiel, e o acidente se dera a menos de cinquenta metros do local. Quando virei a esquina, pude ouvir vozes murmurando "Ohhh" — uma espécie de algaravia espantada, como se houvesse temor e, ao mesmo tempo, certa euforia. Felizmente cheguei poucos minutos antes da ambulância e do carro de bombeiros, e a despeito das cerca de cinquenta pessoas já reunidas, vi tudo.

À primeira vista, a impressão era de que o céu despejara tijolos, legumes e verduras. Havia folhas de repolho por todo lado. A bomba varrera do mapa uma quitanda. A casa à direita ficou sem metade do telhado e as vigas que o sustentavam estavam em chamas, e todas as casas ao redor tinham sido mais ou menos danificadas e as janelas, quebradas. Mas o que atraía os olhares de todos era a casa à esquerda. A parede que a unia à quitanda fora arrancada tão cirurgicamente como se alguém tivesse usado um bisturi. E o extraordinário é que nos aposentos do andar superior nada fora tocado. Era como olhar o interior de uma casa de bonecas. Cômodas, cadeiras de quarto, papel de parede desbotado, uma cama ainda por fazer e um urinol sob a cama — tudo exatamente como uma casa ocupada, salvo pela ausência de uma parede. Os cômodos de baixo, porém, haviam sido atingidos pela força da explosão. Via-se uma assustadora barafunda de tijolos, gesso, pernas de cadeiras, pedaços de uma cômoda envernizada, trapos de toalhas de mesa, pilhas de pratos quebrados e pedaços de uma pia de cozinha. Um pote de geleia rolara pelo chão, deixando um rastro pelo caminho ao lado do qual corria uma faixa de sangue. Mas em meio a toda aquela cerâmica quebrada uma perna. Apenas uma perna, com a calça ainda vestida e uma bota com salto de borracha. Os *ohs* e *ahs* se deviam a essa visão.

    Dei uma boa olhada e registrei. O sangue começava a se misturar à geleia. Quando o carro de bombeiros chegou, voltei para o George a fim de fazer a mala.

    Este é o fim de Lower Binfield para mim, pensei. Vou para casa. Mas, na verdade, não limpei o pó do sapato e parti imediatamente. Nunca se faz isso. Quando algo parecido acontece, o pessoal sempre debate o assunto durante horas. Não se trabalhou muito na parte velha de Lower Binfield naquele dia, todo mundo andava por demais ocupado falando da bomba, o barulho que fizera e o que cada um pensou ao ouvi-lo. A atendente do bar do George disse que a coisa a deixara de cabelo em pé. Que jamais voltaria a dormir na própria cama e que estava mais do que provado que com essas bombas nunca se podia prever coisa alguma. Uma mulher perdera parte da língua ao mordê-la devido ao susto que a explosão lhe provocara. Com efeito, enquanto no nosso lado da cidade todos tinham imaginado tratar-se de um bombardeio aéreo alemão, todos no outro lado pensaram ser uma explosão na fábrica de meias. Depois (eu soube disso através do jornal), o Ministério da Aeronáutica enviou um funcionário para inspecionar os danos e emitiu um relatório dizendo que os efeitos da bomba eram "decepcionantes". Na verdade, ela matara três pessoas apenas, o quitandeiro, que se chamava Perrott, e um casal idoso que morava na casa vizinha. A mulher não foi muito desfigurada e identificou-se o velho pelas botas, mas jamais encontraram vestígios de Perrott. Nem mesmo um botão para ser enterrado.

À tarde, paguei minha conta e parti. Não me sobraram mais de três libras após o pagamento da conta. Esses hotéis campestres metidos à besta sabem como extorquir os clientes e, com os drinques e outras coisinhas mais, eu andara gastando com largueza. Deixei minha vara de pesca nova no quarto, bem como o restante do equipamento. Podiam ficar com tudo. Nada disso tinha utilidade para mim. Não passara de uma libra que eu jogara fora para dar a mim mesmo uma lição. E eu aprendera direitinho essa lição. Gordos de 45 anos não vão pescar. Esse tipo de coisa não acontece mais, é só um sonho, não haverá mais pescaria antes de baixar ao túmulo.

É engraçado como a gente registra as coisas aos poucos. O que eu realmente sentira quando a bomba explodiu? No momento exato, claro, a explosão me apavorou, e quando vi a casa destroçada e a perna do velho senti o mesmo vago interesse que se tem ao ver um acidente na rua. Repulsivo, claro. O suficiente para me deixar farto daquelas supostas férias. Mas a impressão não foi tão espantosa assim.

No entanto, quando deixei a periferia de Lower Binfield e tomei a direção leste, tudo me voltou à mente. Você sabe como é quando a gente está num carro sozinho. Existe algo, seja nos arbustos por que você passa, seja no ruído do motor, que leva seus pensamentos a adotarem um determinado ritmo. Você tem a mesma sensação num trem, às vezes. A de ser capaz de ver tudo numa perspectiva melhor que a habitual. Todo tipo de coisas sobre as quais eu tinha dúvidas de repente virou certeza. Para começar, eu fora até Lower Binfield com uma pergunta na cabeça. O que nos aguarda? Aquilo realmente acabou? Podemos voltar à vida que tínhamos ou ela terminou para sempre? Bom, eu descobrira a resposta. A vida antiga acabou, e voltar a Lower Binfield não basta para pôr Jonas de volta na barriga da baleia. Eu sabia, embora não espere que você acompanhe a minha linha de raciocínio. E era curioso o que a minha ida até lá causara em mim. Durante todos aqueles anos, Lower Binfield estivera guardada em algum lugar da minha mente, um cantinho tranquilo que eu podia visitar sempre que me aprouvesse, e finalmente eu pisara de novo lá e descobrira que Lower Binfield não existia. Eu mesmo detonara uma granada explodindo meus sonhos e, a menos que tivesse havido algum equívoco, a Força Aérea Real me seguira com duzentos quilos de tnt.

A guerra está chegando. Vai começar em 1941, dizem. E haverá um bocado de cerâmica quebrada e casinhas dilaceradas como caixas de papelão rasgadas, e as vísceras do auxiliar de escritório do contador espalhadas sobre o piano que ele está pagando em prestações a perder de vista. Mas o que importa esse tipo de coisa, afinal? Vou lhe dizer o que a minha estadia em Lower Binfield me ensinou: tudo vai acontecer. Todas as coisas que estão nas profundezas da nossa mente, as coisas que nos aterrorizam, as coisas que dizemos a nós mesmos que não passam de um pesadelo ou que só acontecem em países estrangeiros. As bombas, as filas para comprar comida, os cassetetes de borracha, o arame farpado, as camisas coloridas, os slogans, os rostos enormes, as metralhadoras cuspindo das janelas de quartos. Tudo vai acontecer. Sei disso — ou ao menos sabia disso então. Não há escapatória. Pode lutar contra isso, se quiser, ou olhar para o outro lado e fingir não perceber ou pegar sua chave inglesa e correr para fazer sua parte e espatifar alguns rostos. Mas não tem saída. Simplesmente é algo que vai acontecer.

Pisei no acelerador, e o carro velho subia e descia os morrinhos, e as vacas e os olmos e os campos de trigo passavam pela janela até o motor já estar quase fervendo. Meu ânimo era o mesmo daquele dia em janeiro quando eu descia a Strand, o dia em que recebi minha dentadura nova. Foi como se o poder da profecia me tivesse sido conferido. Parecia possível para mim ver o todo da Inglaterra e todos os seus habitantes e todas as coisas que hão de acontecer a todos eles. Às vezes, claro, mesmo então, eu tinha uma ou duas dúvidas. O mundo é muito grande, isso é algo que se percebe dirigindo por aí num carro e de certa forma é reconfortante. Pensar nas extensas porções de terra por onde passamos quando se cruza um trecho de um único condado inglês. É como a Sibéria. E os campos e bosques de faias e fazendas e igrejas e aldeias com suas pequenas mercearias e o salão paroquial e os patos atravessando gramados. Sem dúvida é grande demais para ser mudado, não? Está fadado a continuar mais ou menos igual. E então cheguei às fímbrias de Londres e segui pela Uxbridge Road até Southall. Quilômetros e quilômetros de casas feias, com gente chata morando nelas. E, para além, Londres se esparramava, ruas, praças, becos, cortiços, prédios de apartamentos, pubs, restaurantes de peixe frito, cinemas e tudo o mais ao longo de trinta quilômetros, e os oito milhões de pessoas com suas vidinhas que não querem que sejam alteradas. Não há como fabricar bombas que possam riscar tudo isso do mapa. E o caos! A privacidade de todas essas vidas! John Smith recortando cupons de futebol, Bill Willams trocando histórias no barbeiro. A sra. Jones voltando para casa com a cerveja do jantar. Oito milhões! Sem dúvida, darão conta de alguma maneira, com ou sem bombas, de continuar levando a vida a que estão habituados, certo?

Ilusão! Conversa fiada! Não importa quantos haja, todo mundo está no mesmo barco. Os maus tempos se aproximam, e os homens de uniforme, também. O que virá depois eu não sei, pouco me interessa. Só sei que, se existe algo que lhe importe minimamente, é melhor dizer adeus a isso, porque tudo que conhecemos até hoje irá por água abaixo, para o brejo, com as metralhadoras cuspindo fogo o tempo todo.

Mas, quando voltei ao subúrbio, meu ânimo de repente mudou.

De repente me dei conta — e sequer havia me ocorrido até aquele momento — de que Hilda, afinal, podia estar de fato doente.

Esse é o efeito do ambiente, veja. Em Lower Binfield eu presumira com toda a convicção que ela não estava doente, mas apenas fingindo a fim de me fazer voltar para casa. Parecera natural na ocasião, sei lá por quê. Mas, quando entrei em West Bletchley e o Conjunto Hesperides se fechou em torno de mim como uma espécie de prisão de tijolos vermelhos, o que, na verdade, ele é, os hábitos rotineiros de raciocínio voltaram. Tive aquela sensação das manhãs de segunda-feira quando tudo parece desolador e familiar. Percebi que grande porcaria era aquela fantasia em que eu desperdiçara os últimos cinco dias. Fugir para Lower Binfield escondido e tentar recuperar o passado e depois, no carro voltando para casa, pensar um monte de maluquice sobre o futuro. O futuro! O que o futuro tem a ver com caras como você e eu? Manter nossos empregos — esse é o nosso futuro. Quanto a Hilda, ainda que as bombas estejam caindo, ela continuará pensando no preço da manteiga.

E, de repente, vi como eu tinha sido bobo de pensar que ela faria uma coisa assim. Claro que o S.O.S. não era falso! Como se Hilda tivesse tanta imaginação! Era a pura e crua verdade. Ela não fingira, estava mesmo doente. Meu Deus! Naquele momento ela podia estar deitada em algum lugar sofrendo dores pavorosas ou até mesmo morta, pelo que eu sabia. A ideia foi como uma estocada de pavor, causou uma sensação gélida nas minhas entranhas. Disparei pela Ellesmere Road a quase sessenta quilômetros por hora, e em vez de levar o carro para a garagem fechada, como de hábito, estacionei na porta de casa e desci apressado.

Então, afinal, eu gosto de Hilda, dirá você! Não sei exatamente o que você quer dizer com gostar. Você gosta do próprio rosto? Provavelmente não, mas não consegue se imaginar sem ele. Faz parte de você.

Bom, é assim que me sinto em relação a Hilda. Quando as coisas vão bem, não aguento olhar para ela, mas a ideia de que ela possa estar morta ou mesmo sofrendo me encheu de medo.

Eu me atrapalhei com a chave, abri a porta de entrada e o cheiro familiar das velhas capas impermeáveis me assaltou.

— Hilda! — gritei. — Hilda!

Nenhuma resposta. Durante um instante fiquei gritando "Hilda! Hilda!" para o silêncio absoluto e comecei a suar frio. Talvez já a tivessem levado para o hospital — quem sabe havia um cadáver jazendo na casa vazia?

Comecei a subir correndo a escada, mas no mesmo instante meus dois filhos, vestindo pijamas, saíram de seus quartos um de cada lado do corredor. Eram oito ou nove da noite, suponho — de todo jeito, estava escurecendo. Lorna me olhou apoiada na balaustrada.

— Ah, papai! É o papai! Por que você voltou hoje? A mamãe disse que você só ia chegar na sexta.

— Cadê a sua mãe? — perguntei.

— Saiu. Saiu com a sra. Wheeler. Por que voltou hoje, papai?

— Então sua mãe não está doente?

— Não. Quem disse que ela está doente? Pai! Você estava em Birmingham?

— Sim. Voltem para a cama agora. Vão pegar um resfriado.

— E os nossos presentes, papai?

— Que presentes?

— Os que você trouxe para a gente de Birmingham.

— Vocês vão vê-los amanhã — respondi.

— Ah, pai! Não podemos ver agora?

— Não. Já chega. Voltem para a cama ou vão levar uma surra.

Então ela não estava doente, afinal. ESTIVERA fingindo. E para ser franco tive dúvida se deveria ficar feliz ou infeliz. Voltei para a porta da frente, que eu deixara aberta, e ali, em tamanho natural, vi Hilda se aproximando.

Olhei-a enquanto ela vinha na minha direção sob a derradeira claridade do crepúsculo. Foi estranho pensar que menos de três minutos antes eu estava descontrolado, efetivamente suando frio, só de pensar que ela pudesse ter morrido. Bem, ela não morrera, estava igualzinha a sempre. A velha Hilda com seus ombros magrelos e o rosto ansioso, e a conta do gás e as mensalidades da escola, e o cheiro da capa impermeável e o escritório na segunda-feira — todos os fatos básicos para os quais invariavelmente voltamos, as verdades eternas, como chama o velho Porteous. Pude ver que Hilda não estava de muito bom humor. Lançou-me um olhar rápido, como faz às vezes, quando está arquitetando alguma coisa, o tipo de olhar que alguns animaizinhos, uma doninha, por exemplo, são capazes de nos lançar. Não pareceu surpresa de me ver de volta, porém.

— Ah, então você já voltou, hein? — falou.

Parecia bastante óbvio que eu tinha voltado e não respondi. Ela não fez qualquer movimento para me beijar.

— Não tem nada para você jantar — retorquiu prontamente.

Essa é Hilda, cuspida e escarrada. Sempre consegue dizer algo deprimente no momento em que ponho o pé em casa.

— Eu não estava esperando você — prosseguiu. — Vai ter que comer pão com queijo... mas acho que não tem queijo.

Segui-a para dentro de casa, para o cheiro das capas impermeáveis. Fomos para a sala. Fechei a porta e acendi a luz. Minha intenção era falar primeiro, e eu sabia que facilitaria as coisas se eu assumisse uma atitude firme desde o início.

— Bom — comecei. — Que diabos você pretendia usando aquele truque comigo?

Ela acabara de largar a bolsa em cima do rádio e por um instante pareceu genuinamente surpresa.

— Que truque? Como assim?

— Mandar um S.O.S.!

— Que S.O.S.? Do que você está FALANDO, George?

— Você está tentando me dizer que não mandou um pedido de S.O.S. dizendo que estava gravemente doente?

— Claro que não! Como assim? Eu não estava doente. Por que faria uma coisa dessas?

Antes mesmo que eu começasse a explicar atinei com o que acontecera. Fora tudo um equívoco. Eu só ouvira as últimas palavras do S.O.S., e obviamente tratava-se de outra Hilda Bowling. Suponho que haja um monte de Hilda Bowling na lista telefônica. Foi simplesmente o tipo idiota de equívoco que vive acontecendo. Hilda sequer demonstrara aquele pingo de imaginação que eu lhe creditara. O único interesse na coisa toda havia sido o espaço de cinco minutos quando a supus morta e descobri que me importava, afinal. Mas isso já eram águas passadas. Enquanto eu explicava, ela me observava, e pude ver em seus olhos que algum tipo de problema me aguardava. E então ela começou a me inquirir no que eu chamo de voz de terceiro grau, que não é, como seria de esperar, furiosa nem irritada, mas calma e vigilante.

— Então você ouviu esse S.O.S. no hotel em Birmingham?

— Sim, ontem à noite, no noticiário nacional.

— Quando você saiu de Birmingham, então?

— Hoje de manhã, claro.

(Eu planejara a viagem mentalmente, para o caso de haver necessidade de me safar mentindo. Partida às dez, almoço em Coventry, chá em Bedford. Eu tinha tudo esquematizado.)

— Então ontem à noite você achou que eu estava gravemente doente e só veio embora hoje de manhã?

— Eu não achei que você estivesse doente de verdade. Não expliquei? Achei que era apenas um dos seus truques. Pareceu-me um bocado mais provável.

— Então fico surpresa de você ter vindo embora — retorquiu Hilda, com tamanho azedume na voz que vi logo que não havia acabado. Ela prosseguiu, então, com mais calma: — Por isso, você veio embora hoje de manhã, certo?

— Sim, saí por volta das dez. Almocei em Coventry...

— Então como explica ISTO? — disparou ela de repente e, no mesmo instante, abriu com fúria a bolsa, tirou um pedaço de papel e o estendeu para mim, como se fosse um cheque falsificado ou algo do gênero.

Senti como se levasse um soco no estômago. Eu devia ter adivinhado! Ela me pegara, afinal. E ali estava a prova, o dossiê do caso. Eu sequer sabia do que se tratava, salvo que era algo que comprovava que eu estivera com uma mulher. Fiquei sem chão. Um instante antes eu a provocara, fingindo estar zangado por ter sido arrancado de Birmingham à toa, e agora, de repente, ela virava a mesa. Não é preciso me dizer o que pareci naquele momento. Eu sei. Culpado era o que se lia na minha testa — sei disso. E eu nem tinha culpa! Mas é uma questão de hábito. Estou habituado a levar sempre a culpa. Nem por cem libras eu poderia evitar soar culpado quando respondi:

— Como assim? Que coisa é essa que você tem aí?

— Leia e veja o que é.

Peguei o papel. Era uma carta enviada pelo que parecia ser um escritório de advogados, endereçada da mesma rua em que ficava o Hotel Rowbottom, notei.

"Cara senhora", li, "com referência à sua carta do dia 18, acreditamos haver algum engano. O Hotel Rowbottom fechou há dois anos e foi convertido num prédio de escritórios. Ninguém que corresponda à descrição do seu marido esteve aqui. Possivelmente..."

Parei por aí. Claro que vi tudo num flash. Eu tinha sido levemente esperto demais e dei com os burros n'água. Havia apenas um pálido raio de esperança — o jovem Saunders podia ter se esquecido de postar a carta que eu endereçara do Rowbottom, caso em que talvez fosse possível enfrentar a situação. Mas Hilda logo pôs a pá de cal nessa ideia.

— Ora, George, você viu o que diz a carta? No dia em que você partiu eu escrevi para o Hotel Rowbottom, foi só um bilhetinho, perguntando se você havia chegado lá. E você leu a resposta! Nem sequer existe um lugar chamado Hotel Rowbottom. E, no mesmo dia, postada na mesma agência de correio, recebi igualmente uma carta dizendo que você estava no hotel. Você arrumou alguém para postá-la para você, suponho. ESSE era o seu negócio em Birmingham!

— Mas olhe aqui, Hilda! Você entendeu tudo errado. Não é o que você está pensando. Você não está entendendo.

— Sim, George, estou entendendo PERFEITAMENTE.

— Mas olhe, Hilda...

De nada adiantou, claro. Ela me pegara. Eu nem conseguia olhá-la nos olhos. Dei meia-volta e tentei chegar à porta.

— Preciso levar o carro para a garagem — falei.

— Ah, não, George! Você não vai se safar dessa assim. Vai ficar aqui e ouvir o que eu tenho a dizer, por favor.

— Mas que droga! Preciso acender as luzes, não? Já passou da hora de acender as luzes. Você não quer que nos multem, quer?

Com isso, ela me liberou e saí para acender as luzes do carro, mas quando voltei Hilda continuava de pé na sala como uma figura do apocalipse, com as duas cartas, a minha e a do advogado, na mesa diante dela. Consegui me recuperar um pouco e fiz uma nova tentativa:

— Olhe aqui, Hilda. Você entendeu tudo errado. Posso explicar a coisa toda.

— Tenho certeza de que VOCÊ poderia explicar qualquer coisa, George. A questão é se eu acreditaria em você.

— Mas você está tirando conclusões apressadas! O que a fez escrever para o pessoal do hotel, aliás?

— A ideia foi da sra. Wheeler. Uma ótima ideia, a propósito, como ficou comprovado.

— Ah, a sra. Wheeler, é? Então você não se importa de deixar aquela maldita mulher se intrometer na nossa vida?

— Ela não precisou se intrometer. Foi ela que me avisou o que você estava tramando esta semana. Algo aparentemente a alertou. E ela estava certa, não é? Ela sabe tudo a seu respeito, George. O marido dela era IGUALZINHO a você.

— Mas, Hilda...

Olhei para ela. O rosto empalidecera, da forma como acontece quando ela pensa em mim com outra mulher. Uma mulher. Se ao menos fosse verdade!

Meu Deus! O que eu vi à minha espera! Você sabe como é. Semanas e mais semanas de implicância contínua e mau humor e as observações maliciosas depois que se imagina que a paz foi selada, e as refeições sempre atrasadas, e as crianças querendo saber o que está acontecendo. Mas o que realmente me deprimiu foi o tipo de sordidez mental, o tipo de clima mental no qual o real motivo que me levara a Lower Binfield sequer seria concebível. Isso foi o que mais me atingiu no momento. Se eu passasse uma semana explicando a Hilda POR QUE eu fora a Lower Binfield, ela jamais entenderia. E quem ENTENDERIA, ali na Ellesmere Road? Deus! Será que eu mesmo entendia? A coisa toda parecia estar se apagando na minha mente. Por que eu fora a Lower Binfield? Será que eu efetivamente FORA a Lower Binfield? Nesse clima, isso simplesmente carecia de sentido. Nada é real na Ellesmere Road, salvo as contas de gás, as mensalidades escolares, o repolho cozido e o escritório na segunda-feira.

Mais uma tentativa:

— Olhe aqui, Hilda! Sei o que você acha. Mas está totalmente errada. Juro que você está errada.

— Ah, não, George. Se estou errada, por que você precisou me contar todas essas mentiras?

Não havia saída, claro.

Dei um passo ou dois para cima e para baixo. O cheiro das velhas capas impermeáveis era muito forte. Por que eu fugira daquele jeito? Por que me incomodara com o futuro e o passado, vendo que o futuro e o passado não importam? Quaisquer que tivessem sido os meus motivos, eu mal me lembrava deles agora. A antiga vida em Lower

Binfield, a guerra e o pós-guerra, Hitler, Stalin, bombas, metralhadoras, filas de comida, cassetetes de borracha — tudo estava sumindo da minha cabeça. Nada sobrou, salvo uma briga vulgar e o odor das velhas capas impermeáveis.

Uma última tentativa:

— Hilda! Por favor, me escute. Olhe só, você não sabe onde eu estive durante toda a semana, sabe?

— Não quero saber onde você esteve. Eu sei o QUE você andou fazendo. Isso já basta para mim.

— Mas, Hilda...

Totalmente inútil, claro. Ela já me julgara culpado e agora ia dizer o que achava de mim. Isso poderia levar algumas horas. E depois disso mais problemas espreitavam no horizonte, porque talvez lhe ocorresse imaginar onde eu arrumara dinheiro para essa viagem, o que a levaria a descobrir que eu estivera mantendo em segredo as 17 libras. Com efeito, não havia motivo para que essa briga não se estendesse até as três da madrugada. Não adiantava mais posar de inocente ofendido. Tudo que eu queria era adotar a estratégia de menor resistência. E mentalmente avaliei as três possibilidades, que eram:

A. Contar a ela o que eu realmente fizera e de alguma forma convencê-la a acreditar.
B. Usar o velho recurso da perda de memória.
C. Deixá-la continuar pensando que eu estivera com uma mulher e aguentar as consequências.

Caramba! E eu bem sabia qual das três teria que escolher.

Direção editorial
Daniele Cajueiro

Editora responsável
Ana Carla Sousa

Produção editorial
Adriana Torres
Mariana Bard
Carolina Leocadio

Revisão de tradução
Carolina Vaz

Revisão
Carolina Rodrigues

Capa e projeto gráfico de miolo
Rafael Nobre

Diagramação
DTPhoenix Editorial

Este livro foi impresso em 2021
para a Nova Fronteira.